KB246236

臥龍聖手

와룡성수

청산 新무협 판타지 소설

FANTASTIC ORIENTAL HEROES

와룡성수 5

청산 新무협 장편 소설

초판 1쇄 찍은 날 § 2012년 4월 9일
초판 1쇄 펴낸 날 § 2012년 4월 13일

지은이 § 청 산
펴낸이 § 서경석

편집부장 § 권태완
편집책임 § 어정원

펴낸곳 § 도서출판 청어람
등록번호 § 제1081-1-89호
등록일자 § 1999. 5. 31
어람번호 § 제2-2219호

주소 § 경기도 부천시 원미구 심곡2동 163-2 서경B/D 3F (우) 420─822
전화 § 032-656-4452 팩스 § 032-656-4453
http://www.chungeoram.com
E-mail § chungeoram@chungeoram.com

ISBN 978-89-251-2834-4 04810
ISBN 978-89-251-2623-4 (세트)

와룡성수

臥龍聖手

FANTASTIC ORIENTAL HEROES

청산 新무협 판타지 소설

第四十章
천병투신(天兵鬪神)

1

또 한 번의 배신!

화소소의 개심을 기대하고 있었던 백인성은 마지막 기대마저 무너지자 심정이 씁쓸했다.

'역시 개선의 여지가 없는 악녀야.'

외부의 빛이 차단됐기에 지하광장은 지극히 어두웠다. 단아빈이 밝혀 든 화섭자로는 일 장 밖도 확인하기 어려웠다.

백인성은 어둠 속을 향해 외쳤다.

"화소소! 이것이 네가 계획한 함정이냐?"

어둠 저편에서 화소소의 음성이 메아리쳐 들려왔다.

"유감이군요, 백 공자. 당신의 보복을 피하기 위해서는 이릴 수밖에 없었어요."

"결국, 천수신궁의 파괴 현장은 자작극이었단 말이냐?"

"어차피 백 공자에 의해 파괴될 수 있기에 중요치 않은 건물을 일부 때려 부쉈습니다. 그 정도 건물은 다시 세우면 되니까."

"조아림의 무덤 또한 가짜였겠지?"

"물론입니다. 궁주님의 묘비를 만들지 않았다면 소녀를 믿지 않았을 테니까요."

백인성은 분노보다 애처로움이 앞섰다.

"정말 치졸하구나. 명색이 삼비문의 하나인 천수신궁이 고작 그 정도밖에 되지 않는단 말이냐? 조아림이 그러고도 천수신궁의 궁주 자격이 있는 것이냐?"

혹독한 질책에 화소소의 음색이 싸늘해졌다.

"금마총 마왕들마저 무덤으로 돌려보낸 당신을 무슨 수로 감당하겠어? 중요한 것은 결과야. 과정은 그저 묻힐 뿐이지."

검을 뽑아든 군세명이 분연하게 외쳤다.

"발칙한 계집!"

번—쩍!

비검술이 전개되자 검이 긴 불꽃을 이끌며 어둠 속으로 뻗어 나갔다. 한데 수십 장 밖까지 날아가야 할 검이 십 장을 채 벗어나기도 전에 바닥으로 떨어졌다.

쨍그렁!

비검술을 전개했던 군세명이 나직한 신음을 토했다.

"진기가 이어지지 않다니……!"

단아빈은 어찌 된 상황인지 곧바로 간파했다.

"악녀가 또 무슨 못된 수를 쓰나 봅니다."

백인성은 진기를 운기해 호신강기를 뿜어냈다. 평소 폭포수처럼 이어지던 진기가 어찌 된 일인지 제대로 순환되지 않았다.

'산공분인가?'

백인성은 어둠 저편에 있는 화소소를 향해 외쳐 물었다.

"무슨 짓을 한 것이냐, 화소소?"

화소소의 도도한 음성이 들려왔다.

"호호, 파공혼수(散功昏水)가 이제 효과를 발휘하나 보군. 너희 모두는 무기력하게 쓰러질 수밖에 없을 거다."

파공혼수가 언급되자 단아빈이 무거운 한숨을 내쉬었다.

"파공혼수는 무향무취의 독수입니다. 증발성이 높아 마개를 여는 순간 푸른 연기를 피워내지요. 아마도 지하광장이 폐쇄되면서 외부와 차단되는 순간 살포된 것 같습니다."

예운교가 격분을 삭이며 물었다.

"언니, 저들이 지난번 제게 먹였던 산공신수와 다른 물인가요?"

"훨씬 독기가 강해. 진기를 흩뜨리고 정신마저 혼미하게 만들지. 하지만 직접 복용하지 않고 맡기만 했으니 두세 시진

정도면 회복할 수 있을 거야.”

“악녀가 파공혼수를 살포했다면 그 안에 우리를 제압할 자신이 있다는 거군요.”

둘의 얘기를 들었는지 화소소의 음성이 어둠 저편에서 들려왔다.

“사실이야. 더 강력한 독수를 살포하려 했지만 천병무궁에서 원치 않았어. 천병무궁에서도 와룡성수에게 유감이 제법 많거든.”

곧이어 문이 열리는 소리와 함께 요란한 쇳소리가 들려왔다.

철그렁 철그렁……!

동시에 허공의 채광창이 열리면서 빛이 스며들어왔다.

어깨에 견갑, 팔뚝에 완갑, 각기 다른 대여섯 개의 병기를 한몸에 지닌 무사들이 대오를 이루어 지하광장으로 들어서고 있었다. 한 사람처럼 일사불란한 무사들의 모습은 전장에 나선 병사들을 방불케 했다.

무려 삼백여 명의 무사들.

오십 명씩 여섯 개의 부대로 나뉘어 선 그들의 위용스런 모습에 단아빈이 가라앉은 어조로 말했다.

“천병무궁의 육합전사들입니다.”

육합전사들을 지휘하는 건장한 체구의 청년은 백인성과 면식이 있는 자였다.

오대산에서 화소소를 추격해 왔던 대총령 관무전.,

관무전은 손에 창을 쥐었고 검을 등에 멨으며 허리춤에 채찍을 걸고 있었다.

백인성을 직시하는 관무전의 눈에서 강렬한 안광이 폭사되었다.

"와룡성수 백인성! 위대한 선부의 후예가 한낱 산사람처럼 나를 우롱했구나!"

"내 신분을 밝히지 않았을 뿐 당신을 우롱한 적은 없소."

"오냐, 과거는 불문해도 본궁의 무사들에게 패배의 치욕을 안긴 네 오만함은 용서할 수 없다!"

백인성은 일전에 잔결삼흉을 구하기 위해 천병무궁 무사들을 패퇴시킨 적이 있기에 관무전의 적개심을 이해할 수 있었다.

"자파의 명예를 회복하기 위한 대결이라면 굳이 회피하지 않겠소. 하지만 교활한 요녀와 작당해 독수를 살포했으니 정말 실망이군. 이런 대결로 과연 천병무궁의 명예가 회복될 수 있겠소?"

정곡을 찌르는 질책에 관무전의 눈가 근육이 씰룩거렸다. 명예와 자부심을 중시하는 천병무궁이기에 암수는 치욕일 수 있었다.

이때 화소소가 관무전 옆으로 내려섰다.

"대총령은 전혀 신경 쓰지 마세요. 와룡성수는 선부의 후예라 파공혼수 정도에는 중독되지 않습니다. 공연히 대총령을 흔들려는 심리전에 말려들 이유가 없습니다."

"정말 중독되지 않았단 말이냐?"

"물론입니다. 우리 천수신궁이 와룡성수를 감당하지 못한 것도 본궁의 신수가 전혀 먹혀들지 않아서입니다."

뱀의 혓바닥처럼 간사한 언변에 백인성은 할 말을 잃었다. 이런 상황에서는 자신의 중독을 강변해 보았자 치졸한 사람으로 취급될 수밖에 없다.

"화소소, 네 말대로 나는 별반 피해를 당하지 않았다. 하지만 내 동료들은 파공혼수에 중독됐으니 해독제를 내주어라."

화소소는 도도한 웃음을 터뜨렸다.

"호호, 무슨 터무니없는 소리를 하는 거야? 해독제를 내줄 요량이면 내가 수모를 참으면서까지 너희를 끌어들여 파공혼수를 살포했겠어?"

"네 표적은 내가 아니더냐?"

"왜 당신 하나뿐이겠어? 당신과 작당해 삼비문 통합을 꾀한 배신자 단아빈도 제거 대상이지. 또한, 당신을 지원하는 예운교와 탕마신룡 또한 단죄를 피할 수 없어."

화소소는 관무전을 넌지시 부추겼다.

"삼백 년 전설을 깨뜨릴 절호의 기회입니다. 금마총 대마왕들을 무덤으로 돌려보낸 무서운 자이니 천병무궁에서도 최선을 다해야 할 겁니다."

“알겠다.”

관무전은 창을 번쩍 치켜들었다.

“감히 본궁과 맞선 적이다! 제압하라!”

육합전사들 중에서 전열의 이 개 부대가 산개하면서 앞으로 나섰다.

“자축합토!”

“인해합목!”

천병무궁 무사들이 대거 압박해오자 백인성이 동료들을 돌아보았다.

“얘기가 통하지 않으니 겨룰 수밖에 없소. 나는 사부님께서 주입해 주신 선천지기 덕분에 어느 정도 공력을 유지할 수 있지만 세 분이 걱정이군.”

군세명이 불끈 검을 쥐며 분연하게 응수했다.

“백 형, 아직 검을 쥘 힘이 있으니 너무 걱정 마시오!”

예운교 역시 굳건한 전의를 보였다.

“저도 싸울 수 있어요.”

그러자 단아빈의 손을 저어 그들을 만류했다.

“안 돼요. 몇 합을 겨루기도 전에 기력이 소진될 겁니다. 유감스럽지만 파공혼수의 독기가 소멸할 때까지 피해 있어야 합니다.”

예운교가 지하광장을 쓸어보았다.

“공간은 넓어도 통로가 모두 막혀 피할 곳이 없어요.”

"안타깝군. 기물이라도 있다면 기문진을 세워 잠시 시간을 벌 수 있을 텐데……."

단아빈은 기물이 될 만한 물건을 찾으려 했지만, 바닥에는 돌멩이 하나 보이지 않았다.

'기문진……?'

백인성은 문득 떠오르는 바가 있었다.

"잠시 기다리시오."

뒤로 몸을 날린 백인성을 단목검을 휘둘렀다. 파공혼수 때문에 본신 공력이 절반 가까이 저하됐지만 천외무선이 주입해 준 태극진기 덕분에 진기를 운기하는 데에는 무리가 없었다.

파파팟……!

단목검에서 뿜어지는 무형검기에 의해 바닥이 패이면서 돌가루가 뽀얗게 피어올랐다.

기이한 도형이 동심원을 그리며 형성되면서 신비로운 기운이 형성되었다.

태극도였다.

"이 안으로 피신하시오!"

세 사람으로 태극도 안으로 들어서자 백인성이 나직하게 설명해 주었다.

"태극도에 의한 진세의 효험이 천병무궁의 공격을 막아줄 것이오. 그 사이 운공을 해서 공력을 회복하시오."

태극도를 꼼꼼하게 살핀 단아빈이 눈을 휘둥그레 떴다.

"아, 믿을 수가 없군요. 혼극일원서부터 오행구궁이 모두 들어 있어요. 어떻게 창안된 거죠?"

"태극도에는 사부님의 평생 심득이 담겨 있소. 만일 모든 것을 깨우치면 하늘과 땅을 가둘 수 있다 하셨지만 내가 아둔해 아직 삼성도 채 깨우치지 못했소. 그래도 천병무궁의 공격을 잠시 막아내기에 충분할 거요."

단아빈의 우려의 눈빛을 띠었다.

"육합전사들의 합격술은 강력합니다. 파공혼수에 중독된 상태라 백 공자 혼자 감당하실지 걱정이에요."

"최선을 다할 테니 속히 회복에나 주력하시오."

백인성은 군세명과 예운교를 향해 고개를 끄덕여 보이고는 돌아섰다.

그러자 하나의 부대가 쐐기 형태의 진형을 펼쳐 득달같이 달려들었다.

"자축파극!"

백인성은 단목검을 휘둘러 선두에 두 명을 날려버렸다. 이에 네 명이 달려들었고 그 뒤로는 여덟 명이 지원을 나섰다.

차차창—!

단목검에 의해 창검이 박살 난 무사들이 물러서며 대기해 있던 무사들이 뛰어들어 공백을 메웠다. 무사들의 진퇴가 워낙 빠르고 정교하다 보니 백인성은 매번 여덟 명의 무사들과 맞서야 했다.

백인성이 자축전사대를 상대하는 동안 인해전사대는 운공을 취하고 있는 세 사람을 공격했다.

그러나 태극진세에 접하는 순간 무사들은 지독한 암흑에 빠져 휘청거리다가 밖으로 퉁겨져 나왔다. 아무리 정신을 가다듬어도 태극진세에 빠지면 무기력해졌다.

무작정 휘두른 병기는 오히려 동료를 위협했기에 무사들은 함부로 공격을 펼칠 수도 없었다.

양측의 상황을 지켜본 관무전이 퉁명스레 내뱉었다.

"대체 어떻게 된 거냐? 놈이 무슨 수작을 부렸기에 본궁 무사들이 세 연놈에게 접근도 못 해?"

화소소는 바닥에 새겨진 기이한 도형을 주시하다가 미간을 찌푸렸다.

"내가 선부에 잠시 머물렀을 때 천외무선이 남긴 심득을 본 적이 있었어요. 그 도형을 베껴 연구했지만, 워낙 심오해 접근이 어려웠어요. 와룡성수가 바닥에 새긴 도형이 바로 그 태극도일 겁니다."

"그림에 의한 진세로 본궁의 무사들을 막아내다니… 역시 천외무선의 후예는 다르군."

관무전은 창을 어깨에 걸머메고 앞으로 나섰다.

"저들 셋은 공력을 회복해도 문제될 것 없다. 와룡성수만 제압하면 되니까."

“너무 서두르지 마세요. 육합전사들을 모두 투입해서라도 백인성의 공력을 소진토록 해야 합니다. 대총령이 상대하기에 너무 강한 자입니다.”

화소소의 지나친 우려가 오히려 관무전의 자존심을 상하게 했다.

“화소소, 우리 천병무궁이 너희 천수신궁처럼 허약할 줄 아느냐? 네가 계책으로 저들을 제압한다기에 기회를 주었는데 고작 이 정도였을 줄 몰랐다. 내가 직접 나서 놈을 제압하겠다.”

관무전은 화소소를 일축하고는 자축전사대 쪽으로 몸을 날렸다.

이를 본 화소소는 내심 회심의 미소를 지었다.

'훗, 단순한 놈. 격장지계에 제대로 걸려들었군.'

양패구상!

이것이 화소소의 교활한 계책이었다.

그녀가 굴복을 전제로 천병무궁을 끌어들여 천예비궁을 침공한 것은 백인성과의 격돌을 이끌어내기 위함이었다.

'아무리 백인성이라도 천병무궁을 쉽게 제압하지는 못한다. 천병무궁의 전력이라면 백인성과 동귀어진까지 이어질 수 있어. 내 계획대로 전개된다면… 삼비문은 천수신궁의 주도하에 대통합을 이루게 될 거야.'

화소소는 간특한 미소를 띠며 사태의 추이를 지켜보았다.

자축전사대와 맞서고 있는 백인성은 주로 방어에 치중하면서 간간이 반격을 펼치고 있었다.

그의 무공으로 당장 자축전사대를 와해시키는 것은 어렵지 않지만 지나친 공력으로 인해 대기해 있는 다른 무사들을 자극할 이유가 없었다. 게다가 태극진세 속에서 동료가 회복할 시간이 필요했기에 일부러 지구전을 택한 것이다.

이때 서늘한 기운이 허공에서 엄습해왔다.

"물러서라!"

드센 외침에 이어 관무전의 창날이 매섭게 파고들었다.

쐐애액!

창끝에서 뿜어진 세 줄기 강기가 백인성의 삼단전을 동시에 위협했다.

백인성의 짙은 검미가 꿈틀거렸다.

'강력한 절기로군!'

빙글 회전한 백인성은 태극검법을 전개해 관무전의 공세를 차단했다.

허공으로 솟구쳐 오른 관무전은 힘차게 창을 내리쳤다.

"천병폭섬추!"

길이 일 장 사 척의 장창이다 보니 내리꽂히는 공격이 흡사 산악이 무너지듯 위협적이었다.

'과격하기는 해도 금마총 마왕들의 마공에 비해 정순하군.'

백인성은 비스듬히 세워 관무전의 공세를 막아냈다.

차앙……!

날카로운 금속성이 터지며 세찬 소용돌이가 주변을 휩쓸었다.

서로 마주친 검과 창을 통해 번갯불이 분수처럼 뿜어졌다.

관무전은 창을 통해 전해지는 반탄력에 기혈이 역류하는 듯한 충격을 느꼈다.

'이놈… 파공혼수에 중독된 상태에서도 이렇듯 심후한 공력을 지니고 있단 말인가?'

하지만 그는 천병무궁 대총병으로서의 자부심이 워낙 강했기에 상대를 인정하고 싶지 않았다.

'네가 아무리 천외무선의 후예라도 애송이일 뿐이다!'

관무전은 화려한 창법을 전개해 백인성의 전신 요혈을 공격했다.

백인성은 그 와중에도 태극진세의 상황을 점거했다.

인해전사대에 이어 자축전사대까지 가세하면서 견고한 태극진세가 조금씩 흔들리기 시작했다.

쾅— 쾅—!

두 부대의 무사들은 바닥을 공격해 태극도를 조금씩 지우고 있었다. 정면 돌파가 불가하기에 바닥에 새겨진 도형을 와해시키는 쪽으로 공격 방향을 바꾼 것이다.

'지체하면 위험하다.'

　백인성은 단목검에 진기를 집중시켰다. 검극을 통해 다섯 자 길이의 검기가 뿜어지면서 허공에 그어질 때마다 불꽃이 꼬리를 물었다.

　"삼극만상!"

　태극만류검법이 전개되자 무수한 검형이 허공을 수놓으면서 지상으로 쏟아져 내렸다.

　지극히 화려하면서 경이로운 공세에 관무전은 바싹 긴장했다. 막아내기가 쉽지 않으면 물러서야 하는데 그의 강한 기질이 회피를 허락지 않았다.

　"차앗!"

　관무전은 혼신의 공력을 주입해 창을 풍차처럼 회전시켰다.

　위이잉!

　창끝에서 뿜어진 강기가 소용돌이를 일으키면서 허공에 거대한 방패 형상을 만들어냈다.

　유성이 쏟아지는 듯한 화려한 공세와 강력한 방어.

　콰— 쾅쾅—!

　엄청난 폭음이 터지며 지하 광장 전체가 요동쳤다. 견고한 바닥이 쩍쩍 갈라졌고 천장 일부가 붕괴하면서 바윗덩이가 추락했다.

　"크으윽!"

　삼장 밖으로 나가동그라진 관무전은 울컥 피를 쏟았다. 창은 박살 났고 자루만 겨우 남았다.

곧바로 태극진세로 뛰어든 백인성은 무사들을 향해 일장을 내질렀다.

콰아아!

선명한 장인이 급격히 부풀어 오르면서 무사들을 밀어냈다.

퍼퍼펑!

무사들 십여 명이 퉁겨지면서 사방으로 널브러졌다. 광장의 벽 한쪽으로 오장 크기에 달하는 거대한 장인이 새겨졌다. 천외무선의 절기 중 하나인 태극무환인(太極武桓印)이었다.

백인성은 재차 태극무환인을 전개해 인해전사들마저 날려 버렸다.

관무전의 패배에 이은 두 개 전사대의 패퇴.

이를 본 화소소는 입술을 질끈 깨물었다.

'백인성… 정말 강한 자야. 천병무궁의 대총병이면 초절정 고수인데 이렇게 맥없이 쓰러지다니.'

그녀는 굳게 닫힌 철문 쪽을 돌아보았다.

'이런 상황인데도 천병투신은 보고만 있을 건가?

이때 운공을 마친 군세명이 진세 밖으로 나섰다.

"백 형은 잠시 쉬시오, 내가 저들을 상대하겠소."

"벌써 공력이 회복된 거요?"

"기이하게도 파공혼수의 독기가 빠르게 소멸하였소. 아마도 태극도의 신비로운 효험 때문인 것 같소."

"다행이오."

곧이어 예운교와 단아빈도 진세에서 나왔다.

검을 뽑아든 예운교는 화소소를 향해 달려들었다.

"저 요사한 계집은 내가 처단하겠어요!"

화소소는 내심 당혹감을 금치 못했다.

'벌써 파공혼수를 해독했단 말인가?'

예운교의 검기가 날아들자 화소소는 천병무궁 무사들 쪽으로 도주했다. 그녀의 계획은 백인성과 천병무궁의 격돌이기에 직접 싸울 의사는 전혀 없었다.

예운교가 화소소를 추격하려 하자 군세명이 막아섰다.

"진정하시오, 예 낭자. 화소소는 언제든 잡아 단죄할 수 있소. 지금은 천병무궁의 공세를 막아내는 것이 우선이오."

예운교가 분함을 참지 못하고 매섭게 내뱉었다.

"저 뱀 같은 계집을 반드시 죽여야겠어요!"

이때 대기해 있던 사개부대 무사들이 비로소 움직이기 시작했다.

절도 있는 동작으로 산개한 무사들은 반원형 진세를 형성해 서서히 압박해 왔다.

척, 척, 척!

검을 뽑아든 군세명이 전면으로 나섰다.

"내가 잠시 상대할 테니 백 형도 운공을 취하시오."

“난 괜찮소.”

“이들이 천병무궁의 전부는 아닐 것이오. 긴 싸움이 될 것 같으니 파공혼수에 중독된 상태로는 버티기 어렵소.”

단아빈과 예운교도 옆에서 거들었다.

“맞습니다, 공자. 운공을 취하셔야 합니다.”

“그렇게 하세요, 사형. 하급 무사들 정도는 우리가 충분히 저지할 수 있어요.”

백인성은 잠시 생각하다가 동료들의 권유를 받아들였다.

“알겠소. 그럼 부탁하겠소.”

태극진세 속으로 들어선 백인성은 가부좌를 틀고 앉았다.

‘천병무궁 최강 고수들은 관무전에 비할 바가 아닐 것이다. 결전에 대비해 속히 공력을 회복해야 한다.’

사실 공력이 저하된 상태에서 과도한 진기를 소진하면서 그도 진기 고갈을 우려하고 있었다.

운공조식에 몰입하자 그의 몸이 둥실 떠올랐다. 태극도의 신비로운 기운이 자연적으로 그의 보호막이 된 것이다.

천병무궁 육합전사대가 대거 진격하면서 양측의 격돌이 시작되었다.

차차창!

군세명이 정면을 차단했고 예운교와 단아빈이 좌우에서 이를 지원했다.

“탕마전도!”

강력한 검기가 분출되자 천병무궁 무사들 일부가 쪼개지면서 퉁겨져 나갔다. 백인성은 가급적 살상을 피하려 했지만 군세명의 검에는 그런 자비가 담겨 있지 않았다.

그의 눈에 비친 천병무궁 무사들은 응징해야 할 악이기에 휘두르는 검에 추호도 주저함이 없었다.

예운교와 단아빈은 군세명의 공세를 뚫고 태극진세로 접근하려는 무사들을 차례로 쓰러뜨렸다. 손속에 사정을 두기에는 무사들의 돌격이 워낙 저돌적이었다.

퍼— 퍼펑—!

양측이 뒤엉킨 격돌 속에서 이미 수십 명이 핏물 속에 잠겼다. 죽음을 도외시하는 무사들의 공격이기에 대결은 처절한 혈투일 수밖에 없었다.

불과 일각 정도의 싸움이었지만 무사들이 쏟아지는 공세에 군세명은 숨을 고르기도 쉽지 않았다. 무사들의 창검에 몇 군데 부상을 당했지만, 고통을 느낄 새도 없었다.

다시 일각이 흐르면서 세 사람을 압박하는 무사들의 포위망이 점점 좁혀 들었다.

군세명이 고군분투했지만 예운교와 단아빈의 무공이 상대적으로 약했기에 그 혼자 감당하기에는 한계가 있었다.

쐐애액!

한 자루 창이 단아빈의 등을 향해 내리꽂혔다.

"위험해요, 언니!"

예운교가 급히 뛰어들며 무사의 창을 쳐냈다.

순간 두 자루 칼이 예운교의 가슴과 옆구리로 날아들었다. 예운교는 가까스로 한 자루 칼을 쳐냈지만, 미처 막아내지 못한 칼은 옆구리를 향해 파고들었다.

'아……!'

예운교는 아득한 절망감에 젖고 말았다.

한데 한 자루 검이 측면에서 날아들면서 무사의 미간에 꽂혔다. 위기의 순간 군세명이 검을 날려 예운교를 구한 것이다.

서로가 지원한 덕분에 겨우 위기를 넘겼지만, 상황은 더욱 위태로워졌다. 천병무궁 무사들은 세 사람을 각기 에워싸면서 맹렬한 공격을 가해왔다.

천병무궁 무사들의 폭풍 같은 공세에 예운교와 단아빈은 반사적으로 간신히 방어할 뿐 반격은 생각할 수도 없었다. 군세명은 두 여인을 지원하려 했지만 수십 명의 무사들이 겹겹이 둘러싸고 있어 접근하기도 쉽지 않았다.

한쪽에서 이를 지켜보고 있던 화소소는 회심의 미소를 머금었다.

'백인성은 마음이 약한 자야. 이들을 인질로 삼는다면 능히 굴복시킬 수 있어.'

네 명의 무사들이 단아빈을 향해 일제히 병기를 내질렀다.

창, 검, 칼, 채찍 등 각기 다른 네 자루 병기가 단아빈의 전신을 노리고 파고들었다.

단아빈은 눈앞이 캄캄해졌다. 기력이 극도로 소진된 상황이라 검을 휘두르려 해도 진기가 제대로 이어지지 않았다.

이 순간 갑자기 명문혈을 통해 뜨거운 진기가 스며들었다. 순식간에 경락을 따라 일주천한 진기는 그대로 검에 주입되면서 눈부신 검강이 분출되었다.

차차창—!

단아빈을 노리던 네 자루 병기가 일시에 박살 나면서 무사들이 동료들과 뒤엉켜 나자빠졌다.

고개를 돌린 단아빈은 비로소 상황을 이해하게 되었다.

"아, 공자!"

어느새 운공을 마친 백인성이 단아빈의 명문혈에 장심을 대고 있었다. 그의 심후한 공력이 단아빈이 몸으로 스며들면서 무사들을 날려버린 것이다.

백인성은 단아빈과 마주 서며 안쓰러운 눈빛을 띠었다.

"다친 데는 없소?"

"전 괜찮아요."

"잠시 기다리시오."

순간적으로 이동한 백인성은 예운교 옆으로 내려섰다.

"사매, 이번에 전수해 줄 검법은 구천무상검법이야. 다수와 대적할 때 유용하지."

백인성은 유연하게 단목검을 휘두르며 무사들의 공세를

간단히 막아냈다.

"기러기가 수면으로 내려앉듯 발끝이 가볍고, 구름을 차고 올라 구천에 이른다. 신선이 옷자락을 휘두르듯 검이 춤을 추며, 숨은 용이 승천하듯 사위를 진동하며……."

구초에 이르는 구천무상검법이 시전되는 동안 묘수전사대 절반이 거꾸러졌다.

예운교는 황망 중에 새로운 검법을 전수받게 되었지만, 집중력을 발휘해 구결을 뇌리에 새기고 백인성의 동작을 눈여겨보았다.

본래 영특한 데다 이미 태극만상검법을 터득했기에 예운교는 구천무상검법의 요결을 이내 숙지할 수 있었다.

"태산을 가르듯 날아올라 황하를 거스르니……."

예운교가 이내 구천무상검법을 구사하자 백인성은 이를 지켜보다가 흐뭇한 미소를 띠었다.

'사매의 재기는 정말 대단해. 무학에 대한 성취는 나를 앞설 정도야.'

단아빈과 예운교의 위기가 해소되자 백인성은 군세명에게로 다가섰다. 상대에게서 탈취한 검과 창을 양손에 쥐고 무사들과 격돌하는 군세명은 모습은 늑대 무리와 싸우는 맹호처럼 용맹해 보였다.

백인성은 군세명의 자존심이 상하지 않도록 배후와 측면에서 기습을 전개하려는 무사들만 제압해 주었다.

　겨우 한숨을 돌리게 된 군세명이 백인성을 돌아보며 밝은 미소를 띠었다.

　"백 형이 그새 운공을 마쳤구려."

　"고생 많았소. 이제 내가 상대할 테니 잠시 숨을 돌리시오."

　"나보다는 단 소저와 예 낭자를 돌봐주시오. 나는 충분히 감당할 수 있소!"

　군세명은 힘찬 기합을 외치며 다시 무사들 속으로 뛰어들었다.

　백인성의 개입으로 인해 전세가 일시에 뒤바뀌었다. 폭풍 같은 공세로 세 사람을 압박하던 무사들은 매서운 반격에 오히려 뒤로 밀려야 했다.

　그러자 굳게 닫혀 있던 대형 철문이 활짝 열리면서 종이 깨지는 듯한 외침이 날아들었다.

　"모두 물러서라!"

　심후한 공력이 깃든 외침에 천병무궁 무사들은 일제히 병기를 거두고 물러섰다.

　활짝 열린 철문 안으로 들어선 사람은 셋이었다.

　좌우의 두 장한은 벗은 상체에 견갑과 호심경을 찼다. 단단한 근육질로 보아을 통해 대단한 완력의 소유자로 추정되었다. 쌍둥이처럼 용모가 흡사한 두 사람은 고슴도치 수염과 긴 구레나룻으로 구분되었다.

고슴도치 수염은 거대한 도끼를 손에 쥐었고, 구레나룻 장한은 육중한 철퇴를 어깨에 걸머멨다.

두 장한의 체구는 거인처럼 우람했지만 가운데 노인은 그들보다 머리 하나는 커 큰 진짜 거인이었다.

관운장처럼 긴 수염을 늘어뜨리고 금빛 전포를 걸친 노인은 드러난 피부가 금빛으로 번들거렸다. 눈에서 뿜어지는 눈빛은 번갯불처럼 강렬해 웬만한 사람은 눈빛을 마주 대하는 것만으로 심장이 멎을 정도였다.

손에는 한 자루 기다란 봉을 쥐고 있는데 신비로운 서기가 뿜어져 나왔다.

백인성 옆으로 다가선 단아빈이 긴장된 표정으로 설명해 주었다.

"저 사람이 천병무궁의 궁주인 천병투신이며 좌우를 수행하는 두 사람은 천병쌍존입니다."

천병투신(天兵鬪神) 환무(桓武).

세상에 널리 알려진 존재는 아니지만 제왕성주와 버금갈 절세고수이다. 세상사에 정통한 현자들은 제왕성주와 요지선자, 그리고 천병투신을 같은 반열에 올려 천하삼대고수로 명명하기도 한다.

백인성은 환무를 잠시 살피다가 신비로운 기운을 발하는 봉에 시선을 고정했다.

"저것이 여의신병인가 보군."

"맞아요. 세상 어떤 병기로도 변할 수 있으며 가공할 위력을 지닌 신병이지요."

환무가 나서자 천병무궁 무사들은 일제히 한쪽 무릎을 꿇으며 예를 올렸다.

"궁주님을 뵈옵니다!"

천병쌍존은 무형지기를 발출해 바닥에 널브러져 있는 무사들을 좌우로 쓸어냈다. 죽은 자들과 부상자들이 잡동사니처럼 한데 뒤엉켰다. 아무리 패배자들이라 해도 지극히 비정한 처사였다.

환무는 분질러진 창대를 쥔 채 무릎 꿇고 있는 관무전 앞에 걸음을 멈췄다.

"네놈 꼴이 이게 뭐냐?"

"소, 송구합니다, 궁주님."

"백년을 키워온 본궁의 전력이 고작 이 정도였단 말이냐?"

환무의 발길질에 관무전은 오 장 밖으로 나가동그라졌다. 즉사는 모면했지만, 회복이 쉽지 않은 일격이었다.

이를 본 화소소는 머리를 바싹 조아렸다.

"궁주님, 상대는 전설의 후예인 와룡성수입니다. 게다가 제왕성 소성주까지 가세한 상황이라……."

"닥치지 못할까!"

격한 일갈에 내상을 당한 화소소의 오공을 통해 피가 흘러나왔다.

"네년이 계집인 것을 다행으로 알아라. 사내놈이었다면 골통을 부숴버렸을 것이다!"

"자비에 감사드립니다."

화소소는 벌벌 떨면서 고개도 들지 못했다.

환무가 천병쌍존을 대동해 다가서자 예운교는 병기를 거두고 는 예를 취했다.

"소녀 단아빈이 환 궁주님을 뵈옵니다."

단아빈을 쓸어본 환무가 고개를 갸웃거렸다.

"네가 단아빈이라고?"

"그렇습니다."

"네 얼굴이 왜 이렇게 변한 것이냐? 어렸을 적에는 인형처럼 귀여웠던 것 같은데……."

"그런 것은 중요치 않습니다."

단아빈의 딱딱한 응수에게 환무가 건성으로 고개를 끄덕였다.

"맞아. 전혀 중요하지 않은 일이지. 네가 감히 삼비문의 규칙을 어기고 외부인을 끌어들여 본궁을 침공했으니 네게는 죽음만 있을 뿐이다."

이에 예운교가 날카로운 어조로 맞섰다.

"적반하장도 유분수로군. 천수신궁과 야합해 천예비궁을 침공해 참화를 일으킨 주제에 누구를 단죄하겠다는 거죠?"

그러자 천병쌍존이 예운교를 향해 대뜸 도끼와 철퇴를 내려쳤다.

우우웅!

가히 산악이라도 쪼갤 엄청난 기세.

"어림없다!"

군세명이 천부패존의 도끼를 차단하자 백인성은 천력무존의 철퇴를 튕겨냈다.

차― 창―!

요란한 쇳소리와 함께 사나운 회오리가 사위를 휩쓸었다. 자신들의 공격이 차단되자 천병쌍존은 눈을 부릅뜨며 재차 도끼와 철퇴를 치켜들었다.

"이놈들이 감히!"

"네놈부터 쪼개주겠다!"

한데 환무가 손을 쳐들어 천병쌍존의 공격을 제지했다.

"물러서!"

천병쌍존은 급히 병기를 회수하고는 뒤에 시립했다.

환무는 네 사람을 쓸어보고는 위압적인 어조로 내뱉었다.

"너희가 감히 본궁을 침범해 숱한 무사들을 해쳤으니 곱게 죽을 생각은 마라. 물론 살아 돌아갈 생각은 애초에 꾸지 말아야 할 것이다."

무시무시한 위협에 백인성이 한 걸음 앞으로 나섰다.

"천예비궁 제자들의 목숨 또한 천병무궁 무사들과 마찬가지로 소중하오. 천병무궁의 과오는 전혀 생각지 않고 어찌 우리들의 침입만을 문제 삼는 거요?"

환무는 번갯불과 같은 눈빛으로 백인성을 직시했다. 이글거리는 불꽃이 뿜어지는 안광은 쇠붙이라도 투과할 정도였다. 하지만 백인성은 지극히 담담하게 환무의 눈빛을 마주 대했다.

환무는 표정이 굳어졌지만 이내 천둥 같은 광소를 토했다.

"카하핫!"

엄청난 웃음소리에 단아빈과 예운교는 귀를 틀어막아야 했다.

웃음을 그친 환무가 호쾌한 어조로 말했다.

"천외무선의 후예라더니 과연 신위가 남다르구나. 어디 전설의 후예와 한번 겨뤄보겠다."

"대결에 앞서 환 궁주는 자신의 과오를 시인하고 예 소저에게 정중히 사과해야 하는 것이 순서이며 도리요."

"내가 왜 사과를 해야 한다는 것이냐?"

"하면 천수신궁과 함께 천예비궁을 침공해 참화를 일으킨 죄를 부인하겠다는 거요?"

"그 사실은 부인하지 않는다. 하지만 천예비궁이 선부의 후광을 등에 업고 삼비문 통합을 꾀하려 했기에 앞서 조처를 취했을 뿐이다. 상황이 이러하거늘 왜 본좌가 사과를 해야 한다는 것이냐?"

환무가 당위성을 거론하자 단아빈이 강하게 반박했다.

“당치 않습니다. 천수신궁이 먼저 본궁의 신물을 훔치려 잠입했습니다. 하지만 저희 천예비궁에서는 이를 용서하고 관대하게 처리했습니다. 삼비문 통합이 모든 제자들의 열망이지만 본궁은 무참한 살상을 원치 않습니다. 비록 삼비문이 세 개의 문파로 나뉘어 있지만 다 함께 십절 태사조님의 후예가 아닙니까. 한데 천병무궁은 천수신궁과 작당해 본궁을 침범해 무수한 제자를 살상하고 신물까지 강탈해 갔습니다. 이것이 제가 이 자리에 있는 이유입니다.”

십절무제의 동문임을 내세운 준엄한 지적에 환무도 조금은 찔리는 데가 있는지 시선을 돌렸다.

“삼비문마다 나름대로 방식이 있다. 본좌는 본궁의 원칙대로 했을 뿐이다.”

“무엇이 천병무궁의 원칙입니까?”

“강한 문파가 다른 두 문파를 지배해서 통합하는 것이다. 그것은 세상의 원칙이기도 하지.”

강한 자가 지배하는 원칙!

약육강식의 논리에 단아빈이 그만 할 말을 잃자 백인성이 나섰다.

“환 궁주가 오직 무만을 내세운다면 나 역시 같은 방식으로 대응하겠소.”

환무는 고깝다는 눈빛으로 백인성을 직시했다.

“와룡성수, 이는 삼비문 내부의 사안이며 집안 문제이다.

삼비문과 아무런 연관이 없는 네가 왜 개입하려는 것이냐?"

"왜 연관이 없다 하시오?"

"뭐야?"

"나는 단 소저와 백년가약을 맺은 사이요. 장차 장인이 되실 분이 생사의 기로에서 위기에 처해 있고 천예비궁이 폐문의 위기를 당했는데 내가 어찌 두고만 볼 수 있겠소?"

백년가약.

단아빈은 얼굴이 화끈 달아올랐지만 지금 상황에서는 부인할 수도 없는 처지였다. 군세명과 예운교도 다소 놀랐지만 백인성이 입장이 난처해질 수 있기에 전혀 내색하지 않았다.

환무는 단아빈과 백인성을 번갈아보고는 고개를 끄덕였다.

"그렇다면 나설 자격이 있다. 하지만 전설의 후예가 한갓 계집 때문에 본궁과 맞서다니 불운하다고 말하고 싶구나."

"내가 하고 싶은 말이오."

전에 없는 강경한 응수였다.

환무는 여의신병을 천천히 치켜들었다.

"오냐, 전설의 후예라면 본좌와 능히 겨룰 자격이 있지!"

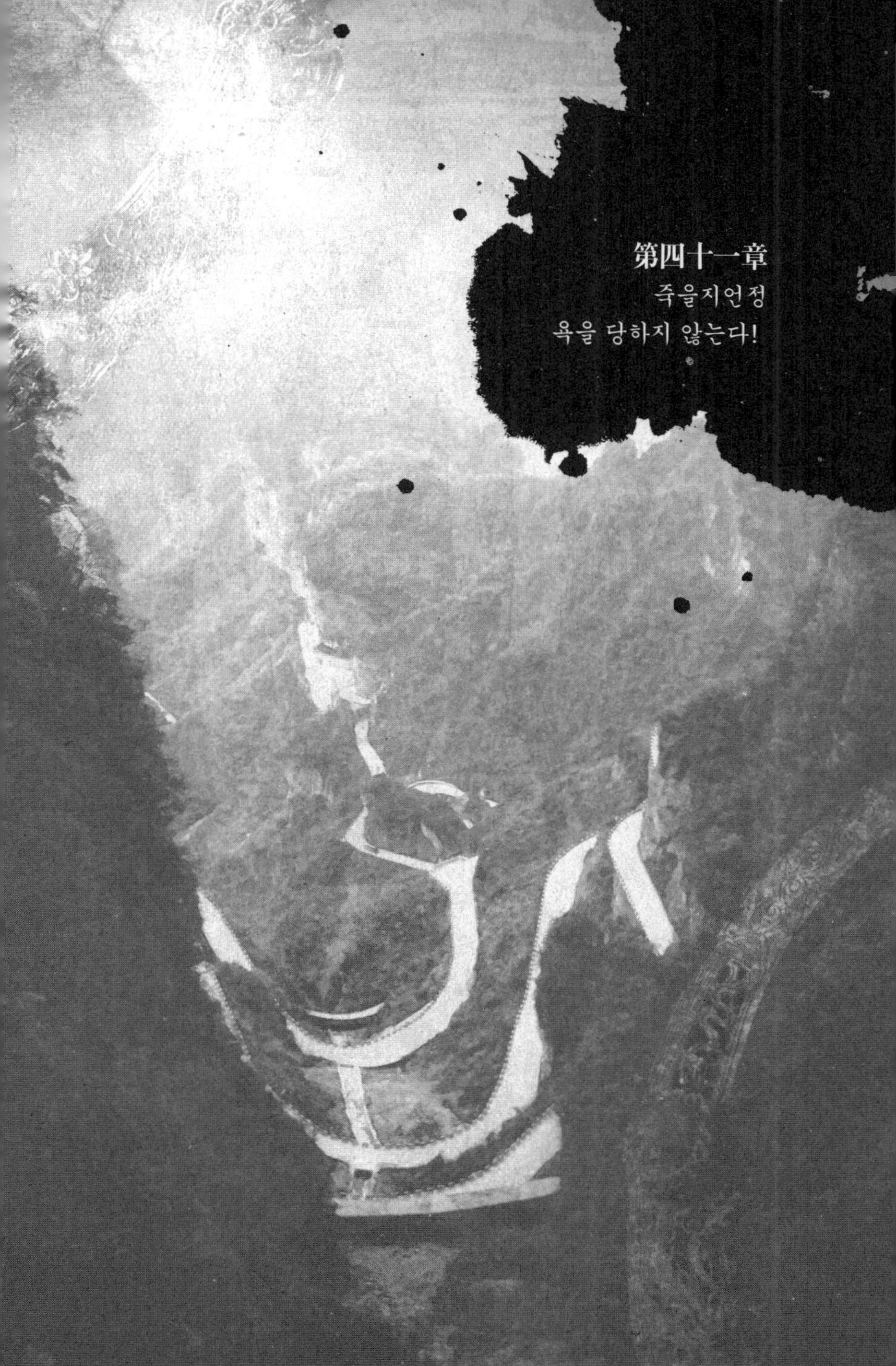

第四十一章
죽을지언정
욕을 당하지 않는다!

1

　엄청난 격돌이 예상되기에 양측은 지하광장 중앙에서 최대한 멀리 물러섰다.

　무사들 뒤에서 백인성을 바라보는 화소소의 눈빛은 질시와 원망으로 가득 차 있었다.

　'형편없는 사내! 그래, 나를 마다하고 저 추한 계집을 선택했단 말이냐?'

　그녀가 사악하고 교활한 악녀이기는 해도 여인 본연의 감성은 지니고 있었다.

　천중신수 세 방울을 복용하고도 죽지 않고 천수신궁을 찾아온 백인성을 대면하면서 그녀는 충격과 안도감을 동시에

품게 되었다. 그와 함께 천예비궁을 찾아가던 여정에서 그의
여인이 되고 싶을 만큼 연모를 느낀 것도 사실이었다.

그러나 백인성의 거부로 뜻을 이루지 못하면서 그녀의 감
정은 연모와 원망이 어우러진 애증으로 변모하였다.

그런 그녀였기에 백인성이 단아빈과 백년가약을 맺었다는
공언은 커다란 충격이었다.

'내가 어때서? 대체 저 추한 계집이 어떻게 꼬드겼기에 백
인성이 넘어갔단 말인가?'

광장 저편의 단아빈을 직시하는 그녀의 눈에서 원독의 기
운이 줄기줄기 뿜어져 나왔다. 그러다 환무와 대치해 선 백인
성에게로 시선을 돌린 그녀는 처절한 저주를 퍼부었다.

'제발 죽어라, 백인성! 너를 홀린 저 추한 계집은 내 손으로
찢어 죽이겠다. 형체를 알아볼 수 없도록 죽여주지. 그래야
죽어서도 네가 알아볼 수 없을 테니까!'

하지만 정작 화소소의 저주를 받고 있는 단아빈은 당혹스
럽기만 했다.

'백년가약… 이건 사실이 아니야. 그래, 대결의 당위성을
위해 백 공자가 거짓을 말할 수밖에 없었어. 난 그것을 이해
해야 해.'

그렇게 자위했지만, 가약이 현실이기를 바라는 심정은 지
울 수가 없었다.

예운교가 잔잔한 미소를 띠며 그녀의 손을 쥐었다.

"사형이 마침내 언니한테 정식으로 구혼을 청했군요."

"아… 아니야, 운교. 내가 어떻게 감히… 그저 천병투신과 맞설 구실이 필요했던 거지."

"사형 성격을 모르세요. 그렇듯 중대한 사안을 함부로 내세울 분이 아니시잖아요?"

"운교, 지금은 너무 떨려 아무 생각도 들지 않아. 백 공자가 제발 무사해야 하는데……."

대치 상황을 지켜보던 군세명이 차분한 어조로 응수했다.

"천병투신과의 대결은 어차피 예정된 순서가 아니오? 금마총 마왕들을 격파한 백 형이라면 절대 패하지 않을 거요."

"천병투신의 무공은 금마총 마왕들과 버금갑니다. 게다가 그는 여의신병을 지니고 있어요. 여의신병의 파괴력은 상상을 초월합니다."

"여의신병의 위력에 대해서는 나도 들은 적이 있소. 그렇다 해도 우리는 신념을 갖고 지켜볼 수밖에 없소. 우리를 위해서가 아니라 세상을 위해서라도… 백 형이 이겨야만 하오."

환무는 백인성의 쥐고 있는 단목검을 보고는 실소를 흘렸다.

"그건 웬 막대기냐?"

"이것은 단목검이라는 병기요."

"내 눈에는 그저 막대기로 보이는구나. 전혀 날카롭지도 않고 끝이 뭉툭해 어디 호박이라도 베겠느냐? 본궁 병기고에 쓸 만한 병기가 많이 있다. 한 자루 주랴?"

"병기가 반드시 날카로울 이유는 없소. 예리한 병기는 남을 해칠 뿐 아니라 자신까지 다칠 수 있어 사양하겠소."

"카하핫! 네가 나이는 어려도 득도를 했나 보구나. 하지만 그런 나약한 의식으로는 강호에서 살아남을 수 없다."

환무는 여의신병에 진기를 주입시켰다. 기다란 여의봉은 이내 예리한 창날을 갖춘 창으로 변환되었다.

"강호의 전설인 천외무선의 명성을 지키고 싶다면 최선을 다해야 할 것이다."

"물론이오."

"간다!"

순간적으로 다가선 환무가 힘차게 창을 내리쳤다.

우우웅!

창이 닿기도 전에 엄청난 강기가 노도처럼 밀려왔다.

백인성은 숨이 턱 막힐 것 같은 압박감을 느끼며 경각심을 고조시켰다.

'극강의 패력이다!'

호신강기를 펼쳐 몸을 보호한 백인성은 단목검을 휘둘러 강기를 쪼갰다.

퍼엉!

일진 폭음이 터지며 지반이 요동쳤다.

"천병이 진동하니 세상이 굴복한다!"

환무는 연속적으로 창을 내질렀다.

창끝에서 뿜어지는 강기가 꼬리에 꼬리를 물고 이어지면서 폭풍처럼 백인성을 향해 내리꽂혔다.

백인성은 이형환위를 구사해 강기의 폭풍 속에서 솟구쳐 올랐다.

"차앗!"

백인성은 태극만류검법을 전개해 수십 개의 검형을 발출했다. 수십 개의 검형은 제각기 호선을 그리며 환무의 전신 요혈로 파고들었다.

환무는 호쾌한 웃음을 터뜨렸다.

"카하핫! 멋진 수법이로다!"

그가 쥔 창이 풍차처럼 회전하자 이내 커다란 방패로 변환되었다.

차차창—!

방패를 휘둘러 검형을 쳐낸 환무는 빙글 회전하면서 수평으로 힘차게 그었다. 여의신병은 어느새 칼로 변환돼 서릿발 같은 도기를 뿜어냈다.

백인성은 예상치 못한 수법에 흠칫 놀랐지만 차분하게 단목검을 휘둘러 환무의 도기를 막아냈다.

콰아앙……!

하늘이 찢어지는 듯한 폭음이 작렬하면서 맹렬한 소용돌

이가 동심원을 그리며 사위로 퍼져나갔다.

백인성은 단목검을 통해 전해지는 충격에 기혈이 뒤틀렸다.

'여의신병의 위력 때문인가? 천마들의 마공보다 강력해!'

나름대로 승기를 잡았다고 확신한 환무는 연이어 무시무시한 도법을 쏟아냈다.

"칼빛이 천지에 가득하니 만마가 스러진다!"

보이는 것은 번득이는 칼날뿐, 백인성의 모습은 칼날에 가려 보이지 않았다.

잇단 금속성이 터지는 가운데 백인성이 퉁겨져 나왔다. 여의신병의 예리한 칼날이 스쳤는지 장삼 몇 곳에서 핏물이 번져 나왔다.

"아……!"

단아빈은 가슴이 떨려 차마 대결을 직시할 수가 없었다.

예운교 역시 불안과 두려움을 이기지 못하고 바닥만 내려다보았다.

그녀의 그런 모습을 본 군세명이 가만히 손을 잡아주었다. 예운교는 움찔 놀랐지만, 굳이 군세명의 손을 뿌리치지 않았다. 그가 잡아준 손이 적잖이 위안이 된 것이다.

반면 화소소는 다소 안도할 수 있었다.

'역시 천병투신이야. 아무리 전설의 후예라도 여의신병을 지닌 천병투신을 이길 수는 없지.'

환무의 손에 쥐어진 칼이 검으로 변환되면서 또 다른 천지

조화를 일으켰다.

"검왕이 독보해 세상의 혼란을 잠재운다!"

수백 수천의 검기가 교차하면서 바닥이 폭발하고 검형이 폭우처럼 쏟아졌다. 반경 십 장 이내를 뒤덮는 어마어마한 공세는 모든 것을 박살 낼 듯 강력했다.

백인성은 거대한 빛의 공세 속에서 빠르게 상황을 분석했다.

'패력과 정심함을 겸비한 절기다. 정면 대결을 펼치면 자칫 양패구상에 이르게 된다.'

그의 의도는 천병무궁의 제압이지 괴멸이 아니었다. 그가 죽어서도 안 되지만 환무가 죽는 것도 원치 않았다.

수백 수천의 번갯불이 내리꽂히는 와중에 그는 태극도의 묘(妙)를 뇌리에 떠올렸다.

이유제강(以柔制强)!

부드러움으로써 강함을 제압하는 것이 선도무예의 정수였다.

백인성은 무수한 검기가 자신의 호신강기를 파훼할 때까지 기다렸다.

이에 놀란 군세명이 다급하게 외쳤다.

"피하시오, 백 형!"

그러나 검기의 폭풍이 이미 사위를 차단하기에 피신도 용의치 않은 상황이었다.

파파팟!

호신강기를 관통한 검기가 백인성을 쪼갤 듯이 파고들었다.

이 순간 백인성은 검무를 추듯이 단목검을 크게 휘저었다.

"태극무진— 혼극반회!"

허공에 선명한 태극도형이 형성되면서 시공이 뒤틀렸다.

백인성의 몸을 투과한 수백 수천의 검기는 급선회하면서 환무를 행해 되날아갔다.

상상도 못할 급변에 환무는 눈을 부릅떴다. 혼신의 힘을 기울인 절기로 백인성을 쓰러뜨렸다고 확인한 그였기에 이런 반격은 전혀 예상치 못했다.

"어엇?"

급히 검을 끌어당긴 그는 검을 방패로 변환시켰다.

급선회한 수백 수천의 검기가 환무를 향해 내리꽂혔다.

콰콰쾅—!

쇠를 찢는 듯한 잇단 폭음에 모든 관전자는 귀를 틀어막아야 했다. 극렬한 음공에 무사들 상당수가 내상을 당해 주저앉았고 천장과 암벽이 쩍쩍 갈라지면서 바윗덩이가 무너져 내렸다.

단아빈과 예운교는 군세명이 호신강기로 보호해 준 덕분에 내상을 피할 수 있었다. 그들은 전혀 예상치 못한 반전에 눈 한번 깜빡이지 못한 채 장내를 주시했다.

"크으윽!"

자신이 펼친 무공에 오히려 당하게 된 환무는 계속해서 쏟아지는 검기를 감당할 수가 없었다. 방패를 통해 전해지는 충격 탓에 장기가 상하는 내상마저 입고 말았다.

퍼엉……!

마지막 검기가 강타하면서 환무는 피를 토하며 나가동그라졌다. 동시에 그의 손에서 튕긴 방패가 허공으로 솟아올랐다.

백인성은 섭물진기를 발출해 방패를 끌어들였다. 방패를 손에 쥔 그는 방패를 여의신병의 기본 형상인 여의봉으로 변환시켰다.

천병투신의 참패.

더욱이 천병무궁의 신물인 여의신병을 빼앗기는 최악의 사태가 발발하자 천병무궁 무사들은 충격과 경악에 사로잡혔다.

"크으으!"

겨우 몸을 일으킨 환무가 사납게 외쳤다.

"교환한 놈! 명색이 전설의 후예가 사술을 구사한단 말이냐?"

백인성은 차분한 어조로 반박했다.

"말씀이 지나치군. 사술이 아니라 태극도의 절기 혼극반회라는 수법이었소. 여의신병은 실로 강력한 병기이지만 앞서 언급한 대로 여의신병의 강맹함이 환 궁주를 해친 것이오."

환무의 표정이 참담하게 일그러졌다. 삼비문 중 으뜸이라는 자부심이 처절하게 짓밟힌 것이다. 이는 죽음으로도 씻을 수 없는 치욕이었다.

환무는 백인성이 쥐고 있는 여의봉에 시선을 고정시켰다.

"내 패배를 인정하겠다. 하지만 여의신병은 본궁의 존엄한 신물이니… 돌려다오."

"그 부탁은 내가 아니라 단 소저에게 해야 할 것이오."

백인성은 단아빈을 불러들여 여의봉을 건넸다.

"천병무궁은 천예비궁에 참화를 일으킨 주적이니 단 소저가 판결하시오."

여의봉을 손에 쥔 단아빈은 감격에 젖어 눈물을 글썽였다.

"고맙습니다, 백 공자."

"일전에 단 소저가 칠성신수를 손에 넣었을 때 천수신궁에 엄한 징계를 가할 수 있었소. 한데 내가 만류하는 바람에 천예비궁이 참화를 당한 것 같아 마음이 편치 못했소. 이제는 만류하지 않을 테니 마음껏 보복하시오."

한 걸음 물러선 백인성은 단아빈에게 처분을 맡겼다.

단아빈은 결연한 표정으로 여의봉을 높이 치켜들었다.

"천병무궁 제자들은 영부를 받들라!"

환무는 침중한 눈빛으로 단아빈을 직시하다가 털썩 무릎을 꿇었다.

"제자 환무가 영부를 알현하오."

환무에 이어 천병쌍존이 무릎을 꿇자 천병무궁 모든 무사들이 무릎을 꿇어 머리를 조아렸다.

단아빈이 여의신병을 내세워 천병무궁을 복속시키자 예운교는 군세명을 돌아보며 단아한 미소를 띠었다.

"이제 언니가 복수를 할 수 있게 됐군요."

"역시 와룡성수요. 그 위급한 상황에서 어떻게 여의신병을 탈취할 생각을 했는지 모르겠소."

"달리 선부의 후예가 아니죠. 한데… 언제까지 제 손을 잡고 있을 거예요?"

군세명은 싱긋 미소를 띠며 능청스럽게 응수했다.

"예 낭자가 내 손을 떨쳐내지 않았는데 어찌 손을 놓을 수 있겠소?"

예운교는 곱게 눈을 흘기고는 슬며시 손을 빼냈다.

환무 앞으로 다가선 단아빈이 냉엄하게 꾸짖었다.

"환 궁주는 요사한 천수신궁과 야합해 천예비궁을 침공해 참화를 일으킨 자신의 과오를 인정합니까?"

조사의 영부 앞이라 굴복한 환무였지만 태도는 당당했다.

"내가 당하지 않으려면 상대를 먼저 공격하는 것이 강호의 원칙이다. 천예비궁이 당한 것은 자파를 지키지 못할 만큼 무기력해서이니 본궁을 탓할 것 없다. 마찬가지로 오늘 내가 패한 것은 나의 수련의 부족해서이니 누구를 원망하지도 않는다. 네가 영부를 손에 쥐었으니 천예비궁이 참화를 당한 만큼 마음껏 보복해라. 나는 물론이고 본궁의 제자들 누구도 비굴하게 목숨을 구걸하지 않을 것이다."

환무는 단아빈을 직시하며 한 마디 덧붙였다.

"승자의 아량은 관대한 처분이 아니라 패자를 모욕하지 않는 것이다."

가살불가욕(可殺不可辱).

죽을지언정 치욕을 당하지 않겠다는 당찬 기백에 단아빈은 지그시 입술을 깨물었다.

"나는 처절한 보복보다 환 궁주의 진심어린 사과를 원합니다."

"패장무언이다. 죽여라."

일문의 지존다운 패기에 눌린 단아빈이 주저하자 예운교가 혹독한 보복을 주문했다.

"언니, 천예비궁의 제자들을 무참하게 죽인 자들입니다. 당시 침공에 참가한 무사들과 수뇌들에게 자결을 명하세요."

단아빈은 잠시 숙고하다가 치켜들었던 여의봉을 내렸다.

"천원신단은 본궁의 신물이니 그것만큼은 꼭 돌려받아야겠습니다."

그녀는 환무에게 여의봉을 건네주었다.

"받으세요."

"……?"

전혀 예상치 못한 상황에 모든 사람이 눈을 휘둥그레 떴다.

단아빈이 차분하게 말을 이었다.

"천병무궁을 괴멸시킨다 하여 천예비궁의 제자들이 되살

아나는 것도 아닙니다. 비록 참혹한 다툼을 벌였지만 나는 삼비문이 여전히 동문임을 인정합니다. 천병무궁은 이미 패했고 충분히 수모를 겪었습니다. 구천에서 지켜보고 계실 십절무제 태사조님과 세 분의 창건 조사를 생각해 더 이상의 보복은 하지 않겠습니다."

보복을 자제하려면 비통함을 감내하는 고통이 따른다.

백인성은 단아빈의 처결에 가슴이 뜨거워졌다.

'통쾌한 복수는 오히려 쉽다. 그것을 극복한 단 소저의 고매한 심정이 정말 존경스럽구나.'

환무는 물끄러미 단아빈을 직시하다가 몸을 일으켰다. 여의봉을 받아든 그가 침중한 어조로 물었다.

"후회하지 않겠느냐?"

"후회할지도 모릅니다. 하지만 아버님께서도 제 처분을 나무라지 않으실 겁니다."

"단 궁주의 상세는 어떠하냐?"

"아직 회생을 장담할 수 없습니다."

환무는 깊이 생각하다가 천부패존에게 지시를 내렸다.

"천부, 천원신단을 가져와라."

"예, 궁주님."

천부패존은 철문을 향해 달려갔다.

예운교는 단아빈의 관대한 처분이 속상했지만, 그녀가 관여할 자격은 없었다.

문득 부복해 있는 무사들을 둘러본 그녀가 날카롭게 외쳤다.

"이런! 요녀가 사라졌어요!"

화소소는 어느새 사라진 상태였다. 천병투신이 패배하는 순간 위기를 느껴 도주한 것이다.

천력무존을 호출한 환무가 엄하게 지시했다.

"화소소를 당장 잡아와라!"

"존명!"

천력무존은 무사들을 대동해 철문으로 달려갔다.

누구보다 화소소에 대한 원한이 깊은 예운교가 발발 동동 굴렀다.

"요사한 계집! 반드시 죽였어야 했는데!"

환무는 여의봉을 잠시 어루만지다가 검으로 변화시켰다. 흠칫 놀란 백인성과 군세명이 단아빈 좌우로 붙어섰다.

환무는 단아빈을 직시하며 질책하듯 말했다.

"아빈, 소궁주의 신분으로 그렇듯 심약해서야 어떻게 천예비궁을 계승할 수 있겠느냐? 네가 복수를 하지 않으면 너의 동문들과 친지들의 원혼은 너를 원망할 것이다."

"똑같이 피를 흘리는 것만이 복수는 아닙니다."

"피를 봐야 할 때는 피를 봐야 하는 것이 진정한 무(武)다. 그것을 두려워한다면 비겁한 짓이지."

환무는 자신의 가슴을 향해 검을 찔렀다.

퍼억!

예리한 여의신검은 환무의 가슴을 꿰뚫고 등까지 튀어나
왔다.

"궁주님!"

예상치 못한 사태에 천병무궁 무사들은 경악에 젖어 일제
히 일어섰다.

백인성 일행 또한 충격을 금치 못했다.

단아빈의 얼굴에서 핏기가 싹 가렸다.

"환 궁주, 왜……?"

"본궁은 향후 삼십 년 동안 봉문할 것이다… 이것이 패한
자가 받아야 할… 강호의 원칙이다."

환무는 가슴에 검을 꽂은 채 맥없이 주저앉았다.

천병투신의 자결!

그 자신의 결단이었지만 단아빈은 심한 자책감에 젖어 머
리를 감싸 쥐었다.

이때 천원신단을 가지러 갔던 천부패존이 환무 옆으로 내
려섰다.

"궁주님!"

환무의 입을 통해 붉은 피가 흘러나왔다.

"이들을… 보내 주어라……."

"크으, 궁주님!"

천부패존은 모로 쓰러지는 환무를 부축해 바닥에 눕혀주
었다.

백인성은 잠시 숙고하다가 환무 옆으로 자세를 낮춰 앉았다.

"내가 잠시 살펴보겠소."

극도로 격분한 천부패존이 도끼를 치켜들었다.

"꺼져! 어찌 궁주님의 존체에 더러운 손을 대려는 것이
냐?"

"회생이 가능하다면 살려보려는 것이오."

"뭐, 뭐라?"

단아빈이 백인성을 적극 두둔했다.

"백 공자를 그만한 능력을 지닌 분이십니다. 환 궁주의 회
생을 바란다면 백 공자의 지시에 따르세요."

도끼를 내리고 물러선 천부패존이 간곡하게 청했다.

"와룡성수, 부디 궁주님을 살려주시오."

2

지하궁전은 믿기지 않을 만큼 거대했고 황실의 정원처럼
화려했다. 오십 장 높이의 천장, 동굴 벽을 타고 흐르는 이십
장 높이의 폭포, 넓은 호수는 이곳이 지하세계라고는 생각하
기 어려울 정도였다.

지하궁전은 바로 천병무궁 본단이었다.

천병무궁이 아름다움을 자부하는 곳은 수십 개에 달하는
대장간으로 백 년 이래 쇠를 두드리는 담금질 소리가 그친 적

이 없었다. 한데 지금은 어느 대장간에서도 담금질 소리가 들려오지 않았고 화덕의 굴뚝에서도 연기가 피어오르지 않고 있었다.

궁전의 처소인 천병전 앞에 대기해 있는 삼백여 무사들은 모두 한쪽 무릎을 꿇은 채 초조한 모습으로 전각만 지켜보고 있었다.

활천침술과 탕약을 처방한 백인성은 침상에 누워 있는 환무의 안색을 살피고는 침소에서 나왔다.

천병쌍존이 바싹 다가서며 물었다.

"어찌 되셨소?"

"회생하신 것이오?"

백인성은 담담하게 미소를 띠었다.

"여의신검이 심장을 한 치 옆으로 비껴 관통된 바람에 회생이 가능했소. 하지만 워낙 위중한 부상이니 오랜 시간 요양을 하셔야 할 것이오."

천병쌍존은 감격에 한쪽 무릎을 꿇었다.

"감사드리오, 와룡성수."

"이 은혜 잊지 않겠소."

두 사람은 거듭 사의를 표하고는 침소로 들어갔다.

단아빈이 손수건을 꺼내 백인성의 이마에 서린 땀을 닦아주었다.

“고생하셨습니다.”

“사람의 수명은 하늘이 정해준 것이오. 천병투신이 이렇게 죽을 운수는 아니었나 보오.”

백인성은 휘장이 내려진 침소를 돌아보며 나직이 말했다.

“이러다 내가 염라대왕에게 미움을 사지는 않을지 모르겠군.”

“환 궁주의 천수가 아직 남아 있었다면 이는 하늘의 소관이니 염라대왕이라도 어찌 공자의 의술을 문제 삼겠습니까?”

“하하, 그렇게 되는군.”

백인성은 가벼운 웃음을 터뜨리다가 얼른 표정을 고치고는 예를 올렸다.

“늦었지만 사과드리겠소. 단 소저에게 양해도 구하지 않고 그만 결례를 범했소. 너무 마음에 두지 마시오.”

환무에게 단아빈과 백년가약을 맺은 사이임을 공언한 일에 대한 사과였다.

단아빈은 쓸쓸한 미소를 띠었다.

“어쩌겠어요? 백 공자가 나설 명분이 필요했으니 이해합니다.”

“사실… 명분 때문만은 아니었소.”

“……?”

“난 내가 공언한 말에 책임을 지고 싶소.”

단아빈은 다소 당혹스러웠지만 내심은 몹시 기뻤다.

"그 말씀을 믿어도 되나요?"

"나는 진작부터 마음이 있었지만 단 소저가 나를 어떻게 생각하는지 몰라 주저하고 있었소."

"소녀는 이럴 때 어떻게 해야 하죠? 선뜻 응하면 헤픈 계집처럼 보일 것이고… 거부하면 오만한 계집으로 취급될 테니 말이에요."

백인성은 다정한 미소를 지으며 단아빈의 손을 쥐었다.

"그럼 이렇게 합시다. 당장 결정하지 않아도 되니 생각해 보겠다고 말이오."

"그게 좋겠군요. 그런 중대한 문제가 결정하기에는 적당한 시기가 아닌 것 같아요."

단아빈은 긴 한숨 소리가 들려오는 침소로 시선을 돌렸다.

"아, 환 궁주가 깨어나나 봐요."

환무는 저승의 문턱까지 갔다 온 중병자답지 않게 힘차게 눈을 떴다.

그를 지켜보던 천병쌍존이 눈물을 글썽였다.

"궁주님……!"

"오, 깨어나셨군요."

환무는 잠시 천병쌍존을 주시하다가 객쩍은 소리를 했다.

"너희가… 본좌를 따라 저승까지 온 것이냐?"

"당치 않습니다, 궁주님."

천부패존이 간략하게 설명해주었다.

"궁주님께서 자진하셨지만 와룡성수와 단 소궁주가 성심을 다해 궁주님을 회생시켰습니다. 풍문대로 와룡성수의 의술은 화타와 편작에 비할 만합니다."

환무의 표정이 심각하게 굳어졌다.

"너희는 그것을… 보고만 있었단 말이냐?"

"예에?"

환무의 회생에 시종 웃음기를 지우지 못하고 있던 천병쌍존은 갑작스런 질책에 영문을 몰라 눈을 휘둥그레 떴다.

"본좌가 명예와 자존심을 잃어… 자결했으면 죽게 내버려두었어야 했단 말이다. 너희 한심한 것들 때문에… 본좌가 목숨을 구함 받았으니… 너희가 본좌를 두 번 죽이는구나."

무릎을 꿇은 천병쌍존이 눈물을 글썽였다.

"궁주님, 천예비궁의 참화는 대총령과 속하들의 과오입니다. 궁주님을 제대로 보필하지 못한 속하들이 죽어야지 존엄하신 궁주님께서 자진하실 상황이 아닙니다."

"그렇습니다. 속하들이 천예비궁을 찾아가 죽음으로 속죄하겠습니다."

환무가 엄한 표정으로 그들을 다그쳤다.

"속죄는 당치 않다."

그는 휘장 쪽으로 시선을 돌렸다.

"밖에 누가 있느냐?"

“와룡성수와 단 소궁주입니다.”

“아빈을 들여라.”

“알겠습니다.”

휘장을 나선 천병쌍존이 단아빈에게 청했다.

“단 소궁주는 안으로 드시오. 한데 백 공자는… 달리 말씀이 없으셨소.”

백인성은 환무의 강한 자부심을 참작해 소탈하게 응수했다.

“난 이만 나가보겠소.”

천병쌍존은 백인성에 대해 몹시 미안했지만 궁주가 만나지를 원치 않기에 붙잡을 수도 없었다.

휘장 안으로 들어선 단아빈은 공손히 예를 표했다.

“존체는 좀 어떠십니까?”

“돌팔이의 의술이 신통치 않아 가슴이 몹시 쓰리군.”

단아빈은 침상 가에 걸터앉아 환무의 맥을 짚었다.

기의 흐름은 약했지만 비교적 안정돼 있어 회복은 가능해 보였다.

“상세가 위중하니 차분하게 요양을 취하셔야 합니다.”

“아빈, 넌 너무 착하구나.”

“착한 게 아니리 심약한 거지요.”

“천예비궁에… 개인적인 원한은 없었다. 천수신궁이 먼저 굴복을 자청했기에 삼비문을 통합할 절호의 기회다 싶어 천원신단을 차지하려 했던 것이다.”

"압니다. 저 역시 오래전부터 여의신병을 노리고 있었지요. 다만 그것을 차지하는 방법이 궁주님과 달랐을 뿐입니다."

단아빈이 부드러운 어조로 환무를 위로해 주었다.

"어찌 보면 본궁과 천병무궁은 양쪽 다 피해자입니다."

"그래, 본좌가 어리석은 천수신궁의 교활한 농간에 넘어가 과욕을 부린 것이다. 나중에 그것을 깨달았지만… 인정하고 싶지 않았다."

환무는 천장으로 시선을 돌렸다.

"화소소… 그 교활한 계집은 잡아왔느냐?"

"이미 외부로 탈출했습니다."

"앙큼한 계집!"

환무는 격한 어조로 말을 이었다.

"네게 여의신병을 주겠다. 천부패존과 육합전사대 절반을 내줄 테니 천수신궁을 괴멸시켜라. 백 년 동안 대립해 왔던 삼비문이 이제 통합되어야 할 시기가 온 것 같구나."

"……"

"타계하신 사부님께서 생전에 이런 말씀을 남기셨다. 간교 함은 무로 제압할 수 있지만 결국 무는 덕을 넘어설 수가 없 다고 하셨지. 난 평생 그 훈시를 이해하지 못했고 인정할 수 도 없었다. 한데… 이제 그 말씀을 수긍하게 되었다. 삼비문 을 통합할 자격은 천예비궁에 있다."

"소녀는 그런 중책을 맡을 자격이 없습니다."

환무는 희미한 미소를 띠며 단아빈에게 눈길을 주었다.

"너는 물론이 자격이 없다. 하지만 와룡성수라면 자격이 충분하지."

"그분은 선부의 후예입니다."

"알고 있다. 하지만 네가 그와 백년가약을 맺었다니 조만간 후사가 있지 않겠느냐? 삼십 년 후 그 아이가 여의신병으로 본궁을 복속시키면 당당히 십절문(十絶門)의 창건 조사가 될 수 있다."

"사실 소녀는 아직……."

환무가 엄한 표정으로 말허리를 잘랐다.

"명색이 천외무선의 후예가 헛소리를 했겠느냐? 내 귀로 분명히 들었고 본궁의 무사들 모두가 들었다. 만일 그가 나와 싸울 명분 때문에 거짓으로 둘러댔다 하더라도 그 말에는 반드시 책임을 져야 할 것이다."

한바탕 싸움이 벌어졌던 지하광장은 깨끗하게 정리돼 있었다. 죽은 자들은 화장되어 철금산 정상에 뿌려졌고 파손된 병기들은 대장간으로 옮겨졌다.

천병투신의 회생 소식을 들었는지 무사들은 시름을 떨치고 다시 대장간을 가동하기 시작했다.

예운교는 병기더미 속에서 한 자루 검을 찾아들고는 호숫가를 산책하고 있는 군세명에게 다가갔다.

"받아요."

"내 검을 어떻게……?"

지하광장에서 혼전이 벌어졌을 때 예운교를 구하기 위해 군세명이 비검술로 날려 보낸 검이었다.

"병기는 무인에게 생명과 같은데 어떻게 함부로 내던진 거예요?"

"병기가 어찌 예 낭자의 목숨에 비하겠소?"

"내 말은 소성주의 안위를 중시하라는 거예요."

"하하, 예 낭자가 나를 이렇게 걱정해주다니 감격했소."

군세명은 검을 받아 허리춤 검집에 꽂았다.

예운교는 호수를 바라보다가 분함을 못 참고 주먹을 불끈 쥐었다.

"모두 그 사악한 계집 때문이에요. 이번에 천수신궁을 찾아가면 가만두지 않겠어요."

군세명은 가볍게 고개를 저었다.

"단 소궁주는 정말 대범한 여인이오. 아마 천수신궁을 다시 찾아가도 혹독한 보복을 가하지 않을 거요."

그 말에 예운교의 눈매가 샐쭉해졌다.

"그래요, 난 옹졸한 계집이라 언니처럼 관대하지 못해요."

그녀의 토라진 모습에 군세명은 내심 실소를 흘렸다.

'훗, 화난 모습도 예쁘군.'

이때 궁전을 나선 백인성과 단아빈이 두 사람에게 다가섰다.

예운교는 단아빈이 쥐고 있는 여의신병을 보고는 눈을 휘둥그레 떴다.

"언니, 다시 여의신병을 뺏은 거예요?"

"당분간 내가 맡기로 했어. 여의신병이 있어야 천병무궁 무사들을 지휘할 수 있으니까."

"하면 이제 천병무궁과 연합해 천수신궁을 공격하는 건가요?"

"그렇게 됐어. 하지만 어떻게 결과가 펼쳐질지는 천수신궁의 태도에 달렸지."

백인성이 군세명에게 양해를 구했다.

"다행히 천병무궁과는 문제가 잘 해결됐소. 천수신궁만 단죄하면 군마총 토벌에 합류할 수 있소. 너무 시일이 지체되는 것 같아 미안하오."

"이 또한 무림의 문제가 아니겠소? 삼비문이 대립을 끝내고 합심한다면 군마천 토벌에 큰 힘이 될 것이오."

"맞소. 나도 그러기를 바라고 있소."

백인성 일행은 철금산을 내려왔다.

천부패존과 육합전사대의 삼개부대 백오십 명은 별도로 움직여 천수신궁에서 합류하기로 했다. 어제의 적이 동지가 되었으니 강호의 세계는 그야말로 천변만화였다.

예운교는 화소소를 반드시 죽이겠다는 살의로 가득 차 있었다.

"그런 사악한 계집은 절대 살려둘 수 없어요."

백인성에게 보내는 우회적인 다짐이었다. 백인성도 화소소의 개심을 포기했기에 아무런 대꾸도 하지 않았다.

단아빈은 하늘가를 바라보다가 씁쓸함을 곱씹었다.

"아마 화소소는 천수신궁으로 귀환하지 않았을 거야."

"언니, 그게 무슨 소리예요?"

"천병무궁과 우리를 양패구상케 하려는 계략은 실패했어. 이런 상황에서 천수신궁와 귀환해 봤자 온전할 수 없다는 것을 누구보다 잘 아는 그 요녀가 과연 순순히 돌아갔겠어?"

예운교가 분함에 젖어 치를 떨었다.

"하면 그 요녀를 어디서 찾아내죠?"

백인성이 예운교의 어깨를 다독여 위로해 주었다.

"그만 진정해, 사매. 세상 어딘가에 있겠지."

第四十二章

요녀에서 색녀로

1

　청천산은 사천과 호북의 경계에 있는 산이다.

　산의 규모는 크지 않지만, 손가락처럼 세워진 높은 봉우리는 날랜 잔나비도 오르지 못할 만큼 험준했다. 그중에서도 청천산의 주봉인 비천봉은 봉우리 아랫부분이 발 디딜 곳 하나 없는 바위로 둘려 있어 날개 달린 새들이나 머물 수 있다.

　이때 두 개의 섬세한 인영이 비천봉 아래로 내려섰다.

　백설처럼 흰 피부와 독특한 푸른 눈망울, 그리고 화려한 금빛 모발의 여인은 다름 아닌 요지선보의 소선자인 나미랍이었다.

　나미랍과 나란히 선 여인은 두 눈만 드러낸 채 전신을 검은 천으로 둘렀다. 사람이 아니라 그림자처럼 음습한 분위기를 지닌 요지선보의 삼대선화 중 은선이었다.

요지선부의 귀와 눈 역할을 하는 은선이 이렇듯 자신의 진면목을 드러내는 것은 드문 경우였다.

은선이 자욱한 운무로 가려 있는 비천봉 위쪽을 가리켰다.

"어서 오르시지요."

나미랍의 표정은 심각하게 굳어져 있었다.

"제발 무사하셔야 할 텐데……."

"막연한 기대감은 버리십시오.. 선자님께서 선보로 귀환하시지 않고 소선자를 이곳으로 호출했다면 최악의 상황까지 염두에 두셔야 ……."

"알았으니 그만해요."

나미랍은 은선의 말을 일축하고는 진기를 끌어올렸다.

팟……!

도문의 절기인 승극도허를 전개한 나미랍은 꼿꼿하게 삼십 장 높이까지 치솟아 올랐다. 나미랍은 벼랑의 돌출부를 딛고 재차 십여 장을 더 솟아올랐다.

두터운 운무를 벗어나자 벼랑 중간에 뻥 뚫린 석동이 보였다.

석동 입구로 내려선 나미랍은 싸늘한 예기에 본능적으로 경각심을 높였다.

석동 안쪽으로 한 사람이 보였다.

건장한 체구의 여인은 반쯤 뽑은 칼을 다시 꽂았다. 요지선보의 삼대선화 중 일인인 월선이었다. 석동을 지키고 있던 그녀는 방문자가 나미랍임을 알아보고는 쾌도 발출을 멈춘 것이다.

나미랍은 마음이 급해 인사도 생각한 채 물었다.

"사부님 상세는 어떠세요?"

월선은 별다른 대꾸 없이 옆으로 비켜섰다. 나미랍이 석동 안쪽으로 향하자 월선은 석동 밖으로 몸을 날렸다.

요지선자와의 긴밀한 대화에 방해가 되지 않기 위함이었다.

석동은 그다지 깊지 않았다.

요지선자 민지약은 두툼한 융단 위에 단정히 좌정해 있었다. 평소처럼 면사를 썼고 흐트러짐 없는 자세를 유지하려 애썼지만 정광이 사라진 두 눈은 회색빛으로 물들어 있었다.

"사부님……!"

무릎을 꿇은 나미랍은 사부의 초췌한 모습에 가슴이 미어지는 것 같았다. 결벽증에 가까울 만큼 자신에 대한 관리가 철저한 요지선자였기에 이런 초라한 모습은 나미랍에게도 충격이며 고통이었다.

"사부님, 상세는 어떠십니까?"

"내 상세는 중요치 않다. 네가 반드시 알아야 할 진실이 있기에 그것을 전하고자 너를 부른 것이다."

민지약은 자존심이 강한 여인이기에 치욕스런 패배에 대

해서는 일부러 언급을 회피했다. 나미랍 또한 그것을 잘 알기에 역천행과의 대결에 관해서는 일절 거론하지 않았다.

"말씀하십시오."

"어떤 반문도 허용치 않겠다. 그저 듣기만 해라. 알겠느냐?"

"예, 사부님."

나미랍에게 단단히 다짐을 받은 민지약이 침중한 어조로 누구에게도 밝히지 않은 비사를 털어놓았다.

"아주 오래전 얘기이다. 나는 사부님의 삼년상을 치르고 세상 밖으로 나갔다가 한 청년협사를 만나게 되었다. 청년은 당시 악명이 자자한 천살마군을 격살하면서 심한 부상을 당한 상태였지. 난 그 사람을 선보로 데려와 치료해 주었다. 외부인을 선보로 들이는 것은 금기였지만… 그 사람은 그만한 자격이 있다고 생각했다."

"……."

"그 사람이 바로… 현 제왕성주인 자을천이다."

나미랍도 사부가 제왕성주와 관계가 있다는 얘기를 들었지만, 사부의 입을 통해 이렇듯 확인하는 것은 처음이었다.

"내가 누군가를 연모하게 되리라고는 생각지 않았는데… 나는 자을천을 치료해주면서 그를 연모하게 되었다."

민지약이 밝힌 비사는 참으로 처절했다.

민지약은 자을천을 치료해주는 것으로 만족하지 하고 그가 절세적 고수로 성장할 수 있도록 지원을 아끼지 않았다. 그녀는 요지선보의 무고에서 천세사천왕의 절기가 숨겨진 장보도를 찾아내 자을천에게 주었다.

천왕동을 연 자을천은 천세사천왕의 절기를 터득해 일약 절세고수로 성장하게 되었다.

만일 자을천이 민지약과 아름다운 가연을 맺었다면 무림사에 다시없을 부부로 탄생했을 것이다.

한데 자을천은 민지약이 아닌 다른 여인을 사랑했다.

그 여인은 자을천이 요지선보에서 요양할 때 수발을 든 요지선보의 제자였다.

여인의 이름은 범소군.

평제자였기에 선자 신분인 민지약과는 당연히 비교할 수도 없고 용모 또한 민지약보다 못했다. 한데도 자을천은 민지약과의 연분을 마다한 채 범소군을 택했다.

범소군은 이미 자을천과 가연을 맺어 당시 아기를 잉태하고 있었다. 선부 내에서 아이를 낳을 수 없기에 범소군은 몰래 선부를 떠났고 민지약은 나중에야 이런 사실을 알게 되었다.

충격과 배신!

민지약은 자신이 선부의 평제자보다 못한 취급을 받았다는 사실에 더 분노했다.

민지약은 범소군을 사문의 반도로 지목해 은선에게 행방

을 수배토록 지시했다. 마침내 범소군의 행방을 알아낸 민지약은 월선만을 대동해 출타했다.

범소군은 산골의 허름한 초옥에서 혼자 아이를 낳고 있었다.

그녀도 자을천과 요지선자의 관계를 잘 알고 있기에 자신이 자을천의 아기를 잉태했다는 사실이 알려지는 것을 두려워했다. 그래서 잉태 사실을 자을천에게도 알리지 않은 채 혼자서 아기를 낳아 키우려 한 것이다.

한데 난산이었다.

쌍둥이를 잉태한 그녀는 첫 번째 아기를 낳고는 혼절하고 말았다.

민지약은 범소군에게 혹독한 형벌을 가하려 했지만 차마 임산부를 죽일 수가 없었다. 범소군은 월선의 도움으로 두 번째 아기를 낳고는 죽음에 이르게 되었다.

임종 직전 민지약을 대면한 범소군은 간곡하게 청했다.

"선자님을 배신한 저는 백번 죽어도 씻을 수 없는 죄를 지었습니다. 하지만 아기는 제발 살려 주십시오. 어린 핏덩이가 무슨 죄가 있겠습니까? 비록 비천한 제가 낳았지만 선자님께서 연모하셨던… 자 공자의 혈육이 아닙니까?"

범소군은 민지약의 싸늘한 눈길 속에 숨을 거두었다.

민지약은 범소군에게 복수를 하지 못했다는 사실에 격분

했고 이성마저 상실했다.

두 아기를 안고 날아오른 그녀는 월선도 대동하지 않은 채 수백 리를 달려갔다.

민지약은 가슴을 움켜쥐며 잠시 얘기를 그쳤다. 육신의 부상보다는 심적인 고통이 더 컸던 것이다.

나미랍은 무시무시한 사실을 직감하면서 턱을 덜덜 떨었다. 하지만 절대 반문하지 말라는 사부의 엄한 지시가 있었기에 이를 악문 채 함부로 물을 수도 없었다.

민지약은 몇 번 가쁜 숨을 몰아쉬고는 다시 입을 열었다.

"당시 이 사부는 제정신이 아니었다. 찢어 죽여도 시원치 않을 계집이 낳은 아기를 안고 내가 찾아간 곳은… 바로 무저갱인 금마총이었다."

"아아……!"

경호성을 토하던 나미랍은 급히 자신의 입을 틀어막았다.

민지약은 석벽에 등을 기대며 스르르 눈을 감았다.

"난 실로 끔찍한 악행을 저질렀다. 아기를 지옥 같은 금마총에 내던진 것이다. 두 번째 아기도 던져 넣으려 했는데 내 손가락을 쥐고 있는 아기의 모습이 너무도 절박해 마음을 바꾸었다. 하지만 살려둘 수가 없어 그 아기는 금사탄에 내던졌다."

"……."

"요지선보의 선자인 내가… 이렇듯 끔찍하고 추악한 죄를 저질렀으니… 나는 죽어서도 조사님들을 뵐 자격이 없구나."

민지약의 눈가를 타고 이슬 같은 눈물방울이 주르륵 흘러 내렸다.

'아, 사부님께서 눈물을……!'

나미랍의 눈에서도 절로 눈물이 쏟아졌다.

민지약은 자신이 나약한 모습을 보였다는 사실을 인식하고는 얼른 자세를 바로 하며 눈물을 닦아냈다.

"이제 말해도 좋다."

나미랍은 떨리는 어조로 물었다.

"하면 금마총을 탈출한 소마왕 역천행이… 바로 그 아기입니까?"

"모든 정황상 확실하다. 미간에 새겨진 홍점이 그 아이임을 증명한다."

"세상을 해칠 군마천주 역천행이 제왕성주의 혈육이라니… 제자는 어떻게 믿어야 할지 모르겠습니다."

민지약이 냉랭한 어조로 질책했다.

"역천행이 누구의 혈육인지는 중요치 않다. 놈은 반드시 죽여야 할 악마일 뿐이다."

나미랍은 극한 심리적인 혼란 속에서 한 사내를 떠올렸다.

"한 가지 더… 금사탄에 버려진 아기는 어찌 되었습니까? 혹시 그 아기가……."

"네가 누구를 짐작하고 있는지 알겠다. 맞아, 와룡성수 백

인성은 금사탄에 던져진 아기이다. 그자 역시 제왕성주의 혈
육이지.”

“맙소사!”

나미랍은 자신의 머리를 감싸 쥐었다.

백인성과 역천행.

그녀는 그 두 사람을 상대로 겨룬 적이 있는 유일한 여인이
다.

‘당세 절대자의 두 아들이 지선(至善)과 지악(至惡)으로 갈
렸으니 향후 그들의 운명은 어찌 될 것인가?’

백인성과의 대결에서 패한 이후 그녀는 백인성에 대한 반
감이 상당했지만, 그 내력을 듣게 되자 감정이 한결 누그러졌
다. 오히려 백인성과 역천행의 격돌이 두렵기만 했다.

나미랍은 잠시 고민하다가 어렵사리 입을 열었다.

“제자는 사부님께서 왜 그토록 엄청난 비밀을 밝히셨는지
아직 그 연유를 모르겠습니다.”

“사실… 내 자신이 너무도 부끄럽고 참담해 무덤까지 가져
가야 할 비밀이었다. 만일 내 손으로 역천행을 제거했다면 네
게 밝히지도 않았을 것이다.”

“제가 사부님을 대신해서 제왕성주에게 이 사실을…….”

“닥쳐!”

민지악은 서슬 퍼런 눈빛을 발하며 말허리를 끊었다.

“너만이 알고 있어야 할 극비이다. 만일 이 사실이 공개되

면 이 사부가 죽어서도 너를 용서치 않을 것이다.”

“알겠습니다, 사부님.”

“이 사부가 치부를 밝힌 연유는 자을천과 역천행의 격돌만큼은 절대로 차단해야 하기 위함이다. 나의 죄로 역천행이 악마로 변했지만, 아비가 자식을… 어쩌면 자식이 아비를 죽이는 참담한 패륜이 발발해서는 안 되기 때문이다.”

“와룡성수가 역천행과 격돌할 수도 있습니다.”

“차라리 그게 낫다. 형제간의 골육상쟁도 비극이지만… 그것은 그들의 운명이야. 물론 반드시 역천행이 죽어야…….”

민지약은 말을 잇지 못하고 소매로 면사를 가렸다.

“욱……!”

피를 토했는지 면사가 붉게 물들었다.

놀란 나미랍이 품속에서 약병을 꺼냈다.

“사부님, 요지선단을 가져왔습니다. 어서 복용하십시오.”

민지약은 소매를 내저었다.

“소용없다. 극마지기가 이미 심장까지 침투해 백약이 무효하다. 그나마 내가 지금까지 버틴 것도… 지니고 있던 요지선단을 복용한 덕분이었다.”

“사부님…….”

나미랍의 얼굴에서 핏기가 싹 가셨다.

“안 됩니다! 제발 사부님을 구할 방도를 일러 주십시오!”

“방도는 없다.”

"제자가 와룡성수를 찾아 데려오겠습니다. 노선님의 후예이니 사부님을 치료할 수 있을 것입니다."

일순 민지약의 암회색 눈에서 노기가 뿜어져 나왔다.

"네가 이 사부를 두 번 죽이려는 것이냐? 만에 하나 내가 와룡성수의 치료를 받아 살아날 수 있다 해도 난 그것을 거부할 것이다."

"흑흑, 사부님……."

나미랍이 절망감에 젖어 울음을 터뜨리자 민지약이 목소리를 낮추었다.

"미랍아, 내 손으로 역천행의 목숨을 거두지 못하는 바람에 이런 비참한 모습을 보이게 됐구나. 너는 나를 대신해 반드시 역천행을 제거해야 한다."

"사부님의 명을 받들겠습니다."

"오냐, 네가 내 명을 수행하는지 혼백이 되어서도 지켜볼 것이다. 다가와 앉아라."

나미랍이 무릎걸음으로 다가앉자 민지약은 제자의 뇌정혈에 장심을 얹었다.

"사부의 진원지기를 네게 전하겠다. 이는 역대 조사들께서 후예들에게 전해온 관례이니 거부하지 마라."

"사부님……?"

"어서 준비해라."

민지약의 엄한 지시에 나미랍은 어쩔 수 없이 가부좌를 틀고 앉았다.

민지약은 자신의 진원지기를 끌어올려 장심에 통해 나미랍의 뇌정혈에 주입해 주었다.

이름하여 개정대법.

하지만 요지선보의 개정대법은 단순히 공력을 전수해 주는 격체전력이 아니다. 자신의 공력과 더불어 터득한 무학을 함께 전수해 주는 환정심법에 가깝다.

나미랍은 폭포수처럼 쏟아지는 진기를 받아들여 본원의 내공과 융합시키는 데 주력해야 했다. 그 과정을 통해 천지지교가 타통되면서 그녀는 새로운 경지에 오르게 되었다.

망아지경에서 운공조식을 마친 나미랍이 스르르 눈을 떴다.

번—쩍!

눈에서 뿜어진 안광이 태양빛처럼 강렬했다. 나미랍이 다시 눈을 감았다 뜨자 안광이 안으로 갈무리 되었다. 지고한 반박귀진의 경지였다.

나미랍은 전신이 깃털처럼 가볍고 경락을 통해 순환하는 열기에 자신이 무극지경에 이르렀음을 자신할 수 있었다. 문득 고개를 돌린 그녀는 가슴이 덜컥 내려앉았다.

"사, 사부님!"

민지약은 모로 쓰러져 있었다.

후광과 같은 신위를 지닌 평소의 그녀가 아니었다. 모든 진기를 소진한 그녀는 재가 되기 직전의 위태로운 상태였다.

나미랍은 사부를 부축해 안으며 전중혈을 통해 진기를 주입해 주었다.

"사부님, 정신 차리세요."

진기를 주입받은 민지약은 가볍게 전율하다가 눈을 떴다. 물기가 사라진 메마른 눈빛에는 죽음의 기운이 짙게 드리워져 있었다.

"진기를 거두어라……."

"사부님, 이대로 보내드릴 수는 없습니다."

"누구도 운명을 거역할 수 없다… 네 본원진기를 허투루 소진할 생각이냐?"

나직하지만 준엄한 질책에 나미랍은 진기 주입을 중단했다.

민지약은 나직이 숨을 몰아쉬다가 처연한 어조로 명했다.

"면사를… 벗겨라."

"예, 사부님."

나미랍은 사부의 얼굴을 가린 면사를 벗겼다. 순간 그녀는 벼락을 맞은 듯 부르르 경련했다.

코가 잘려 콧구멍이 훤히 드러났고 볼과 입술에 선명한 자상들…….

상상도 못한 끔찍한 모습에 나미랍은 입술을 달달 떨었다.

"사부님, 어떻게……?"

"내 자신에게 가한 형벌이다… 자을천의 두 아이를 무저갱

과 금사탄에 내던진 이후… 나는 비로소 끔찍한 죄를 몸서리
치게 깨달았다. 요지선보의 제자로서… 도저히 해서는 안 될
끔찍한 죄를 저지른 거였지……."

"사부님……!"

나미랍은 절로 쏟아지는 눈물을 주체할 수가 없었다.

같은 여인의 입장으로서 자신의 얼굴을 훼손한다는 것이
얼마나 고통스러운 형벌인지 가슴 저리게 통감할 수 있었던
것이다.

민지약의 얼굴빛이 점점 짙은 회색으로 물들어갔다. 마독
이 심장까지 스며든 탓이다.

"미랍아… 지금 너 혼자의 능력으로는 역천행을 죽일 수
없다. 하지만 선보의 모든 절기를 터득하면 가능할 수도 있
다. 물론 가장 현실적인 방법은… 와룡성수와의 협력이다."

"그와 협력하는 일은 없을 겁니다. 선보의 모든 전력을 기
울여서라도… 반드시 역천행을 죽이겠습니다."

민지약은 희미하게 고개를 끄덕였다.

"오냐… 네 의지와 능력이라면… 가능할 수도 있다……."

일순 세찬 경련을 일으킨 민지약은 고통을 감내하면서도
내색하지 않으려 애썼다.

"난 요지선보의 명예를 더럽힌 죄인이다… 화장을 해서 바
람에 뿌려다오……."

"사부님, 송구하오나 그 명만은 받들 수가 없습니다. 사부

님을 반드시 조사전으로 모실 것입니다."

"나는 조사전에… 안치될 자격이 없다……."

"제자가 요지선보의 소선자입니다. 결정은 제가 할 수 있습니다."

민지약은 물끄러미 제자를 올려보다가 눈을 감았다.

"미랍아… 선보를 부탁……."

민지약의 고개가 옆으로 뚝 꺾였다.

요지선자 민지약의 운명.

무림사 이래 가장 뛰어난 여류고수이자 비운의 여인 민지약의 한 많은 생애는 이렇게 마감되었다. 너무도 완벽했기에 사랑하는 사람을 얻지 못했으니 그 완벽함이 오히려 독이 된 것이다.

2

육반산 군마천은 그야말로 욱일승천의 기세였다.

군마천주 역천행은 당대 최강이라는 요지선자를 격파하면서 마도천하를 향한 초석을 놓았다. 또한, 공동파를 기습 공격해 거의 멸문 수준으로 초토화시키면서 전통의 백도세력을 공포로 몰아넣었다.

제왕성이 발부한 무림첩에도 불구하고 백도 세력이 선뜻 동조하지 못한 것 역시 군마천의 선제공격을 우려해서였다.

　군마천이 흑도의 최강자로 우뚝 서면서 그동안 숨죽이고 있던 마도, 사파, 녹림의 세력들이 앞을 다투어 군마천에 충성을 맹세했다.

　군마천과 제왕성.

　정사를 대표하는 양대 세력의 격돌이 임박하면서 역천행의 일거수일투족은 천하인들에게 초미의 관심사가 되었다.

　군마천의 대전 천주전.

　역천행은 화려한 보좌에 삐딱하게 앉아 회의를 주재하고 있었다.

　"흐음, 본천에 가입하려는 자들이 줄을 섰지만… 쓰레기들은 아닌지 모르겠군."

　입문 명단을 훑어보던 역천행이 악불군에게 시선을 돌렸다.

　"이 중에서 쓸 만한 자들은 있는 거요?"

　"다른 자들은 몰라도 독비잔도와 독각혈과는 능히 중책을 맡길 만하오."

　"어떤 자들이오?"

　"얼마 전까지 잔결삼흉으로 불리던 자들인데 한 놈이 죽으면서 잔결쌍흉이 되었소. 화산파와는 불구대천의 원수이며 와룡성수와도 개인적인 원한을 품고 있는 자들이오. 이들을 선봉으로 내세우면 화산파 공략에 도움이 될 것이오."

　"총상이 추천할 정도면 쓰레기는 아니겠군. 접견을 허락하겠소."

역천행은 시종이 들고 있던 소반에서 술잔을 집어 들었다.

보좌에 비스듬히 기대앉아 술을 즐기는 그의 모습은 황제와 비견될 정도였다.

대전 밖에 대기해 있던 입천 지원자들 중에서 잔결쌍흉이 대전 안으로 호출되었다.

독비잔도와 독각혈과는 대전 내에 도열해 있는 수뇌부 사이를 지나 단 아래 이르렀다.

두 사람은 보좌에 앉아 있는 역천행을 향해 정중히 허리를 굽혔을 뿐 절을 올리지 않았다.

이를 본 부천주 상주삭이 차갑게 내뱉었다.

"존엄하신 천주이시다! 어서 절을 올리지 못할까?"

독비잔도가 무심한 어조로 응수했다.

"아직 우리 형제가 절을 올릴 만한 존재인지 확인하지 못했소?"

잔결쌍흉의 오만한 태도에 악불군이 정색하며 꾸짖었다.

"쌍흉, 내가 어렵게 너희를 추천했는데 어찌 이리 방자한 것인가?"

독각혈과가 퉁명스럽게 말을 받았다.

"우리가 언제 악 총상에게 추천해달라고 뇌물이라도 안겼소? 우리 형제가 군마천에 입문을 원하는 것은 화산파 놈들을 마음껏 죽일 수 있기 때문이었소."

"어쨌거나 천주를 배알하는 것은 당연한 절차이니 어서 예를 올리게."

의식 절차를 놓고 약간의 실랑이가 오가자 역천행이 오만한 미소를 흘렸다.

"훗, 자격이 필요한 쪽은 내가 아니라 너희다."

역천행은 술잔을 기울였다.

한 방울의 술이 허공으로 흘러내리자 역천행은 손톱으로 튕겼다.

피— 핑—!

두 개의 물방울이 섬전처럼 잔결쌍흉을 파고들었다. 절정급 고수들만 구사할 수 있는 탄적공이었다.

잔결쌍흉은 느닷없는 기습에 흠칫 놀라지만 그들 역시 하찮은 삼류는 아니었다.

독비잔도는 쾌도를 발출했고 독각혈과는 빠르게 철과를 내리쳤다.

펑, 펑……!

두 개의 물방울이 각기 쪼개졌다. 하지만 그 충격으로 잔결쌍흉은 삼 장 밖으로 나가동그라졌다.

역천행은 팔걸이에 양손을 얹으며 오만하게 기대앉았다.

"하핫, 본좌의 일 초를 받아냈으니 본천에 입문할 자격은 있다."

잔결쌍흉은 비로소 옷깃을 여미고 역천행 앞에 부복배례

를 올렸다.

"존엄하신 천주를 뵈옵니다."

"부디 군마천의 제자로 거둬주십시오."

역천행은 흐뭇한 미소를 띠었다.

"쌍흉의 무공이 오대마상과 비교해 손색이 없군. 그대들을 좌우호법으로 봉하겠다. "

"망극합니다!"

잔결쌍흉은 거듭 절을 올리고는 대전의 입구 쪽에 섰다. 졸지에 수뇌급 대열에 합류한 것이다.

역천행은 자신의 얼굴을 가로지른 흉터를 어루만지며 물었다.

"달리 추천받을 만한 자들은 없소?"

악불군은 잠시 주저하다가 나직이 답변했다.

"특이한 신분의 여인이 하나 있소. 천주와의 독대를 원하오만… 진심을 간파하기가 어려워 천주의 윤허가 필요하오."

"여인이라고?"

역천행은 약간의 흥미를 보였다.

"예쁜가? 못난 계집은 흥미가 없는데……?"

"천주께서 마음에 드실 만한 절색이외다. 하지만 위험할 수 있기에 독대를 권유하고 싶지 않소."

절색이라는 말에 상주삭은 회가 동했다.

"천주와의 독대는 당치 않소. 내가 먼저 만나본 후 알현 여부를 결정하겠소."

한데 역천행이 독대를 전격적으로 결정했다.

"총상만 남고 모두 물러가시오!"

오대악인과 잔결쌍흉을 비롯한 수뇌부들이 모두 대전 밖으로 나갔다.

상주삭이 여전히 자리를 지키고 있자 역천행이 다그치듯 물었다.

"부천주는 왜 나가지 않은 건가?"

"천주의 안위보다 중요한 것은 없습니다. 외부인을 어찌 독대하시려 하십니까?"

"훗, 내 안위보다는 계집의 용모가 궁금해서이겠지."

역천행은 가볍게 소매를 저었다.

"내 마음에 들지 않으면 부천주에게 넘겨줄 테니 지금은 자리를 피해주게나."

흑도대종사의 신분이지만 하는 말투가 파락호 집단의 수괴와 다를 바 없었다.

"알겠습니다, 천주."

상주삭은 몹시 아쉬웠지만, 천주의 명을 거역할 수 없기에 대전을 나갔다.

잠시 후 한 여인이 들어섰다.

호리호리한 체격의 백의여인은 흰 천으로 머리와 얼굴을 감싸 두 눈만 드러낸 상태였다. 흑백이 또렷한 두 눈은 약간의 두려움과 더불어 유혹적인 색기를 띠고 있었다.

단 아래로 다가선 여인은 한쪽 무릎을 꿇으며 정중히 예를 표했다.

"존엄하신 천주님을 뵈옵니다."

역천행은 아직 용모를 확인하지 못했지만, 여인의 매혹적인 자태에 절로 색욕이 발동되었다.

"얼굴을 보여라."

여인은 천천히 흰 천을 풀었다.

궁장으로 틀어 올린 머리 매무새에 이어 백설처럼 흰 피부, 그리고 인형처럼 정교한 용모가 여실하게 드러났다.

가히 절색의 용모에 역천행은 입을 딱 벌렸다.

"허어, 진정 천하절색이로다!"

용모를 드러낸 여인이 잔잔한 미소를 띠며 말했다.

"소녀 화소소가 군마천 입문을 청하옵니다."

그러했다. 여인은 바로 천수신궁의 소궁주인 화소소였다.

천병무궁에서 궁주 천병투신의 패배가 임박하자 그녀는 앞서 도주를 시도해 천병무궁을 빠져나올 수 있었다. 하지만 천수신궁으로 귀환하는 것도 여의치 않았다.

백인성과 천병무궁을 격돌시키려는 그녀의 양패구상 계책이 무산되면서 처지가 난감해졌다. 백인성이 다시 천수신궁을 찾아와 문책하면 궁주는 그녀를 희생양으로 삼으려 할 것이 분명했다.

　최악은 자결이며 아무리 자비로운 처분을 받아도 무공이 폐해질 게 뻔했다.

　화소소로서는 도저히 감당할 수 없는 결과였다.

　깊은 고민 끝에 그녀가 선택한 곳이 바로 군마천이었다. 그녀가 무림에서 영원히 은퇴하지 않는 한 그녀를 지켜줄 곳은 군마천이 유일하다고 판단한 것이다.

　역천행은 순간적으로 이동해 단하로 내려섰다. 무형지기를 발출해 화소소를 일으켜 세운 역천행은 색정 어린 눈빛으로 화소소를 훑어 내렸다.

　"벗어라. 네 몸매까지 확인해봐야겠다."

　급작스런 요구에도 화소소는 별반 당황해하지 않고 차분하게 응수했다.

　"소녀는 오직 한 사내만을 위해 옷을 벗습니다."

　"뭐야?"

　역천행은 악불군을 힐끗 보고는 대소를 터뜨렸다.,

　"하하핫! 부럽소, 악 총상. 계집 눈에는 아직도 악 총상이 사내로 보이나 보구려."

　"노신이 비록 고목나무처럼 노쇠했어도 사내는 맞소."

　"총상을 조롱하려는 말이 아니요. 계집의 답변이 너무 맹랑해서 하는 소리요."

　"화소소는 천수신궁의 소궁주 신분이오. 천주께서 내치지 않을 여인이라면 예우해 주셔야 할 거요."

"천수신궁?"

역천행은 화소소 앞으로 다가섰다.

"소소, 네가 정말 삼비문 중 하나인 천수신궁의 제자란 말이냐?"

"사실입니다."

"천수신궁은 백도를 지향한다고 들었는데 네가 어찌 본천의 제자가 되기를 청하는 것이냐?"

"반드시 죽여야 할 자가 있기 때문입니다."

"그자가 누구냐?"

"오직 천주만이 죽일 수 있는 자입니다."

"제왕성주 자을천……?"

"아닙니다. 제왕성주보다 천주께 더 위협적인 자입니다."

일순 역천행의 눈에서 무시무시한 안광이 폭사되었다.

"와룡성수 백인성… 그 찢어 죽일 놈을 말하는 것이냐?"

"그렇습니다."

"그렇다면… 우리는 적이 아니라 동지로군."

역천행은 화소소의 손을 덥석 쥐었다.

"가자."

"예에……?"

"네가 나를 통해 원한을 해소하려 했다면 그만한 각오는 했었을 거 아니냐?"

화소소를 가슴에 안은 역천행은 대전 후문으로 날아갔다.

"당분간 대전 회의는 총상이 주재하시오."

악불군은 떨떠름한 표정으로 돌아섰다. 대전 입구를 향하는 그의 발걸음이 왠지 무거워 보였다.

'천수신궁의 계집이라… 맹랑한 불여우라 천주에게 행여 화가 되지는 않을지 걱정이구나.'

명목상 정사이지만 화소소에게는 능욕과도 같은 상황이었다.

군마천 입문을 결심할 때부터 모든 것을 버릴 각오를 했지만 역천행의 요구는 예상을 훨씬 넘어섰다.

"뭐야, 재미없게 처녀였어."

말은 그리했어도 역천행은 몹시 흡족해하는 모습이었다.

역천행은 화소소의 고통을 즐기며 마치 매춘부처럼 다루었다. 사내를 처음 접하는 여인에 대한 배려는 조금치도 없었다.

하룻밤 사이에 다섯 차례나 겁탈 아닌 겁탈을 당한 화소소는 까무러칠 정도였다.

새벽이 되어서야 화소소를 풀어준 역천행은 기분 좋은 단잠에 빠져들었다.

지옥 같은 고통에서 벗어난 화소소는 겨우 안도할 수 있었다.

'나를 내치지 않았으니 내 목숨은 보존되겠구나.'

침상에서 일어나 앉은 화소소는 멍으로 얼룩진 자신의 알

몸을 살피며 처연함에 젖었다.

'내가 이런 신세가 되다니……'

화소소는 코를 골며 질펀하게 잠들어 있는 역천행에게로 시선을 돌렸다.

화소소가 작심만 하면 죽일 수 있는 무방비였다.

'당대의 마왕… 이자를 죽이면 나는 일약 세상의 영웅이 될 수 있다. 백인성도 나를 어쩌지 못하지.'

화소소는 역천행을 향해 손을 뻗었다. 하지만 역천행의 목숨을 빼앗으려는 살수가 아니었다. 그녀는 역천행의 얼굴을 부드럽게 어루만졌다.

'난 군마천의 그늘 속에서 구차하게 목숨을 연명하고 싶지 않다. 나를 이렇게 만든 그자를 죽이고 싶어. 내 힘으로 죽일 수 없으니… 악마의 힘이라도 빌려야겠지.'

문득 그녀는 역천행의 모습에서 누군가를 떠올렸다.

'이럴 수가! 그 사람과 너무 유사해……'

그녀의 손끝이 역천행의 얼굴에 새겨진 깊은 자상을 따라 이어졌다.

'이 상처가 없다면 더 비슷한 모습인데……'

이때 역천행의 손이 그녀의 손을 덥석 쥐었다.

"뭐야? 나를 죽이려던 거 아니었어?"

화소소는 등줄기가 서늘해졌다. 만일 그녀가 역천행을 암살하려 했다면 꼼짝없이 당했을 것이다.

'아, 진짜로 잠든 게 아니었어……'

역천행은 화소소를 자신의 품으로 끌어당겼다.

"왜 나를 죽일 기회를 놓친 거지?"

"오해는 마십시오. 천주를 해치려는 의도는 추호도 없었습
니다."

"네 말을 믿어 주지."

역천행은 화소소의 엉덩이를 감싸 쥐었다.

"하지만 내게 믿음을 주기 위해서는 네 몸이 더 뜨거워질
필요가 있어."

역천행이 다시 다리 사이로 밀고 들어오자 화소소는 가늘
게 몸을 떨었다.

"아직도… 만족하지 못하신 겁니까?"

"이제 시작인데 뭐. 앞으로도 사흘 밤낮을 너와 더불어 즐
기겠다."

화소소는 단단히 작심하며 역천행의 목을 부둥켜안았다.

"좋아요. 소녀도 천주를 놓아드리지 않겠어요."

하룻밤 사이에 화소소는 요녀에서 색녀로 변하고 말았다.

第四十三章
이천오백 년 만에 재현된 형벌

1

　천수신궁을 에워싼 물빛이 전에 없이 탁하다.

　궁주 조아림은 수각 난간에 서서 연못을 바라보다가 격분 어린 한숨을 내쉬었다.

　"소소가 사문을 배신할 줄이야……!"

　군마천에 새로이 입문한 자들의 명단이 세상에 알려지면서 조아림을 충격을 금할 수 없었다.

　군마천의 마화령주(魔花令主) 화소소!

　동명이인이 아니라 천수신궁의 제자인 화소소임이 확인되면서 조아림은 분노에 앞서 참담한 굴욕을 맛보아야 했다.

　천하삼비문은 세상사에 깊이 관여하지 않지만 실절무제를

비조로 삼은 정파 문파였다. 한데 자파의 제자가, 그것도 소궁주의 신분이었던 화소소가 사문을 배신하고 사악한 마도에 몸을 담았으니 이는 천수신궁에게 있어 씻을 수 없는 수치였다.

"찢어 죽여도 시원치 않을 년! 네 두뇌와 능력을 높이 평가해 후계로 내정했건만 네년이 천수신궁의 명예와 자부심에 먹칠을 하다니!"

하지만 그녀 역시 화소소의 계략을 받아들여 가짜 무덤까지 만들면서 죽음을 위장했던 터라 화소소에게만 모든 죄를 돌릴 수가 없었다.

조아림의 가장 큰 근심은 백인성 일행의 재방문이었다.

화소소가 귀환하지 않고 군마천으로 도주했으니 양패구상의 계략이 실패한 것은 확실했다.

"차라리 정면승부를 벌였어야 했어… 가짜 무덤까지 만들었으니 이 무슨 치욕이란 말인가?"

조아림은 뻣뻣하지 못한 자신의 과오를 자책했지만 돌이키기에는 너무 늦었다.

이때 방벽 너머의 하늘을 통해 요란한 경종소리가 흘러들어왔다.

땡땡땡—!

다급한 경종소리는 외부의 침입을 알리는 위급 경보였다.

백화각주가 황급히 다가서며 보고를 올렸다.

“본궁 순찰대가 침입자가 격돌하고 있습니다.”

“와룡성수 일행이 다시 찾아온 것인가?”

“그들도 있지만… 천병무궁 무사들까지 대거 동원되었습니다.”

“뭐야?”

나름대로 각오를 하고 있었던 조아림은 예상치 못한 사태에 창백하게 질렸다.

“하면 단아빈이 천병무궁을 복속시켰단 말이냐?”

“단아빈이 여의신병을 지닌 것으로 보아 확실합니다.”

“으음!”

조아림은 무거운 침음을 흘렸다.

백인성과 단아빈의 성품을 감안하면 최악의 경우라도 천수신궁이 멸문되는 참사는 피할 수 있을 거라 자위했던 그녀였기에 충격이 더 컸다.

“천병무궁은 무자비한 자들이다. 저들이 나섰다면 본궁의 백년 전통이 단절될 수도 있어.”

“궁주님, 속히 결정하셔야 합니다. 전 제자들을 동원해 맞서 싸우거나… 아니면 사문의 재보를 챙겨 잠시 도피하는 겁니다. 저들의 전력을 감안한다면 피신할 시간도 많지 않습니다.”

“백년을 지켜온 이곳을 포기하란 말이냐?”

“멸문의 참사는 피해야 하지 않겠습니까?”

조아림은 잠시 갈등하다가 고개를 저었다.

"더 이상 치욕을 당할 수는 없다."

단단히 작심한 조아림은 연못을 가로지른 무지개다리 위를 건넜다.

"전 제자를 동원해라. 맞서 지킬 수 없다면 옥쇄가 우리의 운명이다."

차차창―!

천병무궁 육합전사들은 압도적인 전력으로 천수신궁 순찰대를 격파했다. 도수완을 비롯한 순찰대는 모두 제압돼 한쪽으로 널브러졌다.

그나마 몰살하지 않은 게 다행이었다.

단아빈이 여의신병을 내세워 육합전사들에게 살상을 최대한 삼가도록 지시하지 않았다면 천수신궁 순찰대는 모조리 도륙당했을 것이다.

순찰대가 무너지자 천부패존은 진격을 명했다.

"천수신궁 본전을 점거하라!"

천음약수 앞으로 다가선 천병무궁 육합전사들은 제각기 동발을 꺼내 허공으로 날렸다.

휘리링……!

동발에서 바람개비 같은 날개가 튀어나오며 맹렬하게 회전했다. 천병무궁의 독문 병기 중 하나인 풍천비발이었다.

풍천비발에 올라선 무사들은 천음약수 위를 비월해 성벽으로 날아갔다.

이를 지켜본 백인성이 혀를 내둘렀다.

"대단한 병기로군. 천병무궁 제자들은 무사들이라기보다 뛰어난 장인 같소."

천수신궁에 대한 반감이 누구보다 강한 예운교가 전의를 드러냈다.

"어서 가요, 사형. 간악한 조아림은 제가 죽이겠어요!"

"사매, 결정은 단 소저에게 달렸어."

"언니 마음이 약해지기 전에 제 손으로 죽이려는 거예요."

군세명이 한마디 거들었다.

"백 형, 조아림은 가짜 무덤까지 만들어 죽음을 위장했으니 더는 산 자가 아니요. 죽은 귀신을 한 번 더 죽이는 것이니 주저할 것 없소."

악에 관해서는 철저하게 응징하는 것이 그의 방식이었다.

단아빈이 백인성을 돌아보며 가라앉은 어조로 말했다.

"우리도 가요."

"알겠소."

백인성은 비천신금을 허공에 던졌다.

커다란 보자기가 활짝 펼쳐지자 네 사람은 비천신금을 타고 천음약수를 위를 비월했다.

차차창―!

성벽 위에서 치열한 전투가 벌어지고 있었다.

천수신궁 제자들은 성벽 수호에 나섰지만 육합전사들은 다양한 병기를 동원해 방어를 돌파했다.

성벽 위로 내려선 육합전사들은 강력한 병기를 휘둘러 천수신궁 제자들을 보랑 밖으로 날려버렸다.

천부패존은 육중한 도끼를 휘둘러 조아림과 격돌하고 있었다.

"요사한 계집! 모두 네년의 농간 때문이니 곱게 죽을 생각은 마라!"

조아림은 검을 휘둘러 도끼를 쳐내면서 야멸치게 응수했다.

"흥, 천병무궁이 결국 천예비궁에 복속된 것이냐?"

"닥쳐라! 난 존엄하신 궁주님의 명을 따를 뿐이다!"

천부패존은 괴성을 토하며 연속으로 도끼를 내리쳤다. 그 바람에 성벽 일부가 붕괴하며 무너져 내렸다.

천병무궁 육합전사들이 성벽을 점거하자 대다수 천수신궁 제자들은 어쩔 수 없이 성벽 아래로 밀려야 했다. 지형적으로 극히 불리했기에 성벽 탈환이 쉽지 않았다.

콰— 쾅—!

천부패존과 조아림의 격돌은 좀처럼 승부를 내지 못했다.

조아림이 공력과 절기에서 다소 앞섰지만 천부패존은 강력한 외문기공을 연성했기에 웬만한 공격에도 부상을 당하지 않았다.

예운교는 못내 아쉬운 듯 입술을 잘근잘근 씹었다.

"내가 싸웠어야 했는데!"

그녀는 지난번 천병무궁 무사들과 격돌하는 와중에 백인성에게 구천무상검법을 전수받아 자부심이 대단했다. 상대가 천수신궁의 궁주라 해도 능히 자신이 있었다.

차― 차창―!

용호상박의 격돌이 계속되자 단아빈이 나섰다.

"천부패존은 물러서세요!"

단아빈이 검으로 변환된 여의신병을 치켜들자 천부패존은 곧바로 퇴각했다. 천병무궁 제자들에게 있어 여의신병의 존엄성은 절대적이기에 항명은 곧 반역이었다.

백인성은 단아빈이 직접 나서자 다소 불안했지만 잠시 지켜보기로 했다.

'여의신병을 지녔으니 자신을 지킬 수는 있을 거다.'

조아림과 마주 선 단아빈이 신랄하게 비난했다.

"천수신궁에 죽은 자도 살릴 수 있는 신수가 있는지 몰랐어요. 지난번 분명 조 궁주의 무덤을 확인했는데 이렇듯 버젓이 살아 있군요."

조아림은 얼굴이 화끈 달아올랐지만 결연하게 응수했다.

"사문을 지키려는 마음에 잠시 속임수를 썼을 뿐이다. 나를 죽이는 것은 상관없지만, 모욕은 삼가다오."

“조 궁주, 이렇게 맞서 싸우는 것이 과연 최선입니까?”

“……!”

“조 궁주는 지금 최악의 선택을 하고 있습니다.”

단아빈의 질책에 조아림은 허공으로 시선을 돌렸다.

“단 소궁주, 내가 잠시 눈이 멀어 화소소의 계략에 현혹되었다. 하지만 모든 책임은 내가 져야 하니 화소소를 탓하지 않겠다. 나를 죽이되… 우리 모두 십절무제 태사조님의 후예임을 참작해 천수신궁의 명맥은 지켜다오.”

조아림은 신검합일을 이루어 단아빈을 향해 날아들었다.

“언니가 위험해!”

예운교가 뛰어들려 하자 백인성이 제지했다.

“지켜봐.”

조아림이 날아들자 단아빈은 여의신병에 진기를 주입했다. 검극을 통해 일장 길이의 검기가 저절로 발출되었다. 여의신병의 위력이었다.

신검합일로 날아든 조아림은 단아빈을 향해 겨누었던 검극을 옆으로 돌렸다. 대결이 아니라 단아빈의 검에 죽겠다는 의도였다.

차앙……!

날카로운 쇳소리와 함께 조아림의 검이 동강 났다. 조아림은 스스로 죽기를 원했지만 단아빈은 조아림의 검만 자른 것이다.

조아림의 표정이 참담하게 일그러졌다.

"단 소궁주, 내가 어떻게 죽기를 바라는 건가?"

"조 궁주를 죽여 이미 고혼이 된 천예비궁 동문과 친족들이 되살아날 수 있다면 기필코 죽였을 겁니다."

"그들을 살릴 수는 없어도… 나를 죽이면 그들의 원혼을 달래줄 수 있지 않은가?"

단아빈은 애써 감정을 자제했다.

"이미 삼비문 모두가 커다란 피해를 보았습니다. 피의 보복은 삼비문의 파멸만 가져올 뿐입니다."

쨍그렁……!

조아림의 손에 쥐어져 있던 동강 난 검이 바닥에 떨어지며 아픈 비명을 발했다.

조아림은 단아림 앞에 털썩 무릎을 꿇었다.

"단 소궁주, 본궁의 과오를 진심으로 통감하네. 나의 과욕과 사악함으로 인해 천예비궁에 씻을 수 없는 죄를 지었네. 용서를 구하기에는 죄가 너무 크기에 자비를 구하는 것도 몰염치이네. 그러니 직접 내 목을 베어 단 소궁주의 원한을 해소하고 천수신궁의 명맥은 보존해 주게."

"맞아요. 그것이 최선입니다."

단아빈은 가차없이 여의신병을 휘둘렀다.

팟……!

한줌의 머리카락이 허공에 흩뿌려졌다.

베어진 것은 조아림의 목이 아니라 궁장으로 틀어 올린 머리채였던 것이다.

단아빈의 눈가에 뽀얀 물기가 감돌았다.

"이것이 천예비궁의 복수입니다."

조아림은 머리카락을 길게 늘어뜨린 채 고개를 떨구었다. 죽지 않고 살았지만, 마냥 달가워할 삶은 아니었다.

단아빈은 품속에서 작은 상자를 꺼내 조아림에게 던져주었다.

상자를 열어본 조아림은 눈을 휘둥그레 떴다.

"이건……?"

금빛으로 빛나는 구슬은 천수신궁의 신물인 칠성신주 중 하나인 금성신주였다. 천병무궁과 동맹을 맺기 위해 헌납했던 신물이 되돌아온 것이다.

"십절 태사조님께서 당신의 재예를 분배하신 연유는 그 모든 것을 계승할 제자가 없었기 때문입니다. 지금도 마찬가지입니다. 훗날 태사조님과 견줄 만한 천년지재가 탄생한다면 삼비문은 자연스럽게 통합될 겁니다. 그전까지는 각자 자파를 계승하면서 발전시키는 것이 도리가 아니겠어요?"

돌아선 단아빈은 여의신병을 천부패존에게 건넸다.

"투신 궁주님께 전하세요."

"단 소궁주……?"

"삼십 년 후 누가 찾아갈지 모르겠지만, 그때까지 잘 보관

해달라고 전하세요.."

천부패존은 정중히 예를 표하고는 여의신병을 받아들었다.

"단 소궁주의 하해와 같은 아량에 감복했소. 향후 삼비문이 반목하는 일은 없을 거요.."

그는 백인성 일행에게 간단히 묵례를 취하고는 철수를 명했다.

"모두 귀환한다!"

천부패존과 육합전사들은 풍천비발을 타고 천음약수 위를 건너갔다.

백인성은 잔잔한 미소를 띠며 단아빈의 소매를 이끌었다.

"우리도 이만 갑시다."

"예, 공자."

네 사람은 비천신금을 타고 천음약수를 건너갔다.

금성신주를 손에 쥔 조아림은 하염없는 눈물을 뿌리고 있었다. 삼비문 통합이라는 원대한 야망은 잃었지만 대신 더 큰 것을 얻었다.

"삼비문은 모두 동문이었어. 그것을 이제야 깨닫다니……!"

2

소양산을 내려오자 예운교가 분함을 못 이기고 가슴을 두드렸다.

"언니, 정말 후회하지 않을 자신 있어요? 최소한 조아림의 목은 베었어야 했다고요."

단아빈이 서글픈 미소를 띠었다.

"지금이 더 마음 편해. 만일 조아림을 내 손으로 죽였다면 평생 후회했을 거야."

군세명이 단아빈을 향해 정중히 예를 표했다.

"단 소궁주는 진정 여걸이시오. 복수는 쉽지만 용서는 지극히 어려운데 진정 용단을 내리셨소. 백 형이 왜 단 소궁주에게 매료되었는지 이제 분명히 알겠소."

단아빈은 얼굴을 붉히며 옆으로 비켜섰다.

"그런 말씀 마십시오. 부끄럽습니다."

백인성도 한마디 거들었다.

"아니요. 어떤 찬사로도 부족한 용단이었소. 이로써 삼비문은 천예비궁을 중심으로 통합된 것과 다름없소."

두 사람 모두 침이 마르도록 단아빈을 칭찬하자 예운교가 입술을 비죽거렸다.

"뭐, 언니의 가슴에만 보살이 있는 건 아니에요. 소녀도 본래 다정한 여자였다고요. 살벌한 무림계에 뛰어들면서 조금 과격해진 거죠."

군세명이 호쾌하게 웃으며 말을 받았다.

"하하, 세상 모든 사람이 단 소궁주처럼 관대하다면 어떻게 악을 소탕할 수 있겠소? 단 소궁주의 관용이 존경스럽지만 내 방식은 아니오."

예운교에 대한 우회적인 지원이었다.

네 사람은 화기애애한 분위기 속에 소양산 자락의 무향진에 이르렀다.

마을 입구의 패루에서 서성이던 비렁뱅이가 이들을 보고는 한달음에 달려왔다.

비렁뱅이는 군세명을 한눈에 알아보고는 넙죽 절을 올렸다.

"소성주님을 뵈옵니다."

군세명이 신중한 표정으로 물었다.

"개방 제자요?"

"그렇습니다. 호남 지부 소속으로 형남 분타의 향주로 있는 아도라고 합니다. 일전에 먼발치에서 소성주님을 뵌 적이 있었지요."

"그렇군. 한데 긴히 전할 소식이 있는 거요?"

"예, 정파연합의 집결지가 화산파로 결정되었습니다."

군세명은 크게 안도했다.

"다행이로군. 화산파가 천하대의를 위해 용단을 내렸어."

공동파의 와해는 전통의 구대문파에게 중대한 위협이었다. 정파연합의 집결지가 되면 행여 자파가 군마천의 선제공격을 당할 우려가 있기에 무당과 화산, 종남파 등이 그동안 명확한 입장을 표명하지 않았다.

한데 지리적으로 군마천과 가장 인접한 화산파가 정파연합의 집결지로 결정됐으니 이는 자파의 위협을 감수한 용기 있는 결단이 아닐 수 없었다.

단아빈이 백인성에게 나직이 말했다.

"화산은 산세가 험준해 지키기에 유리합니다. 또한, 화산 제자들이라면 군마천의 기습을 능히 막아낼 수 있으니 정파연합의 집결지로 적격입니다."

"공동파와 같은 참화가 있어서는 안 될 것이오."

"인접한 소림과 무당에서 서둘러 출전한다면 군마천도 섣불리 나서지 못하겠지요."

아도는 백인성 일행을 쓸어보다가 보고를 계속했다.

"제왕성에서도 전 제자가 출동했습니다. 소성주님께서도 급히 화산으로 합류하라는 제왕성주님의 지시가 하달되었습니다. 제왕성주님은 요지선보에 잠시 들러 조문을 마친 후 화산으로 향하실 겁니다."

"조문이라니?"

"아직 소식을 못 들으셨나 보군요. 요지선자께서 타계했다는 소식에 천하인 모두가 비통해하고 있습니다."

"뭐요? 요지선자가 타계했다고?"

군세명은 입을 다물지 못했다.

요지선자가 역천행과 격돌해 패주했다는 소식은 들었지만, 사망까지 이어질 줄은 생각지 못한 일이었다. 제왕성주와 더불어 세상에서 가장 강력한 절대고수인 요지선자였기에 그녀의 죽음은 엄청난 충격이 아닐 수 없었다.

백인성은 요지선자와 단 한 번 대면했을 뿐이지만 워낙 인상이 깊었던 여인이었기에 가슴 한 자락이 베어진 듯 허탈했다.

"진정 애통한 일이오. 여선과도 같은 존재였는데……."

아도가 보고를 마치고 물러갔지만 군세명은 여전히 충격에서 깨어나지 못하고 있었다.

"상세한 내막은 몰라도 사부님께서 요지선자와 각별한 관계라 들었는데… 사부님의 비통함을 생각하니 나도 가슴이 아프오."

백인성이 차분한 어조로 그를 위로해 주었다.

"당대의 악마와 맞섰으니 요지선자는 진정 의녀였소. 그녀의 죽음은 너무도 안타깝지만 그로 인해 정파연합이 더욱 결속될 수 있으니 그 죽음이 결코 헛되지 않을 것이오."

"백 형, 당장 화산으로 달려갑시다. 역천행 그 악마를 반드시 죽여야 하오."

"물론이오. 군 형은 사매를 데리고 먼저 출발하시오."

"백 형은 왜……?"

"난 잠시 천예비궁에 들러 단 궁주의 상세를 살핀 후 합류하겠소. 크게 늦지 않을 것이오."

백인성은 예운교에게 시선을 돌렸다.

"그럼 화산에서 보자."

예운교도 군세명과의 동행이 싫지는 않았기에 고분하게
응했다.

"알았어요, 사형."

작별을 고한 군세명은 예운교와 함께 북천으로 날아갔다.

단아빈은 그들이 멀어질 때까지 바라보다가 잔잔한 미소
를 머금었다.

"잘 어울려요. 소성주라면 운교의 배필로 손색이 없지요.
세상에서 가장 멋진 한 쌍이에요."

"세상에서 가장 근사하는 말은 어폐가 있소."

"왜 어폐라는 거죠?"

"사매와 군 형이 잘 어울리는 것은 사실이지만 우리도 그
에 못지않으니 말이오."

단아빈의 눈 부위가 발갛게 달아올랐다.

"제가 어디 운교와 비교되겠어요?"

"외양은 그저 눈에 보이는 일부일 뿐이오. 원수를 용서할
수 있는 용기와 아량은 아무나 지닐 수 없는 최고의 미덕이
오."

백인성은 스스럼없이 단아빈의 손을 쥐었다.

"우리도 갑시다."

군마천 내에 자리한 소(小) 주지육림에서 간드러진 웃음이 그치지 않았다.

"호호, 역사 속 이야기로만 들었던 주지육림이 실제 존재하다니 정말 재미있어요,."

화소소는 술로 채워진 연못에 띄운 편주에서 잔을 내려 술을 채웠다. 술잔을 비운 화소소가 상큼한 미소를 베어 물었다.

"흐음, 좋아요. 풍취 때문인지 더 맛있군요."

편주에 마주앉아 있던 역천행은 화소소가 즐거워하자 기분이 한껏 고조되었다.

"내가 천하를 지배하면 이보다 열 배는 큰 주지육림을 만들어 주겠다. 그 속에서 마음껏 즐기자꾸나."

"천주께서는 이미 세상의 절대자이십니다. 마음만 먹는다면 무엇을 이루지 못하겠어요?"

"다른 사람들의 말은 아부처럼 들리는데 같은 말이라도 네가 하니 진실처럼 들리는구나, 하하."

"진심으로 드리는 말씀입니다. 천주께서는 당세의 절대자라는 제왕성주와 요지선자를 모두 격파하지 않았습니까? 이제 누가 감히 천주와 맞설 수 있겠습니까?"

"그렇구나, 하핫!"

역천행은 호쾌한 웃음을 터뜨리며 화소소와 술잔을 마주쳤다.

"소소, 내가 너를 왜 이제야 만났는지 정말 안타까울 정도구나. 세상의 지배자가 된다면 너를 천후로 삼아 평생을 함께할 것이다."

"광영입니다, 천주."

화소소는 역천행과 팔을 걸고는 술잔을 비웠다.

한데 언제부터인가 두 사람의 유희를 훔쳐보는 사람이 있었다. 연못가 정원석 뒤에 몸을 숨긴 음침한 분위기의 청년은 바로 부천주 상주삭이었다.

여자라면 환장하는 상주삭에게 있어 화소소의 뇌쇄적인 자태는 치명적인 자극이었다. 이미 천주의 여인이 되었기에 자제해야 했지만, 본능적인 욕구는 어쩔 수가 없었다.

'으으, 소소를 한 번만 품는다면 죽어도 여한이 없겠다.'

그러나 그가 아무리 병적인 황음증에 걸려 있어도 자신의 목숨은 소중하게 여겼다. 역천행의 과격한 성격을 잘 알기에 상주삭은 그저 멀리서 화소소를 훔쳐보는 것으로 만족해야 했다.

이때 그의 귓속으로 칼칼한 전음이 파고들었다.

[부천주, 그러다 천주께 걸려 눈알이 파이고 싶은가?]

흠칫 놀란 상주삭이 잔뜩 경계하며 돌아보았다.

정원의 산책로를 따라 다가서는 사람은 총상 악불군이었다. 옆으로 반남반녀 호미랑이 악불군의 옆을 수행하고 있었다.

상주삭은 얼른 뒷짐을 진 채 산책을 나온 것처럼 행세했다.

"허, 허엄. 총상께서 지금 무슨 말씀을 하신 거요?"

"부천주, 천주는 마신의 경지에 이른 분일세. 천주께서 부천주의 부정한 눈길을 알아채기 전에 이만 물러가는 것이 좋겠네."

"공연히 오해하지 마시오. 난 천주께서 유흥을 즐기실 수 있도록 주변을 경계하고 있었을 뿐이오."

상주삭이 계속 발뺌하자 호미랑이 다가서며 유혹적인 눈빛을 발했다.

"부천주, 너무 몸달아 말아요. 색정을 주체할 수 없다면 내가 해소해 줄 수도 있으니까."

상주삭은 호미랑을 훑어보고는 조소를 흘렸다.

"내가 계집을 탐해도 사내한테는 관심없소. 호 마상은 내 취향이 아니오."

상주삭이 지나쳐 가자 호미랑이 씨근거렸다.

"미친 새끼, 암컷이라면 사람이든 짐승이든 사족을 못 쓰는 색귀 주제에 감히 나를 마다해?"

악불군이 그런 호미랑을 한 번 더 자극했다.

"당연하지. 네가 온전한 계집이겠냐? 아랫도리를 두 개나

차고 있는데 누가 너를 벗기고 싶겠어?"

"대형까지 이럴 거예요?"

호미랑이 발끈하자 악불군이 점잖게 타일렀다.

"이것아, 목소리 낮춰. 안 그래도 지금부터 천주의 흥을 깨는 보고를 올려야 하는데 미리 자극해서는 안 돼."

두 사람은 술 냄새가 코를 찌르는 주지(酒池) 앞에 이르렀다.

"천주, 긴급한 보고를 올려야 함을 용서하시오."

흥이 깨진 역천행이 탐탁찮은 눈빛으로 돌아보았다.

"꼭 지금 보고를 받아야 하는 거요?"

"그렇소이다."

"대체 뭔 일이오?"

"정파연합의 집결지가 화산으로 결정되어 제왕성을 비롯한 정파고수들이 대거 몰리는 중이외다. 속히 대전으로 납셔 회의를 주재하서야 하오."

"흥, 그깟 버러지들이 몰려와 봤자지."

화소소가 넌지시 권했다.

"천주, 정파연합이 집결한다면 본천에 중대한 위협입니다. 속히 가보십시오."

"너도 함께 가자."

"소녀는 대전회의에 참석할 신분이 못됩니다."

"네 직위야 내가 올려주면 될 거 아니냐?"

"소녀가 갓 입문해 마화령주의 직위를 받은 것도 과분한 처사입니다. 소녀에 대한 편애로 자칫 본천의 분위기가 흐려질까 우려되니 말씀 거둬주십시오."

화소소의 배려와 겸손함이 역천행을 더 사로잡았다.

"귀여운 것, 네가 이렇듯 영특하니 내 어찌 곁에 두고 싶지 않겠느냐? 조만간 네 직위를 올려주겠다."

역천행은 순간적으로 이동해 연못가로 내려섰다.

"갑시다."

호미랑은 다소 못마땅한 눈빛으로 화소소를 쏘아보고는 두 사람의 뒤를 따랐다.

역천행과 악불군과 호미랑이 멀어지자 화소소는 편주를 움직여 연못가로 올랐다.

"정파연합이 화산에 집결한다고? 그렇다면 백인성도 합류하겠군."

백인성을 떠올린 그녀는 가슴이 답답해졌다.

백인성이라는 존재는 그녀에게 있어 벽이었다. 천중신수로도 죽이지 못했고 갖은 계략을 구사했지만, 오히려 자신이 쫓기는 신세가 되고 말았다.

'내가 이렇게 된 것은 그 인간 때문이야. 나도 마도에 몸을 담고 싶지는 않았어. 내 바람은 천수신궁의 궁주가 되어 삼비문을 통합해 요지선자처럼 천하인들의 추앙을 받는 여제가 되는 거였지. 하지만 그자가 내 모든 것을 무너뜨렸어.'

생각이 여기에 미치자 그녀의 가슴에 짙은 살심이 피어올랐다.

'백인성… 네가 아무리 전설의 후예라도 인간인 이상 죽일 수는 있을 것이다. 넌 반드시 내 손에 죽을 거야.'

화소소는 잠시 생각하다가 약왕각으로 걸음을 옮겼다.

약왕각은 군마천에 입문한 약천의왕의 거처였다.

약천의왕은 금마총 마왕들과 결의한 덕분에 군마천의 봉공 지위에 오르게 되었다.

전각 마당에 이르기도 전에 독한 약재 향기가 코를 찔렀다.

약천의왕은 무수한 약탕기 앞에서 약재를 점검하고 있었다.

군마천의 전신은 마교였기에 약재 창고에는 일반적으로 구할 수 없는 독물과 성약이 가득했다. 약천의왕은 세상사에는 별반 관심이 없기에 주로 전각에 틀어박혀 약재를 연구하고 실험하는 데만 시간을 보냈다.

생체실험은 세상에서 금지돼 있었지만 군마천 내에서는 그러한 실험이 자유로웠다. 그는 마음만 먹으면 군마천 내의 수인들을 상대로 독물과 약재를 시험할 수 있었고, 외부인들을 납치해 시술 대상으로 삼을 수도 있었다.

전각 내의 방에서 흘러나오는 신음 소리는 실험 대상으로 끌려온 자들의 것이었다.

약천의왕은 몇 가지 약물을 챙겨서 방으로 들어섰다.

침상에 팔다리가 묶인 장한은 고통에 겨워 꿈틀거리고 있었다. 성대 일부가 베여 나가서인지 숨을 쉴 때마다 쉭쉭거리는 소리가 들려왔다.

“이번에는 전갈독과 지주독을 시험해봐야겠군.”

장한의 손목에 가는 도관을 꽂은 약천의왕은 두 가지 극독을 동시에 투입했다. 웬만한 사람은 소량의 독만으로 즉사할 극독이지만 장한은 이미 숱한 약을 복용한 상황이라 쉽게 죽지 않았다. 대신 극심한 고통을 겪어야 했다.

“크어… 크어억……!”

장한은 눈을 까뒤집은 채 역겨운 거품을 토해냈다. 어서 죽기를 간절히 바랐지만 약천의왕은 그렇게 자비로운 의원은 아니었다.

약천의왕은 새로운 해독제를 투입하고 침술을 발휘해 장한이 죽지 않도록 조치했다.

복도에서 이를 지켜보고 있던 화소소는 등줄기가 축축하게 젖어들었다. 남다른 독심을 지닌 그녀였지만 사람을 한갓 실험도구로 삼아 갖은 고통을 가하는 약천의왕에 비하면 순진한 편이었다.

약천의왕은 이미 화소소의 존재를 간파했는지 돌아보지도 않고 말했다.

“네가 의술에 관심이 있다면 노부를 도와라.”

화소소는 뛰는 가슴을 애써 가라앉혔다.

"예, 봉공."

화소소가 방으로 들어서자 약천의왕은 작은 칼을 건넸다.

"이놈의 배를 갈라라."

"예에?"

"뭘 그리 놀라는 것이냐? 장기의 색깔을 살펴보려는 거다."

"배를 가르면… 죽지 않습니까?"

"허어, 천수신궁의 제자라면 의술에도 제법 능할 텐데 그 따위 한심한 소리를 하는 것이냐? 장기만 건드리지 않으면 배를 백번 갈라도 죽지 않는다. 설사 죽는다 해도 무슨 문제가 있겠느냐? 이곳 약왕각에는 실험대상이 아주 많다."

"알겠습니다."

화소소는 떨리는 손으로 장한의 배를 갈랐다. 배가 열리면서 장기가 한눈에 들어왔다.

화소소는 끔찍한 광경과 역한 냄새에 구토가 일어 입을 틀어막아야 했다.

그런 그녀를 보며 약천의왕이 놀려댔다.

"크훗, 벌써 천주의 아이를 밴 것은 아닐 텐데……."

약천의왕은 장기의 색깔과 상태를 살피고는 작은 책자에 기록했다.

"한데 네가 약왕각에는 어쩐 일이냐?"

"봉공을 스승님으로 모셔 의술을 배우고 싶습니다."

"내 제자가 되고 싶다고?"

"예, 봉공."

"이유가 뭐냐?"

"봉공께서 와룡성수에게 감정이 많다고 들었습니다. 소녀 역시 마찬가지이기에 와룡성수에게 복수를 하는데 미력한 힘이나마 돕고 싶습니다."

약천의왕은 화소소를 물끄러미 주시하다가 몸을 돌렸다.

"내 방으로 가자."

약천의왕의 거실은 어수선했다. 천장에는 약재가 주렁주렁 걸려 있었고 바닥에는 서책과 약탕기가 널브러져 있었다.

약천의왕은 화소소가 끓여서 내온 차를 한 모금 마시고는 물었다.

"머리 흰 놈에 대해 잘 알고 있느냐?"

"누구보다 잘 안다고 장담할 수 있습니다."

"그래? 네가 놈과 교접까지 했다는 거냐?"

"그… 그건 아니지만… 오대산 선부를 방문한 적이 있었습니다."

약천의왕의 눈에 이채가 감돌았다.

"네가 선부를 방문했다고?"

천외무선은 신비와 전설의 존재이기에 천외선부는 무림인

들에게 있어 누구나 한번쯤 찾아가 보고 싶은 선망의 대상이
다.

　화소소는 선부에 대해 상세히 설명하면서 약천의왕의 관
심을 끌었다. 과연 약천의왕의 반응은 뜨거웠다.

　약천의왕은 눈을 가늘게 뜨며 물었다.

　"네가 귀곡신서에 대해 얼마나 기억하고 있느냐?"

　"귀곡신서 대부분은 너무 난해해 기억하기도 쉽지 않습니
다. 하지만 의서 부분은 소녀가 관심이 있었던 터라 일부 기
억하고 있습니다."

　"어디 얘기해봐라."

　약천의왕의 관심을 이끌어냈다 판단한 화소소가 빙그레
미소를 띠었다.

　"기억을 떠올리려면 시간이 조금 걸릴 것 같습니다."

　화소소의 의도를 간파한 약천의왕은 실소를 흘렸다.

　"큭, 교활한 계집. 감히 나와 거래를 하려 하다니."

　"어쩌겠습니까? 외로이 군마천에 뛰어든 소녀가 살려면 봉
공의 지원이 필요합니다. 천주께서도 봉공에 대한 배려가 각
별하다고 들었습니다."

　"네 미색이라면 천주를 사로잡고도 남을 텐데 무엇이 걱정
이냐?"

　"사내의 마음은 언제든 흔들릴 수 있습니다. 소녀에게는
천주가 평생 소녀만을 가슴에 둘 수 있는 약이 필요합니다."

“세상 어떤 의원도 그런 약을 처방할 수 없습니다.”

“소녀가 말씀드린 약은 진짜 약이 아닙니다. 그런 환경을 말씀드리는 거죠.”

“오냐, 대신 귀곡신서에 대해서는 낱낱이 고해야 한다. 알겠느냐?”

“여부가 있겠습니까?”

든든한 후원군을 얻은 화소소는 약천의왕에게 절을 올렸다.

“제자 소소가 스승님을 뵈옵니다.”

4

화소소의 처소 마화각.

화소소는 개인욕실의 대리석 수조에 몸을 담근 채 느긋하게 수욕을 즐기고 있었다. 정파의 제자로서 군마천에 입문하는데 무척 고심했지만, 이제는 군마천 내에서 자신의 입지를 강화시키는 것이 그녀의 목표가 되었다.

역천행의 마음을 사로잡기 위해 색녀처럼 행동하기도 했지만, 불안감을 지울 수 없었다.

군마천 수뇌부인 총상 악불군과 오대마상이 자신을 탐탁찮게 여기는 것을 간파했기에 그녀는 자신을 비호해 줄 사람이 필요했다.

그래서 선택한 대상이 봉공인 약천의왕이었다.

교섭 결과는 성공적이었다. 화소소는 비로소 안심할 수 있는 우군을 확보한 셈이다.

'다음 단계로 오대마상 중 일부를 내 편으로 만들어야겠어.'

수조에서 나선 화소소는 전신을 비출 수 있는 유리 거울 앞에 섰다.

사내를 겪어서인지 그녀의 젖가슴이 다소 도드라져 보였고 몸에서도 약간의 색기가 감돌았다.

거울을 통해 자신의 알몸을 비춰본 화소소는 매혹적인 미소를 지어 보였다.

"허릿살을 좀 빼야겠군."

한데 갑작스럽게 마혈이 뜨끔해지면서 그녀는 석상처럼 굳어지고 말았다.

"흐흣, 이렇게 완벽한데 더 무엇을 바라는 거냐?"

욕실로 들어선 사람은 부천주 상주삭이었다.

화소소의 표정이 싸늘하게 굳어졌다.

"무슨 짓입니까, 부천주? 당장 꺼져요!"

화소소의 나신을 훑어 내리는 상주삭의 눈이 색정으로 붉게 물들었다.

"정말 아름다군. 내가 미칠 정도야."

상주삭은 화소소의 개미허리를 휘감았다.

“소소, 내 소원 한 번만 들어줘라.”

화소소의 젖가슴을 움켜쥔 상주삭은 흥분에 겨워 몸을 떨었다.

“으흐, 이 감촉과 탄력…….”

“추잡한 놈! 당장 내 몸에서 손을 떼지 못하겠느냐? 난 천주를 모셨던 몸이다. 천주께서 네놈을 가만두지 않을 것이다!”

“소소, 너만 입 다물면 아무도 몰라.”

화소소를 바닥에 눕힌 상주삭은 혀를 날름거리며 화소소의 몸을 핥았다.

“난 많은 것을 바라지 않는다. 그저 가끔씩 나와 운우를 즐기자는 거다.”

상주삭의 손이 다리 사이로 파고들자 화소소가 악을 쓰듯 외쳤다.

“밖에 누구 없느냐?”

상주삭은 손으로 화소소의 입을 틀어막았다.

“네 시비들은 이미 미혼향에 취해 정신을 잃었다. 더 이상 저항하지 마라.”

상주삭이 입을 맞추려 하자 화소소는 야멸치게 입술을 깨물었다.

“억!”

입술이 터져 피가 흐르자 상주삭은 화소소의 뺨을 후려

쳤다.

"네년이 천주만 무섭고 나는 무섭지 않단 말이냐? 천주의 유고시 내가 군마천의 계승자이다. 훗날을 위해서라도 나와 정분을 맺어두어야 하지 않겠느냐?"

상주삭은 품속에서 작은 약병을 꺼내 화소소의 코끝에 발라주었다.

"색혼환락산이다. 우리의 교접을 더욱 즐겁게 해줄 거다."

달콤한 향기가 콧속으로 스며들면서 화소소는 절로 몸이 뜨거워졌다. 하지만 상주삭과의 교접은 파멸이기에 절대 용인할 수가 없었다.

"지금이라도 늦지 않았다. 어서 혈도를 풀고 물러가라. 그러면 너를 용서하겠다!"

상주삭은 서둘러서 옷을 벗어 던졌다.

"소소, 장강에 배 지나간다고 흔적이 남는 것도 아니지 않느냐?"

화소소를 부둥켜안은 상주삭은 마른침을 꿀꺽 삼켰다.

"한번 겪어보면 알겠지만 내가 방중술만큼은 천주보다 능숙하다. 너도 진정한 색계가 무엇인지 알게 될 거다."

화소소는 참담한 치욕과 모멸감에 미칠 것만 같았다.

"죽여 버리겠다, 추악한 짐승!"

"크크, 화난 모습이 더 매력적이야."

상주삭은 화소소의 엉덩이를 감싸 쥐고는 교접 자세를 취했다.

절망감에 빠진 화소소는 눈을 질끈 감았다.

'아, 추잡한 색마 때문에 모든 게 끝났어.'

한데 이때였다. 느닷없이 날아든 발길질에 채인 상주삭이 화소소의 몸 위에서 나가동그라졌다.

"크억!"

지풍을 날려 상주삭의 혈도와 경맥을 제압한 약천의왕이 재차 상주삭을 걷어찼다.

"이런 추잡한 새끼!"

벽에 부딪힌 상주삭은 머리가 깨지면서 피가 흘렀다.

"사… 살려주십시오, 봉공."

약천의왕은 싸늘한 조소를 흘렸다.

"네놈의 목숨은 천주께서 결정하실 것이다."

약천의왕은 지풍을 발출해 화소소의 혈도를 풀어주었다.

화소소는 몸을 웅크려 치부를 가렸다.

"고… 고맙습니다, 스승님."

"괜찮은 것이냐?"

"예, 스승님. 조금만 늦었더라면 저 추잡한 색마한테 몸을 더럽힐 뻔했습니다."

"놈을 끌어낼 테니 옷부터 챙겨 입어라."

약천의왕은 상주삭의 머리채를 쥐고는 질질 끌고 나갔다.

아찔한 위기에서 벗어난 화소소는 절로 안도와 분노가 뒤엉켜 절로 눈물이 흘러나왔다.

"상주삭, 이 더러운 놈! 곱게 죽지 못할 것이다!"

군마천 대전.

역천행은 단상의 보좌에 비스듬히 앉아 회의를 주재하고 있었다.

"훗, 정파 나부랭이들이 제 발로 찾아온다니 본좌가 직접 나설 수고를 덜어주는군."

역천행의 느긋한 모습과 달리 악불군의 표정은 심각했다.

"천주, 놈들의 이번 진군은 가벼이 볼 사안이 아니오. 제왕성주 외에도 와룡성수가 합류할 예정이라 들었소. 놈이 정파 연합에 합류한다면 사태는 심각하오."

오대마상은 대악인곡에서 백인성의 경이로운 무공을 경험했던 터라 그가 언급되자 떨떠름한 표정으로 서로를 바라보았다.

"와룡성수 백인성!"

역천행이 팔걸이를 치며 벌떡 일어섰다.

"내 사부들의 원수! 그 새끼는 내가 직접 산 채로 찢어죽일 거요!"

그의 손에서 퍼런 살기가 폭사되었다.

그의 무시무시한 모습에 악불군마저 두려움을 느껴야 했다.

"천주, 노신의 견해로 앉아서 기다리기보다 신속하게 화산을 기습해 놈들의 기세를 꺾는 것이 어떨까 하오. 화산파 장문인과 원로들을 격살하면 정파연합을 와해시킬 수 있소."

그러자 좌호법 독비잔도가 반박했다.

"화산의 험준한 산세는 공동에 비할 바가 아니오. 우리 형제들이 화산의 도사 놈들을 죽이려 몇 번 화산을 찾아갔지만, 지세가 너무 험해 본산에는 한 번도 이르지 못했소."

우호법인 독각혈과도 한마디 거들었다.

"그렇소. 더군다나 저들이 최고의 경계 상태를 펼치고 있는 상황을 감안하면 기습은 불가하오. 오히려 본천의 정예들만 잃게 될 것이오."

역천행은 요지선자를 격파한 이후 자부심이 극에 달해 있었기에 한껏 오만함을 드러냈다.

"기습 따위는 필요 없소. 본천을 침범한 놈들은 누구든 몰살을 면치 못할 테니까."

이때 약천의왕이 들어서며 다급히 말했다.

"천주, 속히 마화전으로 가보셔야겠소."

"무슨 일이오, 봉공?"

"부천주가… 흉측한 짓을 저질렀소. 천주의 처분이 필요하오."

대번에 사태를 직감한 역천행의 눈매가 가늘어졌다.

"상주삭… 놈이 감히 소소를 건드린 거요?"

마화전 마당에 화소소와 상주삭이 무릎 꿇고 앉아 있었다. 상체가 벗겨진 채 결박된 상주삭은 연신 눈알을 굴리며 위기를 벗어날 궁리를 했다.

"천주 납시오!"

역천행이 수뇌부들 대거 대동해 마화전으로 들어서자 상주삭은 고개를 조아렸고 화소소는 소리없이 눈물을 흘렸다.

두 사람 앞에 마련된 의자에 앉은 역천행이 대뜸 다그쳤다.

"상주삭, 어디 찢어진 네 입으로 지껄여봐라!"

상주삭은 턱을 덜덜 떨면서 궁색한 변명을 늘어놓았다.

"마화령주의 옥신을 안은 죄는 죽어 마땅합니다, 천주. 하지만 속하는 절대 마화령주를 겁탈할 의도가 없었습니다. 마화령주가 입문한지 얼마 안 되기에 본천을 구석구석 구경시켜주고자 마화전을 방문했는데… 하필 마화령주가 수욕 중이었습니다. 속하는 돌아 나오려 했지만 마화령주가 속하를 먼저 유혹하기에 그만… 어쨌거나 모두 속하의 자제심이 부족해서 벌어진 탓이니 달게 벌을 받겠습니다. 다만 속하의 충정을 살펴 죽음만은 면케 해 주십시오."

역천행의 사나운 눈빛이 화소소에게 옮겨졌다.

"부천주의 말이 사실이냐, 소소?"

화소소는 소매로 눈물을 찍고는 차분한 어조로 반박했다.

"천주의 과분한 총애를 받은 소녀가 어찌 부천주를 유혹했겠습니까? 소녀의 결백함은 하늘이 입증해 주실 겁니다.”

양측의 의견이 엇갈리자 역천행은 잠시 판단을 미루고 악불군에게 조언을 구했다.

“총상께서는 어찌 판단하시오?”

악불군은 다소 고민스러웠다.

심정적으로는 상주삭을 단죄하고 싶지만 마교의 기반을 제공해준 상주삭을 처단할 경우 마교의 반발이 우려되었다. 군마천의 전력 절반이 마교 출신 마인들이기에 군마천이 분열된다면 정파연합과 격돌에 치명적이었다.

하지만 이미 천주의 여인으로 공인된 화소소를 겁탈하려한 상주삭을 용서한다면 천주의 존엄성이 훼손된다.

악불군은 침중한 어조로 답했다.

“통상 양측의 견해가 엇갈리면 심리를 해야 합니다. 하지만 중대한 격돌을 목전에 두고 재판을 하기에는 문제가 있소.. 일단은 부천주를 감금하십시오. 판결은 정파연합을 격파한 후 내리시는 것이 좋을 듯하오.”

당장은 군마천의 분열을 막겠다는 유보 조치였다.

역천행은 상주삭과 화소소를 번갈아보다가 냉혹하게 명했다.

“본천의 명예를 훼손한 두 연놈을 참수하라!”

양자 모두 참수!

나름대로 마교 출신 마인들의 반발을 막겠다는 극단의 조치였다.

상주삭이 눈물을 뿌리며 사정했다.

"사, 살려 주십시오, 천주! 속하가 잠시 눈이 뒤집혀 요녀의 유혹에 넘어갔지만, 천주에 대한 충정은 변함이 없습니다! 천주의 위용에 굴복해 마교를 바친 속하가 아닙니까? 부디 목숨만은 살려주십시오!"

그의 비굴한 모습에 역천행은 더욱 분노했다.

"입 다물라! 죽음 따위를 두려워해서 어찌 본천의 부천주일 수 있겠느냐?"

자리에서 일어선 역천행이 화소소 앞으로 다가섰다.

"소소, 마지막으로 할 말은 없느냐?"

"천주의 존엄성을 훼손한 죄인이 무슨 할 말이 있겠습니까? 소녀는 천주의 자비를 빌 자격도 없습니다. 다만 결백만은 밝히고 싶습니다."

화소소의 표정은 처연했지만, 말투며 태도에서 단호함이 느껴졌다.

"소녀의 결백은 봉공께서 입증해 주실 겁니다."

"맞아, 증인이 있었지?"

역천행은 두 사람 뒤에 서 있는 약천의왕에게로 눈길을 돌렸다.

"봉공, 대체 누구의 말이 사실이오?"

"노신이 마화전에 당도했을 때는 부천주와 마화령주가 뒤엉켜 있어 앞선 상황에 관해서는 판단하기 어렵소. 하지만 마화령주가 색혼환락산에 중독돼 있었고 부천주를 검색한 결과 색혼환락산을 소지한 것이 확인되었소. 또한 마화령주의 혈도가 제압돼 있었기에 정황상 겁탈을 당하는 상황으로 판단해 부천주를 포박하였소.”

결정적인 증언에 역천행의 표정이 환해졌다.

“그렇다면 상주삭이 확실히 죄인이로군?”

“마화전 시비들 역시 미혼향에 중독돼 쓰러져 있었으니 우발적인 범행이라기보다 계획적에 가깝소.”

약천의왕이 적극적으로 화소소를 비호하자 역천행은 즉시 판결을 내렸다.

“상주삭이 죄인이라면 화소소는 죄가 없다! 상주삭은 감히 거짓된 변명으로 본좌를 능멸하기까지 했으니 그 죄는 결코 용서할 수 없다!”

“천주! 제발… 목숨만!”

상주삭이 무릎걸음으로 다가서자 역천행은 냅다 걷어찼다.

“더러운 놈!”

상주삭은 울컥 피를 토하며 나가동그라졌다.

역천행은 손수 부축해서 화소소를 일으켜 세웠다.

“소소, 내가 너를 잠시 오해했구나. 상주삭을 어떻게 죽일지는 네게 맡기겠다.”

화소소 눈에서 감격의 눈물을 주르륵 흘러내렸다.

"천주, 소녀의 결백을 믿어주시는 겁니까?"

"물론이다."

화소소는 가쁜 숨을 몰아쉬고 있는 상주삭을 돌아보며 싸늘하게 내뱉었다.

"하면 색마 상주삭을 포락형(炮烙刑)에 처해 주십시오."

포락형.

아득한 옛날 은나라 마지막 임금 주는 달기에게 매혹돼 세상을 파탄으로 이끌었다. 여우의 화신이라는 달기는 충언을 간하는 충신들의 입을 막기 위해 끔찍한 형벌을 고안했다.

그것이 바로 죄인을 산 채로 태워 죽이는 포락형이었다.

워낙 끔찍한 형벌이라 은나라가 패망한 이후 금지된 형벌이었다. 그것이 무려 이천오백 년 만에 재현된 것이다.

연무장 한가운데에 형장이 설치되었다.

바닥으로 장작이 활활 타오르고 있었고 그 위로 커다란 쇠기둥이 걸려 있었다.

상주삭은 홀랑 벗겨진 상태로 쇠기둥 위로 올라야 했다. 그자 주저하자 가시 돋친 채찍을 쥔 형리들이 가차없이 채찍질을 가했다.

"악… 아악……!"

상주삭이 채찍을 맞고 엎어지자 단상에서 지켜보고 있던

역천행이 위엄있게 외쳤다.

"상주삭! 네가 쇠기둥을 무사히 건너면 네 정신력을 높이 평가해 죄를 사할 것이다! 네 죄를 불길 속에 던지고 내게 돌아와라!"

외견상 회생의 기회를 제공했지만, 현실적으로 불가능에 가까웠다.

하지만 상주삭은 살려준다는 말에 현혹돼 쇠기둥 위로 올랐다.

치익… 치익……!

쇠기둥에 이미 불에 달궈졌기에 그가 발을 내디딜 때마다 발바닥 살점이 쩍쩍 달라붙었다.

"크으윽!"

상주삭은 고통을 감내하지 못하고 쇠기둥 위로 엎어졌다. 기름이 발라진 쇠기둥이다 보니 그는 거꾸로 대롱대롱 매달리는 추한 모습까지 연출하게 되었다.

그런 상태로 쇠기둥을 타고 기어갔지만, 바닥에서 타오르는 불길이 너무도 맹렬했다.

"아아악!"

결국, 쇠기둥에서 떨어진 상주삭은 장작불 속에 처박혔다. 이미 기력을 상실한 그는 변변히 저항도 못한 채 처절한 비명 속에 숯덩이로 변해 갔다.

끔찍한 형벌에 군마천 마인들은 말을 잊었다.

　마교 출신 마인들은 모두가 고개를 돌린 채 외면했다. 상주삭이 당당히 죽음을 맞이했다면 애도라도 표했겠지만, 마지막까지 보여준 비굴한 모습에 크게 실망한 것이다.

　역천행은 포락형이 펼쳐진 형장을 내려다보며 아주 흡족해했다.

　"하하, 좋아. 정파의 수괴들을 모조리 생포해 포락형에 처하면 아주 흥미로운 구경거리가 되겠어. 안 그렇소, 총상?"

　"그렇소이다. 제왕성주를 비롯해 정파 수괴들을 포락에 처하면 세상에 다시없을 구경거리가 될 것이오."

　"하핫, 정말 기대가 크군."

　화소소가 옆에서 넌지시 부추겼다.

　"다른 자는 몰라도 백인성은 반드시 포락형에 처해야 합니다."

　"그래, 놈을 어떻게 죽여야 할지 고민됐는데 소소가 내 고민을 해소해 주었구나."

　자리에서 역천행이 마인들을 향해 외쳤다.

　"모두 결전에 대비하라!"

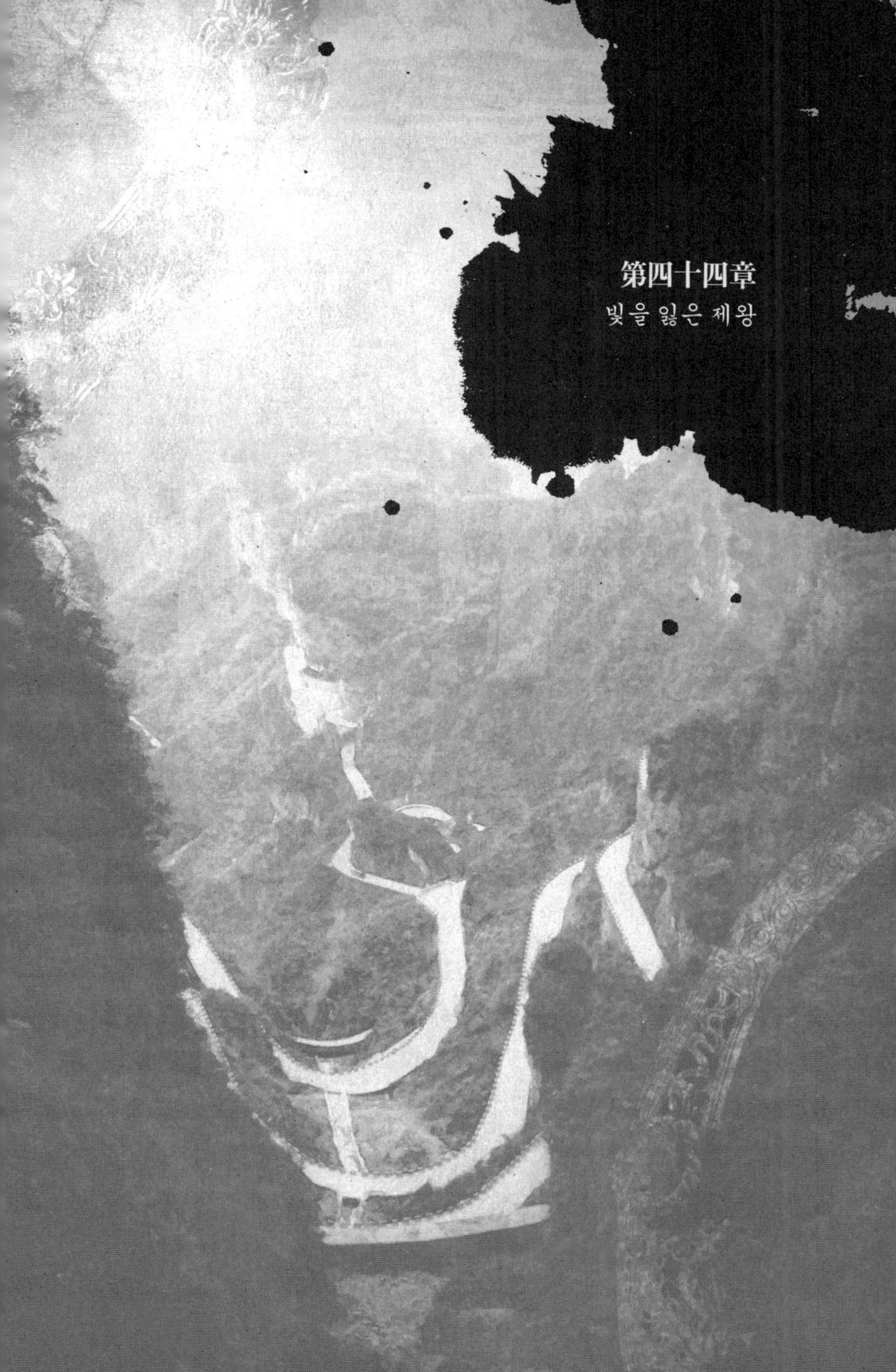

第四十四章
빛을 잃은 제왕

1

땡… 땡……!

요지선보 외곽에서 폭죽이 솟아올랐다.

침입경보가 발동되자 순찰조장 황빈과 여인 무사들이 송림 계단을 막아섰다. 요지선보 제자들은 요지선자의 죽음을 애도하기 위해 모두 소복을 입었고 가슴에 검은 상장을 매달았다.

그녀들 모두 상심과 비통함으로 격앙돼 있어 외부의 침입에 대한 반감이 대단했다.

"침입자는 누구를 막론하고 죽여라!"

검을 뽑아든 황빈이 서슬 퍼런 명을 내렸다.

여인 무사들 앞에 내려선 사람은 빛나는 신위의 중년인이었다. 단시간에 먼 길을 날아왔는지 전신에서 아지랑이와 같은 김이 모락모락 피어올랐다.

황빈은 상대의 신분을 알면서도 야멸치게 응수했다.

"또 어쩐 일이십니까, 성주님?"

중년인은 다름 아닌 제왕성주 자을천이었다.

자을천의 표정이 평소와 달리 심각하게 굳어져 있었다.

"풍문을 믿을 수 없어 직접 찾아왔다. 선자가 진정… 타계했단 말이냐?"

"타계하신 것이 아니라 우화등선하셨습니다."

"허어!"

요지선보 제자들의 소복과 상장을 확인한 자을천은 침통한 한숨을 내쉬었다.

"이럴 수가… 이럴 수가!"

황빈이 표독스럽게 내뱉었다.

"비상 상황이라 성주님을 영접할 수 없으니 당장 돌아가 주세요!"

자을천은 운무 저편으로 아스라하게 보이는 봉우리를 바라보았다.

"이왕 찾아왔으니 조문을 하고 싶구나. 예가 아닌지 알지만 소선자에게 통보해다오."

"한월선자(寒月仙子)님께서 누구의 조문도 허락지 않는다고 하셨습니다."

한월선자는 요지선보의 보주 지위를 계승한 나미랍의 호칭이었다.

"당장 돌아가지 않으면 법규에 따라 처리하겠습니다."

"어서 고해라."

"마지막 경고입니다. 돌아가십시오!"

"고하지 않겠다면 직접 찾아가겠다."

"흥, 감히!"

황빈은 여인 무사들을 대동해 검을 휘둘렀다.

"죽여!"

쐐애액!

수십 개의 검화가 자을천을 향해 날아들었다. 하지만 그녀들의 공격은 자을천의 호신강기에 막혀 대번에 소멸했다.

자을천은 호신강기를 펼친 채 부공술을 펼쳐 선학림으로 향했다. 황빈을 비롯한 여인 무사들이 사력을 다해 공격했지만 자을천의 옷자락 하나 벨 수 없었다.

너무도 현격한 무공 격차에 황빈이 악을 쓰듯 외쳤다.

"성주님! 이는 작고하신 선자님에 대한 예가 아닙니다!"

하지만 자을천의 태도는 완강했다.

"난 선보와 맞서고 싶지 않다. 조문만 하고 갈 것이다."

이때 청아한 학 울음소리와 함께 운무 저편에서 한 마리 선학이 날아왔다. 선학의 등에 타고 있던 화선이 깃털처럼 바닥으로 내려섰다.

화선 역시 소복 차림에 상장을 매달고 있었다.

"물러서라."

자을천 앞으로 다가선 화선이 굳은 표정으로 힐책했다.

"선자님께서 계시지 않는다고 이제 선보를 무시하시는 겁
니까?"

"그럴 의도는 전혀 없네. 조문만 허락해 주게."

"……."

"비통한 심정을 주체하지 못하고 수천 리를 달려왔네. 나
와 선자와의 관계를 누구보다 잘 아는 화선이 아닌가?"

화선의 눈가에 안타까움이 서렸다.

"선자님의 영령이 원치 않을 것입니다."

"지난 번 선자를 만났을 때 내게 얼굴을 보여 주었네. 그것
은 나와의 과거 은원을 잊겠다는 의미가 아니겠는가? 자을천
이 아닌 제왕성주로서의 조문으로 생각해 주게나."

간곡한 청에 화선은 무거운 한숨을 내쉬었다.

"새로 선보의 주인이 되신 한월선자께서 어찌 생각하실지
모르겠습니다."

그녀는 황빈을 향해 손을 내저었다.

"비켜서라."

"화선님, 어쩌시려고……."

"문책을 받아도 내가 받을 것이다. 너희에게 화가 미치지

는 않을 게야.”

상전의 지시이기에 황빈과 여인무사들은 비켜설 수밖에 없었다.

“고맙네, 화선.”

자을천은 화선과 함께 선학림으로 올랐다.

항아전.

화선의 보고를 받은 나미랍은 격한 감정을 드러냈다.

“뭐라고요? 내 허락도 없이 제왕성주를 선보 내로 들였단 말입니까?”

화선이 한쪽 무릎을 꿇었다.

“선보의 법규를 어긴 죄를 달게 받겠어요. 하지만 제왕성주만큼은 조문할 자격이 있습니다. 선자의 양해를 바랍니다.”

나미랍을 화선을 직시하다가 다소 안색을 풀었다.

“사부님한테 제왕성주와의 은원에 대해 들은 적이 있어요. 두 분 사이를 갈라놓은 범소군은 어떤 여인이었죠?”

화선은 잠시 주저하다가 되물었다.

“선자님께 듣지 못했나요?”

나미랍은 짐짓 모른 체했다.

“본궁의 제자였다고 말씀하셨는데 특별히 비난하지도 않았고 두둔하지도 않았어요.”

"선자님께서 비난하지 않은 게 확실한가요?"

"확실해요. 화선을 떠보려는 것이 아니니 말씀해 주세요."

"범소군은… 저와 절친한 동무였습니다. 의술에 조예가 깊었지만, 용모는 빼어난 편이 아니라 사내가 보기에 매력적인 편은 못 되었지요."

"그래서 선자님께서 그 여인을 믿고 제왕성주의 치료를 맡긴 거였군요?"

나미랍은 화선을 부축해 일으켰다.

"한데 제왕성주가 배신했으니 누구의 잘못이죠?"

"작고하신 선자님의 명예에 결부된 사안이라 답변이 곤란합니다."

"그렇군요."

나미랍은 월창으로 다가섰다. 활짝 펼친 창을 통해 운무 위로 섬처럼 떠있는 봉우리들이 보였다.

"제왕성주가 조문을 마치면 항아전으로 안내하세요. 상주된 도리로 조문객을 그냥 보낼 수는 없지요."

"알겠습니다."

화선은 돌아서려다 말고 어렵사리 입을 열었다.

"선자, 한 가지 궁금한 게 있어요."

"뭐죠?"

"소군이 낳은… 두 아이에 대해 전 선자님께서 언급하지 않으셨던가요?"

나미랍은 내심 움찔했지만, 전혀 내색하지 않고 천천히 고
개를 돌렸다.

"별말씀 없으셨어요. 화선의 옛 동무가 낳은 아이라 궁금
한가 보군요."

"아닙니다."

화선은 간단히 예를 표하고는 항아전을 나갔다.

나미랍의 눈매가 서늘해졌다.

'제왕성주가 제 발로 찾아왔으니 잘 된 일이야. 사부님의
유명을 지킬 수 있게 됐어.'

톡 쏘는 향냄새가 코를 찌른다.

향을 사른 자을천은 제단 앞에 무릎을 꿇은 채 추도했다.

'지약; 내가 용서를 구할 기회도 주지 않고 어찌 이렇게 떠
났단 말이오? 이제는 구천에서나 만날 수 있겠구려.'

오랫동안 애도한 자을천은 비통함을 가슴에 묻고 조사전
을 나왔다.

요지선보는 좁은 봉우리 위에 계단식으로 건물이 밀집돼
있어 오밀조밀한 지붕들이 한눈에 내려다보였다.

문득 눈에 익은 하나의 누각 지붕에 그의 시선이 고정되었
다.

빈풍루(賓風樓).

방문객을 위한 처소로 찾아온 손님은 바람과 같다는 의미

의 누각이다. 이십여 년 전 그가 민지약에 의해 구함을 받고 한동안 요양을 했던 곳이다.

'소군……!'

하나의 섬세한 영상이 떠올라 그의 가슴을 찌른다.

당시 요지선부의 약사령주였던 범소군.

무림지화였던 민지약에 비하면 반딧불과 같은 존재였지만 그가 사랑했던 여인이다. 민지약의 눈을 피해 깊은 관계까지 맺었지만, 그녀가 자신의 아이를 잉태한 것은 한참 훗날에나 알게 되었다.

만일 그 사실을 미리 알았다면 민지약과 결투를 벌이는 한이 있더라도 범소군을 선보에서 데리고 나왔을 것이다.

'소군, 지약은 당신이 두 아이를 낳았다고 했소. 한데 지약이 죽었으니 이제 우리의 아이를 어떻게 찾을지 모르겠소. 구천에서 지켜보고 있다면 제발 일러주시오. 두 아이가 살아있다면… 아니, 반드시 살아 있을 테니 부디 그 아이들을 만나게 해주시오.'

자을천은 간절한 심정으로 기원을 올렸다.

문득 인기척을 감지한 그는 평소처럼 온화한 표정을 띠었다.

조약돌이 깔린 진입로를 따라 화선이 다가섰다.

자을천은 공손히 예를 표했다.

"덕분에 조문을 마칠 수 있었네. 화선의 배려에 진심으로 사의를 표하네."

"선자님의 영령께서 진노하시지는 않았을지 걱정입니다."

"아닐 것이네. 그랬다면 선보가 통째로 진동했을 테니까."

가벼운 농담에 화선은 씁쓸한 미소를 띠었다.

"그렇군요."

화선은 나미랍의 접빈 요청을 전했다.

"한월선자께서 상주의 도리로 성주님께 차를 대접하겠다고 하셨습니다."

"한월선자라면 지난번 만났던 그 소선자이겠군?"

"그렇습니다."

"축객령을 내리지 않고 오히려 차를 대접하겠다면 의당 만나야지."

두 사람은 나란히 향아전으로 향했다.

2

복령차의 향이 그윽하다.

"훌륭한 차군."

자을천은 찬사를 아끼지 않으며 차를 음미했다.

나미랍은 찻잔이 비자 다시 잔을 채워 주셨다.

"입맛에 맞으신다니 다행입니다."

"오래전 요지선자의 후한 배려 덕분에 잠시 선보에 머물면서 복령차를 접했었지. 선보를 떠난 이후에도 그 맛을 잊지 못했는데 이제 다시 맛보게 되었어."

자을천은 과거사를 한 자락을 끄집어내고는 넌지시 물었다.

"화선의 얘기를 들으니 한월선자가 사부의 임종을 지켰다고 하더군."

"그렇습니다."

"요지선자는 편히 눈을 감았는가?"

"선보의 명예를 지키지 못한 자책 때문에 괴로워하셨지만, 여한을 남기지는 않으셨습니다."

"다행이군… 요지선자의 운명은 무림계의 중대한 손실일세. 전 무림이 애도해야 할 아픔이지."

자을천은 차를 한 모금 마시고는 심중의 얘기를 털어놓았다.

"내가 결례를 무릅쓰고 선보를 찾아와 조문한 연유는 요지선자에 대한 애도 때문만은 아닐세. 내가 반드시 알아야 할 비밀을 듣기 위함일세."

"비밀이라 하시면.……?"

"일전에 요지선자를 만났을 때 내게 두 아이가 있다고 하였네. 나는 그 아이들이 살아있다고 확신하네. 그 아이들에 대해 들은 게 있으면 말해 주게나."

나미랍은 심적인 동요를 최대한 자제했다.

"성주님의 혈육에 대해서는 화선을 통해 들었을 뿐 제가
아는 바가 없습니다."

"진정 요지선자가 아무런 얘기도 남기지 않았단 말인가?"

"그렇습니다."

"그럴 리가 없네!"

자을천이 드물게 격한 감정을 드러냈다.

"요지선자가 그렇게 무책임한 여인이 아닐세. 내게 요지선
단을 내주고 제왕성으로 나를 찾아온 것은 과거에 대한 은원
을 해소하겠다는 의도를 담고 있었어."

"유감이군요. 만일 사부님께서 진심으로 은원을 해소했다
면 성주님께 그 비밀을 직접 고했을 겁니다. 하지만 사부님께
서 자세한 내막을 언급하지 않으셨다면 그만한 연유가 있었
을 겁니다. 그런 중대한 비밀을 제게 말씀하셨을 리가 없지
요."

나미랍의 단호한 답변에 자을천은 적이 실망했다.

"정말… 지약이 아무런 말도 떠났단 말인가?"

"사부님께서는 반드시 선보의 명예를 회복하라는 절박한
유명만을 전하셨습니다."

"물론 군마천과 역천행은 정의의 이름으로 처단될 것이네.
당세의 악마와 맞선 요지선자의 의기는 높이 추앙받을 것이
며 그 명성은 천세에 전해질 것이야."

"아닙니다. 요지선보의 명예 회복은 제가 할 겁니다."

“한월선자를 무시해서가 아니라… 역천행과 맞서 싸우기에는 역부족일세.”

“성주님 역시 역천행과 맞서 부상을 당하지 않으셨습니까?”

나미랍의 독하게 반발하자 자을천의 표정이 다소 굳어졌다.

“맞아. 나도 치욕을 당했네. 악마가 당시보다 더 강해졌으니 또다시 싸워도 승리를 장담할 수 없지. 하지만 난 천하를 위해 당당히 맞설 것이네. 만에 하나… 내가 패한다면 그때는 와룡성수나 한월선자와 같은 신진 고수들이 나서야겠지.”

“저는 역천행 그 원수와 맞서 각오가 돼 있습니다. 순서상 제가 먼저입니다.”

“악마를 죽여 세상을 구하는 일에 선후가 어디 있겠는가? 요지선보가 정파연합에 합류한다면 함께 역천행을 죽임으로써 실추된 명예를 회복할 수 있네.”

나미랍은 자을천 앞에 놓인 빈 찻잔으로 시선을 돌렸다.

“성주님, 송구하오나 이번 결전에 성주님은 참여할 수 없습니다.”

“……!”

나미랍의 시선에 따라 자신이 마셨던 찻잔을 본 자을천은 대번에 상황을 간파했다. 진기를 운기한 자을천은 공력이 급속도로 흩어지자 엄하게 질책했다.

“대체 무슨 짓을 한 건가?”

“혹시 파공혼수라고 들어보셨나요?”

“파공혼수?”

“천수신궁의 영험한 물로 전대 궁주가 선보에 진상한 독수입니다. 웬만한 고수들은 냄새를 맡는 것으로 공력이 사라지고 금강지체라도 한잔을 마시면 진기를 운기할 수 없지요. 한데 성주님께서는 이미 두 잔의 파공혼수를 드셨습니다. 회복하는데 최소한 수개월은 걸립니다.”

자을천은 정신을 집중해 제왕심법을 펼쳤다.

임독양맥이 타통된 그였기에 어지간한 독이나 부상에도 경락에 한 줄기 진기는 남아 있다. 한데 이번은 진기가 완전히 소진돼 운공 자체가 불가했다.

‘이럴 수가!’

자을천은 재차 운공을 시도했지만, 진기가 전혀 운집되지 않았다.

자리에서 일어선 나미랍이 나직이 경고했다.

“파공혼수의 해독은 시간이 해결해 줄 뿐이지요. 만일 무리하게 운공을 하려 들면 오히려 주화입마에 빠지게 되니 자중하십시오.”

중대한 결전을 앞두고 암산을 당한 자을천은 심정이 참담했다. 정파연합이 운집한 자리에 그가 나서지 않으면 배신자요 비겁자로 낙인이 찍힐 것이다. 그러나 자신이 받을 지탄과

굴욕보다 더 고통스러운 사태는 정파의 와해였다.

자을천은 탄식 어린 한숨을 내쉬었다.

"나미랍… 어쩌자고 이런 짓을 저지른 것이냐? 금마총의 마력을 이어받은 역천행은 누구도 감당할 수 없을 만큼 무서운 악마이다. 요지선자도 놈을 죽이지 못했는데 네가 어찌 그 자를 죽일 수 있겠느냐?"

"놈이 진짜 악귀가 아닌 이상 죽일 수 있습니다. 제 몸에는 사부님께서 환정심법으로 전수해 주신 선력이 깃들어 있습니다. 제가 동귀어진을 하는 한이 있더라도… 반드시 악마를 죽일 것입니다. 그것이 제가 받들어야 할 사부님의 유명입니다."

"네 복수심과 원한은 충분히 이해한다. 그렇다면 우리가 힘을 합쳐 역천행을 제거할 수도 있지 않느냐?"

"위대하신 제왕성주님께서 어찌 악마를 죽이는 데 연수를 하시겠습니까? 이는 대의에 앞서 정파의 맹주로서 있을 수 없는 일입니다."

나미랍의 단호함에 자을천은 십분 양보했다.

"알겠다. 네가 먼저 역천행과 맞설 수 있는 기회를 주겠다. 내 명예를 걸고 약속할 테니 파공혼수를 해제해다오."

"불가합니다. 파공혼수는 해독제가 없습니다. 더군다나 성주님은 많은 양의 파공혼수를 마셨기에 온전한 무공 회복조차 장담할 수 없습니다."

자을천의 표정에 은은한 진노가 감돌았다.

"무엄하구나, 나미랍! 네 사부도 이런 소행을 용서치 않을 게야!"

"선보의 명예를 회복하고 사부님의 유명을 받들려면 이 방법밖에 없었습니다. 성주님의 어떤 비난과 질책도 달게 받겠습니다. 하지만 용서를 구하지는 않겠습니다."

나미랍은 자을천에게 정중히 예를 표하고는 문밖을 향해 외쳤다.

"월선, 제왕성주님을 당장 금선동으로 모셔요!"

곧바로 문이 열리며 월선이 들어섰다.

"가시지요, 성주님."

무기력한 처지가 된 자을천이 천천히 몸을 일으켰다.

"나미랍, 이제 나를 가두기까지 하겠다는 거냐?"

"송구합니다. 성주님을 암산했다는 소식이 공개되면 선보는 무림의 공적이 될 겁니다."

"넌 역천행이 얼마나 무서운 마왕인지 몰라."

"압니다. 그 악마의 내력을 확인하기 위해 직접 겨뤄본 적이 있습니다."

"그렇다면 더욱더 네 한계를 절감했을 것이 아니더냐?"

"대신 놈의 약점도 찾아냈지요."

"약점이라고?"

"놈의 오만과 과도한 자부심! 놈은 제 손에 쓰러질 수밖에 없을 겁니다."

나미랍이 턱짓을 해 보이자 월선이 자을천의 팔을 쥐었다.

"가시지요, 성주."

자을천은 연신 탄식하며 월선에게 이끌려 항아전을 나갔다.

중대한 결단을 내린 나미랍은 그제야 긴장이 풀려 자리에 털썩 앉았다. 심장의 고동소리가 귀에 들릴 만큼 세찼다.

'어쩔 수 없었어… 이렇게 해야만 부자상잔의 비극을 막을 수 있는 거야.'

그러했다. 그녀가 암산을 펼치면서까지 자을천을 요지선보에 붙잡아두려 한 것은 요지선자의 유명을 수행하기 위함이었다.

자을천과 역천행.

그들 부자의 상잔은 절대적으로 막아야 한다는 것이 요지선자의 유명이기에 이를 지켜야 했다.

이때 하얗게 질린 화선이 들어섰다.

"선자, 대체 어쩌시려는 겁니까?"

나미랍은 이내 냉정을 회복했다.

"선보의 명예는 내가 회복할 겁니다."

"그렇다 해도 어떻게 제왕성주에게 파공혼수를… 이는 선보의 존속마저 위협할 중대한 과오입니다."

"역천행을 죽이고 군마천을 박살 내면 됩니다. 결전에 나서지 못해 제왕성주의 명성에 다소 누가 되겠지만 이는 그가 감당할 일이에요.”

화선이 그늘진 표정으로 물었다.

“선자, 만일 불행한 사태라도 발발하면……”

“세상에서 요지선보와 제왕성만이 있는 것이 아닙니다. 전설의 후예인 와룡성수가 있으니 최악의 상황은 피할 수 있어요.”

나미랍은 속으로 뇌까렸다.

‘물론 그들 형제에게는 비극이 되겠지만……’

다시 월선이 들어서자 나미랍은 벽에 걸린 한빙검을 내려 손에 쥐었다.

요지선자가 남긴 선보의 신병.

“월선과 구대검화가 나를 수행할 겁니다. 화선은 은선과 함께 선보를 지키세요.”

화선은 불안감을 금할 수 없었다.

“선자, 제발 자중하세요.”

“역천행은 선보의 절대적인 원수입니다. 날 보고 복수를 포기하라는 말입니까?”

나미랍의 강경한 태도에 화선은 더는 만류할 수가 없었다. 요지선자를 위한 복수를 내세운 나미랍을 저지하면 그것이 곧 선보에 대한 반역이기 때문이다.

나미랍은 항아전을 나서면서 화선에게 단단히 주지시켰다.

"내가 돌아올 때까지 절대 제왕성주를 풀어주면 안 됩니
다."

"알겠습니다."

"만일 내가 못 돌아오면……."

나미랍의 말끝을 흐리자 화선이 얼른 말을 이었다.

"선자의 귀환을 기다리겠습니다."

화선에게 눈길을 돌린 나미랍이 희미한 미소를 지었다.

"믿어줘서 고마워요."

월선과 구대검화가 차례로 선학을 타고 구름 저편으로 날
아갔다.

나미랍이 선학의 등에 올라앉자 화선이 나직이 물었다.

"선자, 제왕성주를 금선동에 가둔 것이 오로지 선보의 명
예 회복을 위해서입니까?"

"무슨 뜻이죠?"

"혹시 제왕성주와 역천행과 겨뤄서는 안 될 이유라도……."

"억측하지 말아요! 난 사부님의 유명을 수행할 뿐입니
다."

나미랍이 선학의 목을 다독이자 청아한 울음소리와 함께
선학이 날아올랐다.

화선은 구름 저편으로 멀어지는 선학을 바라보면서 혼란
을 의혹에 사로잡혔다.

'아, 이럴 수는 없어. 역천행과 맞설 절대고수는 제왕성주 뿐이야. 한데 한월선자가 왜 이렇듯 무리한 대결을 고집하는 거지? 이 대결은 선보의 명예와 전 선자님에 대한 복수일 수 없어. 오히려 선보의 백년 전통과 명예를 훼손하는 중대한 과오야.'

나미랍이 경직된 모습을 떠올린 화선은 고개를 저었다.

"설마 아니겠지… 그건 불가해."

3

금선동.

입구에 격자 창살이 내려진 감옥이다. 자연적인 동굴을 개조한 감옥이기에 다듬어진 바닥을 제외하고는 천장과 벽이 울퉁불퉁했다.

손수 저녁 식사를 조리한 화선이 소반에 음식을 받쳐 들고 금선동으로 들어섰다.

자을천은 참선에 든 노승처럼 단정하게 앉아 있었다.

당대의 절대자 신분에서 영어의 신분이 됐지만 이미 체념을 했는지 표정은 평온해 보였다. 중년의 나이이지만 여전히 수려한 모습에 화선은 절로 마음이 흔들렸다.

이십 년 전 자을천이 요지선보에 잠시 머물 때부터 남몰래 그를 연모했던 그녀였기에 자을천의 처지가 너무도 안쓰럽게 생각되었다.

"성주님, 변변치 않지만 음식을 가져왔습니다."

자을천은 스르르 눈을 뜨며 담담히 미소 지었다.

"화선에게 이런 수고를 끼쳐 미안하군."

"당치 않습니다. 존엄하신 성주님께서 금선동에 갇혀 계시다니… 세상 사람들이 알까 두렵습니다."

"선보에서 공개하지만 않으면 누구도 모를 일일세."

자을천은 창살 사이로 넣어진 소반을 받았다.

요지선보는 도문의 색깔이 짙어 육식을 금했다. 밥 위에 버섯볶음과 소채를 얹은 식사는 간소했다.

자을천은 강제로 억류된 사람답지 않게 깨끗이 식사를 비웠다.

"맛있군. 화선이 직접 요리한 것인가?"

"그렇습니다. 솜씨가 부족해 부끄럽습니다."

"아닐세. 모처럼 정갈한 음식을 먹었네."

자을천은 창살 사이로 소반을 내주면서 슬며시 화선의 손을 쥐었다.

"성주님……."

움찔 놀란 화선이 손을 빼려 했지만, 저항은 미미했다.

자을천은 화선을 손을 쥔 채 옛 이야기를 끄집어냈다.

"화선이 소군과는 동무였기에 많은 이야기를 나누었을 것이네. 소군의 얘기를 듣고 싶지만… 지금은 한 가지 부탁이 있네. 꼭 들어주어야 하네.”

“성주님을 풀어달라는 요구만 하지 마십시오. 제가 할 수 있는 일이라면 가급적 들어드리겠습니다.”

“나미랍이 왜 나를 묶어두고 역천행과의 대결에 무리하게 나섰는지 그것이 궁금하네.”

“전 선자님에 대한 복수 때문이 아니겠습니까?”

“나미랍도 그렇게 말했지만 뭔가 석연치 않네. 왠지 나와 역천행의 대결을 막으려는 의도가 더 강하다고 느꼈네.”

“솔직히 저도 이런 조치가 부당하다고 생각합니다. 하지만 한월선자가 요지선보의 주인이니 저는 따를 수밖에 없습니다.”

“다소 비약적인 추측인지 몰라도 혹시 내 혈육과 연관된 문제가 아닌지 의심스럽군.”

“유감이군요. 저는 성주님의 혈육에 대해 들은 바가 없습니다. 맹세할 수 있어요.”

화선의 결연한 모습에 자을천은 고개를 끄덕였다.

“화선을 믿겠네. 선보의 여인들 중에서 가장 감성이 풍부한 화선이라 만일 거짓을 말했다면 내가 눈치챘을 테니까.”

자을천은 화선의 손을 따뜻하게 감싸 쥐었다.

“화선, 난 무림을 은퇴할 생각이네.”

“예에?”

“이번 사태만 해결되면 제왕성을 세 명에게 맡기고 신분을 감춘 채 새외로 나갈 작정이지. 하지만 역천행과 군마천이 세상을 피로 물들인다면 내가 어찌 무림을 떠날 수 있겠는가?”

자을천은 고뇌 어린 눈빛으로 화선을 주시했다.

“일전에 내가 역천행과 대결했을 때는 그를 충분히 제압할 수 있었네. 다만 내가 잠시 사감에 빠져 결단을 내리지 못한 거지. 당신의 무공을 감안하면 역천행은 요지선자의 손에 죽었어야 당연했네. 한데 요지선자가 패배했어. 이는 역천행이 극마지력을 지녔기에 가능한 일이지.”

“솔직히… 선자님의 패배는 예상치 못했습니다.”

“맞아, 누구도 예상치 못한 충격이지. 냉정하게 평가해서 나미랍이 비록 요지선자의 공력을 전수받았다지만… 역천행을 죽이기는 쉽지 않네. 그 점은 화선도 동의할 것이네.”

“예…….”

화선은 자신도 모르게 고개를 끄덕였다.

자을천은 여전히 화선의 손을 놓아주지 않았다.

“현 무림에서 역천행을 제압할 영웅은 와룡성수뿐이네. 금마총 마왕들을 무덤으로 되돌려 보낸 그의 절학만이 악마를 상대할 수 있지.”

“무슨 말씀을 하시려는 겁니까?”

“와룡성수를 찾아가 지원을 청해 주게나. 그것만이 나미랍을 구하고 선보를 지키는 유일한 길일세.”

"성주님, 그것은 선자의 명에 위배……."

"요지선보가 어찌 나미랍 혼자의 것이겠는가? 만일 나미랍
이 불행한 사태를 당하면 요지선보는 맥이 끊길 수도 있네.
화선에게도 책임이 없다고 할 수 없지. 그리되면 훗날 어떻게
구천에서 요지선자를 뵐 것인가?"

따끔한 질책에 화선은 당혹감을 금치 못했다.

요지선보의 단맥!

이는 요지선보의 수뇌로서 절대 좌시할 수 있는 심각한 사
태이다.

"역천행만 죽이면 되네. 군마천은 마교와 대악인곡, 흑도
가 혼합된 집단으로 역천행이 죽으면 즉시 분열될 것이니 더
는 위협적인 존재가 아닐세."

화선이 흔들리는 모습을 보이자 자을천이 빠르게 말을 이
었다.

"그 정도는 해줄 수 있지 않은가? 세상을 구하고 선보를 지
키는 최선의 길일세. 오직 화선만이 해줄 수 있는 일이네."

"이는 선자에 대한 배신입니다. 또한, 저는… 요지선보의
제자로서의 자격을 상실하게 될지도 모릅니다."

"만일 화선이 선보를 떠나게 된다면 나와 함께 새외로 떠
나세."

"예에……?"

"화선을 이용하려는 것이 아니라 진심으로 하는 말일세.

화선과 함께한다면… 내 남은 생이 외롭지 않을 것이야.”

자을천의 동반자.

젊은 시절 자을천을 몰래 흠모하면서 그려본 헛된 꿈이다. 한데 그것이 현실로 다가오자 화선은 지독한 혼란 속에서 흥분과 감동을 금치 못했다.

“배려는 고맙습니다만 성주님의 남은 여생에 짐이 되고 싶지 않습니다.”

“왜 짐이라도 생각하는가? 범소군의 동무로서… 내 마음의 상처를 치료해 줄 수도 있지 않은가?”

“……”

화선은 깊이 고심하다가 자을천의 손에서 자신의 손을 빼냈다.

“생각은 해보겠지만… 너무 기대하지 마십시오.”

자을천은 안타까운 심정으로 외쳤다.

“시간이 없어! 나미랍이 역천행과 대결하기 전에 와룡성수를 보내야 하네!”

“이만 가보겠습니다.”

화선은 마치 쫓기듯이 금선동을 나섰다.

그녀의 등 뒤로 자을천의 간절한 음성이 들려왔다.

“부탁이네, 소진.”

움찔 놀란 화선은 그만 얼어붙고 말았다.

자소진(紫小珍).

그것이 그녀의 이름이었다. 요지선보의 삼대선화에 올라 화선으로 불리면서 잊혀진 이름이기도 하다.

화선은 가슴 저린 감동에 젖어들었다.

'아, 내 이름을 알고 계셔……'

4

천예비궁을 에워싸고 있는 만상금라진의 기운이 여느 때보다 굳세게 느껴진다. 천예비궁 제자들이 상심을 씻고 활기를 찾은 탓이며, 무엇보다 궁주인 단표가 회생했기 때문이다.

"에잉, 맛이 왜 이 모양이냐?"

단표는 죽을 내려놓고는 딸에게 모진 소리를 해댔다.

"음식 솜씨가 이러니 여태 시집을 못 갔지?"

"아버님도 참. 겨우 회복하신 터라 간을 연하게 했을 뿐입니다. 맛이 없더라도 건강을 위해 참고 드셔야 합니다."

"이 녀석아, 천예비궁의 소궁주라면 맛있는 건강죽을 쑬 줄도 알아야지?"

단표의 음식 타박에 옆에서 지켜보던 백인성이 잔잔한 웃음을 흘렸다.

"하하, 음식 맛을 분별하시다니 궁주께서 확실히 기력을 회복하셨나 봅니다."

빛을 잃은 제왕 163

　천예비궁을 다시 찾아온 백인성은 성심을 다한 의술을 발휘해 단표를 회생시켰다. 물론 천수신궁에서 구한 영천신수에 천원신단을 담가 제조된 영약 덕분이기도 했지만, 약만으로 단표가 회생된 것은 아니었다.

　백인성이 운명을 거스르는 반혼회천금침대법으로 단표의 생명지기를 유지해 주었기에 가능한 일이었던 것이다.

　단표는 본래 소탈한 성격이라 저승문턱에서 돌아온 상황임에도 별반 침통해 하지 않았다.

　"죽을 다시 쑤어라. 이번에도 맛이 없으면 아비를 굶겨 죽이려는 불효막심한 딸년으로 생각하겠다."

　지독한 억지에 단아빈은 어처구니가 없었지만, 심성이 착했기에 순순히 죽 사발을 들고 나갔다.

　단표는 백인성에게로 시선을 돌렸다.

　"중대한 결전을 앞둔 상황이라 들었는데 어찌 머물러 있는 것인가? 이 늙은 목숨 때문에 자네는 천하에 큰 죄를 짓는 것이네."

　"정파 연합이 화산에 집결한 후 군마천으로 진격할 예정입니다. 시간상적으로 아직 여유가 있습니다."

　"와룡성수, 자네 덕분에 본궁이 멸문을 면하고 삼비문 간에 조화를 찾았으니 평생의 은인일세. 어떻게 보답해야 할지 모르겠네."

　"다툼의 시작은 소생이 천수신궁과 결부되어서였습니다.

오히려 소생이 궁주께 사죄를 올려야 할 마땅합니다."

"그런 소리 말게나. 자네에게 너무 큰 은혜를 입어 너무 부담스럽네."

백인성은 잠시 주저하다가 자신의 속내를 밝혔다.

"단 소저와 소생은 남이 아닙니다. 궁주께서 정 보답을 하시겠다면 단 소저와의 연분을 허락해 주십시오."

"……!"

단표는 단춧구멍만 한 눈을 연신 깜빡이다가 물었다.

"내 딸년이 자네에게 먼저 꼬리를 쳤는가?"

"당치 않습니다."

"하면 자네가 내 못난 딸년을 희롱하려는 것인가?"

"그 또한 더욱 가당치 않습니다. 소생은 진심으로 단 소저를 연모합니다."

"와룡성수, 자네 혹시 눈이 몹시 나쁜가?"

"아닙니다. 십 리 밖 나무의 잎사귀 숫자도로 알아맞힐 만큼 눈이 좋습니다."

"한데 내 딸년을 좋아한다고?"

"단 소저의 용모 때문에 하문하신 거라면 개의치 마십시오. 단 소저는 총명하가 사려가 깊으며 대장부가 갖기 힘든 용단과 관대함을 지녔습니다. 세상에 그만한 여인은 단 소저 외에는 없습니다."

백인성이 단아빈을 한껏 치켜세웠지만 단표의 표정은 떨

떠름하기만 했다.

"계집이 아무리 똑똑해도 박색은 치명적일세. 사내라면 모를까 못난 계집은 그저 혼자 사는 게 훨씬 행복해."

"저를 믿으신다면 단 소저를 행복하게 해 드리겠다고 맹세할 수 있습니다."

"혹시 말일세… 내 딸년과 벌써 깊은 관계를 맺었는가?"

"절대 아닙니다."

백인성이 정색하자 단표는 고개를 끄덕였다.

"그렇다면 잠깐 만났다고 생각하게."

"궁주……."

"자네 눈에 뭐가 씌워 잠시 내 딸년이 예쁘게 보이는지 몰라도 세월이 흐르면 마음이 바뀔 것이네. 자네 성격에 차마 내치지는 못할 테고 결국은 멀리하게 될 텐데… 결국 두 사람 모두에게 불행한 일이지."

"어떻게 해야 제 진심을 전해 드릴 수 있는지 모르겠습니다."

백인성이 답답한 심정을 토로하자 단표가 작은 눈을 끔뻑이다가 제안을 내놓았다.

"와룡성수, 자네 마음을 알았으니 한 십 년쯤 기다리게. 그래도 자네 마음이 변치 않으면 내가 허락함세."

"십년은 너무 깁니다."

"그럼 오년 정도로 할까?"

"닷새도 기다리기가 힘겹습니다."

"알았네, 삼년. 아빈이 소궁주의 신분으로 본궁을 재건하는데 그만한 시간이 필요해. 더는 무리하게 요구하지 말게."

단표의 단호한 모습에 백인성은 타협을 마쳤다.

"알겠습니다. 저도 천예비궁 재건에 성심을 다하겠습니다. 궁주께서도 약속을 지켜주십시오."

단표는 떨떠름한 표정으로 말을 받았다.

"것참. 전설의 후예가 여자 눈이 이렇게 어두워서야……."

백인성은 단아빈의 배웅을 받으며 비림을 나서고 있었다.

"궁주께서 워낙 완강하셔서 그만 삼 년 후로 약조하게 되었소. 하지만 내 마음은 석 달도 기다리기가 힘드오."

"하셔야 할 일이 많지 않습니까? 군마천과의 격돌이 오랜 기간 이어질 수도 있습니다."

"최대한 빨리 마무리짓도록 노력하겠소."

"참, 잠시 전 개방에서 급보를 전해왔습니다."

"나한테 온 거요?"

"예, 요지선보에서 보낸 전서통문이라 했습니다."

단아빈은 가느다란 전서통을 백인성의 손에 쥐어주었다.

백인성은 단아빈을 따뜻하게 감싸 안았다.

"그럼 다녀오겠소."

"역천행은 무서운 마왕입니다. 무운을 빌겠어요."

“고맙소.”

백인성이 얼굴을 가까이 대자 단아빈은 얼굴을 붉히며 눈을 감았다.

뜨거운 입맞춤.

서로의 애정을 확인하는 입맞춤이었다.

영원히 함께 있고 싶은 시간이지만 현실은 그럴 수가 없었다.

입술을 뗀 백인성이 뒤로 물러서며 아쉬운 눈빛을 발했다.

“이만 가겠소.”

비로소 눈을 뜬 단아빈이 살포시 미소를 띠었다.

“기다리겠어요.. 삼 년이라 아니라 삼십 년이라도…….”

“딱 삼 년이오.”

백인성은 못을 박고는 둥실 떠올랐다.

허공 높이 떠오른 그는 비행술을 펼쳐 수림 위를 날아갔다.

“요지선보에서 무슨 일로 내게 전서통문을 보낸 거지?”

전서통을 열자 돌돌 말린 종이가 보였다. 다른 사람은 내용을 볼 수 없도록 양쪽 끝이 봉인돼 있었다.

백인성은 봉인을 뜯고 전서통문을 펼쳤다.

화선입니다, 백 공자.

융중산 와룡강에서 만나고 싶습니다. 급한 일입니다.

화선이라면 일전에 요지선보를 방문하면서 만난 적이 있었다.

"화선을 나를 만나겠다니… 무슨 영문이지 모르겠군."

융중산이라면 화산으로 향하는 길에 위치하기에 마다할 이유가 없었다.

어풍비행술을 전개한 백인성은 한 줄기 바람을 타고 능선을 넘어갔다.

단아빈은 새로 죽을 쒀서 초옥 안으로 들어섰다.

단표는 점을 치는 도구인 여덟 개의 산가지를 손에 쥐고 있었다. 표정이 사뭇 심각했다.

단아빈이 소반을 옆에 내리며 물었다.

"아버님, 아직 존체도 회복되지 않으셨습니다."

"팔괘를 열 수 있는 정도는 된다."

단표는 산가지를 단아빈에게 내밀었다.

"하나 뽑아보아라."

단아빈은 경건한 마음으로 산가지 하나를 뽑았다.

감괘(坎卦).

팔괘 중 물에 해당하는 괘이다.

단아빈은 왠지 불안했다.

'감괘는 비교적 좋지 않은 괘인데……'

단표는 단아빈에게서 산가지를 받아들고는 다시 섞었다.

단아빈은 조심스럽게 산가지를 하나 뽑았다. 이번에도 역시 감괘였다.

"아……!"

단아빈의 입에서 절로 탄식이 흘러나왔다.

주역 육십사괘 중 중수감(重水坎).

가장 어렵다는 사대난괘의 하나가 뽑힌 것이다.

단표는 안쓰러운 눈빛으로 딸을 바라보았다.

"아빈아, 아무래도 너와 와룡성수가 인연이 아닌가 보구나. 나야 전설의 후예를 사위로 맞는다면 더없는 광영이지만 세상사는 억지로 되는 것이 아니다."

중수감은 앞뒤를 둘러봐도 물만 가득한 형상이다. 그것도 험하고 더러운 물만 가득하기에 망망대해의 고도에 난파한 것처럼 절망적이다.

단아빈은 애써 한 가닥 기대를 끄집어냈다.

"전체적인 괘는 어렵지만 그래도 육효 중 제 사효의 운세가 궁즉통이 아닙니까? 처음에는 어렵지만, 나중에는 통하는 운세입니다. 다행히 아버님께서 삼년 후로 약조하셨으니 오히려 소녀에게는 다행입니다."

단표는 산가지를 어루만지며 괘사를 읊조렸다.

"갈수록 태산이요 깊은 물은 더해가고 여우를 피해도 또 여우를 만나니 격이니 와룡성수와 너와의 결합은 불가하다. 서로를 위해 잊는 것이 어떻겠느냐?"

"백 공자가 소녀에게 과분한 분인지는 잘 알고 있습니다. 하지만 소녀 또한 백 공자를 놓치고 싶지 않습니다."

"인석아, 세상의 계집치고 누가 그만한 사내를 마다하겠느냐? 하지만 인연이 되어야 성사가 되는 법이다."

단아빈은 옆으로 돌아앉았다.

"팔괘가 세상의 모든 일을 점지해 주지는 않습니다."

단표는 혀를 차면서 죽이 놓인 소반을 자신 앞으로 끌어당겼다.

"쯧쯧, 죽도 제대로 못 쑤는 아내를 누가 데려갈꼬?"

第四十五章
비극적인 조우

1

　이천여 군웅이 산자락에 집결해서인지 서악 화산의 위용이 유난히 돋보였다.

　화산 자락에 세워진 수백 채의 임시 막사에는 제왕성 무사들을 위시해 오대문파의 수뇌급과 제자들이 자리해 있었다. 본단이 말살된 공동파의 제자들 삼십여 명도 참가해 복수를 불태우고 있었다.

　군세명이 화산에 당도하면서 군웅들의 결전 의지는 보다 고조되었다.

　군세명은 대형막사에서 각파의 수장들과 수뇌급 회의를 주재했다.

"사부님께서는 요지선보에 들러 조문하신 후 합류하신다
고 하셨습니다. 수삼일 정도 늦어질 수 있으니 소생이 선발대
가 되어 먼저 육반산으로 출발하겠습니다."

소림 장문인 탄허선사가 눈두덩까지 덮은 백미를 가볍게
찌푸렸다.

"대열을 분산했다가 저들의 기습을 받게 되면 어찌할 것인
가, 소성주?"

"경계에 만전을 기하면서 진세를 구축할 계획입니다."

"진세만으로 군마천의 마력을 감당할 수 있겠는가?"

"다행히 이 자리에 선부의 후예가 계십니다."

군세명은 자신의 뒤에 서 있는 예운교를 소개했다.

"와룡성수의 사매인 의천무화 예운교 소저이십니다."

선부의 후예라면 천외무선의 제자임을 의미한다.

"오, 선부의 후예!"

"하면 와룡성수와 함께 금마총 마왕들을 격파한 여협이 아
니오?"

모두들 경이에 찬 눈빛으로 예운교를 주시했다.

예운교는 예상치 못한 소개에 당혹스러웠지만, 좌중을 향
해 정중히 예를 표했다.

"말학 예운교가 인사드립니다. 사형께서 소녀를 거둬 사매
로 삼아 주셨기에 선부의 후예가 되었지만, 노선님의 직전 제
자가 아니라 모든 면에서 미흡합니다."

무당 장문인 청학진인이 수염을 내리쓸며 호의적인 미소를 띠었다.

"허허, 의천무화는 너무 겸손하지 말게. 노선님께서 이렇듯 출중한 제자들을 남겼으니 이는 무림의 홍복일세."

화산 장문인 적송우사가 원로 운함진인에게 지시를 내렸다.

"운함 사제는 의천무화에게 자리를 내주게. 노선님의 후예라면 나이와 무관하게 동석할 자격이 있지."

"예, 장문 사형."

운함진인이 의지를 가져와 군세명 옆에 자리를 만들어 주었다.

명문정파의 종주들과 나란히 앉게 된 예운교는 감격과 부담을 동시에 느꼈다.

'이 자리는 광영과 더불어 책임이 따르는 자리야.'

군세명은 정감 어린 눈빛으로 예운교를 바라보았다.

"정파연합의 선발대는 여기 의천무화가 지켜줄 것이오."

적송우사가 가볍게 포권을 취했다.

"우리 화산은 와룡성수에게 큰 은혜를 입었소. 한데 이번에는 선발대에 합류한 의천무화의 덕을 보게 되었구려, 허허."

탄허선사가 군세명과 예운교를 번갈아 보았다.

"그럼 소성주와 의천무화가 수고를 해주게나. 제이진은 하루 뒤에 출발시킬 테니 만일 군마천 악도들이 급습해 오면 무리하게 대적하지 말고 후퇴하게."

"알겠습니다, 장문인."

수뇌 회의는 각파 수장들이 선발대로 파견될 자파 제자들의 명단을 제시하는 것으로 마쳤다.

수장들이 흩어지면서 대형막사에는 군세명과 예운교 둘만 남게 되었다.

예운교가 다소 원망스런 눈빛으로 군세명을 직시했다.

"굳이 소녀의 신분을 밝혀 불편하게 만든 겁니까?"

"선부의 후예로서 합당한 예우를 받게 해주려면 예 소저의 신분을 밝힐 수밖에 없었소."

"누가 예우해 달라고 했어요?"

예운교의 목소리가 날카로워지자 군세명은 떨떠름한 표정이 되었다.

"예 소저를 존중해 주려는 조치였는데 이렇게 화를 내니 내가 정말 민망하구려."

"정말 나를 배려한다면 오히려 감춰주어야 했습니다. 선부의 제자는 자신을 드러내지 않는 것이 미덕이니까요."

예운교가 다소 음성을 다소 낮추자 군세명은 비로소 자신의 과오를 깨닫게 되었다.

"미안하오. 내 생각이 짧아 그만 예 소저의 심기를 상하게 했구려. 진심으로 사과드리겠소."

자리에서 일어선 군세명이 정중히 예를 표하자 예운교는 멋쩍은 미소를 띠었다.

"그래도… 대문파의 장문인들과 동석하는 기분이 나쁘지는 않네요."

일천 명의 선발대.

군세명과 예운교는 제왕성 정예들과 각파에서 엄선된 고수들을 대동해 육반산으로 향했다. 선발대의 임무는 척후와 진입로 확보였다.

군집할 것으로 예상되는 정파연합의 군웅의 수가 오천여 명이나 되기에 안전한 물자보급도 필수였다.

2

융중산 와룡강.

삼국시대의 명재상이자 전략가인 제갈공명은 와룡강이라는 언덕에 초옥을 짓고 살았기에 와룡선생으로 별호로 불리게 되었다. 이미 천수백 년 전의 일이기에 제갈공명의 흔적은 찾아볼 수 없지만 와룡강에서 내려다보이는 풍광은 크게 변하지 않았다.

한 여인이 낙조가 드리워진 와룡강에서 초조하게 누군가를 기다리고 있었다.

마흔에 가까운 나이이지만 삼십 대의 미색을 지니고 있는 여인은 다름 아닌 요지선보의 삼대선화 중 으뜸인 화선이었다.

화선은 자신을 손을 감싸 쥔 채 버드나무 아래를 서성이며 연신 하늘을 바라보았다.

"개방에서 제대로 소식을 전했을까? 와룡성수가 전서통문을 받고도 무시한 것은 아닐까?"

화선은 입이 타는지 연신 혀로 입술을 핥았다.

그녀가 백인성에게 전서통문을 띄운 것은 차마 제왕성주의 부탁을 저버릴 수 없어서였다. 요지선보의 엄격한 법규를 감안하면 이는 명백한 배신이지만 그녀는 요지선보에서 축출당할 각오까지 했다.

감히 내색하지 못했지만 자을천은 당시 방년의 나이였던 그녀에게 있어 마음속 정인이었다. 더군다나 자을천과 연분을 맺은 범소군이 그녀의 절친한 동무였기에 자을천에 대한 감정이 각별했다.

얼마 전 자을천을 치료할 약을 구하기 위해 백인성이 찾아왔을 때도 적극적으로 약을 내줄 것을 요지선자에게 권한 것도 자을천에 대한 연모지심 때문이었다.

화선은 자신의 손을 쥐며 간곡하게 부탁한 자을천을 떠올리자 가슴이 절로 울렁거렸다.

'자 성주가 내 이름을 기억하고 있었을 줄이야. 그분이 진

심으로 함께 새외로 떠나자고 청하면… 난 거절하지 못할 거야.'

이때 하늘 저편에서 한줄기 하얀 빛이 날아들었다.

날개 달린 새보다 더 빨리 허공을 가로지르는 하얀 빛은 와룡강 상공에 이르자 깃털처럼 유연하게 바닥으로 내려섰다.

백결장포의 청년은 바로 백인성이었다.

백인성을 대면한 화선은 머리가 혼란스러워졌다.

'자 성주와 비교하니 정말 너무 흡사해.'

화선에게 다가선 백인성이 먼저 예를 올렸다.

"기다리게 해서 미안하오."

"아니에요. 갑작스럽게 소식을 전했는데 이렇듯 찾아주셔서 고맙습니다."

"다행히 화산으로 가는 방향이라 들를 수 있었소. 한데 무슨 연유로…….

"선보를 계승한 한월선자께서 소수 인원만 대동해 역천행과 대결하기 위해 떠났습니다. 아주 위험한 상황입니다."

"한월선자라면… 소선자 나미랍을 말하는 것이오?"

"맞습니다."

백인성의 표정이 심각하게 굳어졌다.

"이런 낭패가 있나? 화선은 어찌 이를 보고만 있었던 거요? 한월선자의 복수심이 아무리 절실하다 해도 만류했어야 하지 않았소?"

“한월선자가 전 선자님의 유명을 내세웠기에 제지할 수가 없었습니다.”

“한월선자를 무시해서가 아니라 역천행과는 맞서기에는 역부족일 텐데…….”

“사실입니다. 전 선자님께서 환정심법으로 무학과 내공을 전수해 주셨지만… 솔직히 비관적입니다.”

백인성은 환요문에서 나미랍과 한 번 대결한 적이 있기에 그녀의 강인한 성격을 우려했다.

“화선, 한월선자가 사부의 복수를 위해 나섰다면 내가 개입할 사안은 아닌 것 같소. 한월선자는 나의 지원을 당연히 거부할 것이며 오히려 내게 검을 들이댈 수도 있소.”

“백 공자, 이는 제왕성주의 부탁입니다.”

“그게… 무슨 소리요?”

“제왕성주는 지금 요지선보에 구금돼 계십니다.”

“뭐요?”

백인성은 잠시 화선을 주시하다가 언덕을 따라 흐르는 개천으로 시선을 돌렸다.

“어찌 된 연유인지 소상하게 말씀해 주시오.”

“제왕성주께서 전 선자님의 조문을 위해 선보를 방문하셨습니다. 한데 한월선자가 파공혼수를 사용해 제왕성주를 제압했습니다.”

“파공혼수라면 천수신궁에서만 구할 수 있는 독수가 아

니오?"

"그렇습니다. 해독제가 없기에 제왕성주도 무력한 몸이 되었지요."

백인성의 얼굴에서 은은한 노기가 피어올랐다.

"천하의 운명이 걸린 중대한 결전을 앞두고 어찌 그런 무책임한 짓을 저지른 것이오?"

"제왕성주에 앞서 자신이 복수를 해야 했기에……."

"그건 억지요! 정 복수에 대한 염원이 간절하다면 천하대전에 앞서 역천행과 결전을 벌일 수도 있지 않았소? 어쩌자고 제왕성주를 제압해 구금했단 말이오?"

화선은 무거운 한숨을 내쉬었다.

"솔직히 나로서도 이해가 되지 않습니다. 제왕성주 역시 그 문제에 대해 납득이 되지 않아 내게 부탁한 것입니다."

"혹시 말이오… 제왕성주와 역천행과의 생사결전을 막아야 할 이유라도 있는 거요?"

"상세한 내막에 대해서는 나도 잘 모릅니다. 요지선자님께서 어떤 유명을 내리셨는데 그 때문으로만 추정됩니다."

"답답하군. 하지만 단순히 요지선보의 명예를 회복하기 위해 무리한 결전에 나섰다고는 생각되지 않소. 제왕성주를 구금해야 할 만큼 절박한 사연이 있는 듯하오."

백인성은 화선에게로 시선을 돌렸다.

"제왕성주는 일전에 역천행과 한 번 격돌한 적이 있소. 한데 이제 와서 그 싸움을 저지해야 할 이유가 생겼다는 것인데… 혹시 단서가 될 만한 사연에 대해 듣지 못했소?"

화선은 잠시 주저하다가 어렵사리 입을 열었다.

"세상에 알려지지 않은 비밀이 하나 있습니다. 선보의 여제자가 제왕성주의 혈육을 낳았습니다."

백인성은 가벼운 충격에 젖었다.

"설사 요지선자와의 사이에……."

"절대 아닙니다. 과거 제왕성주와 선자님 사이에 잠시 친분이 있었지만 두 분은 맺어지지 못했습니다. 제왕성주가 범소군이라는 여제자와 사랑에 빠졌기 때문이지요."

"그런 일이 있었구려… 한데 그 아이는 어찌 되었소?"

"모릅니다. 그 아이들의 생사는 선자님만이 알고 있지요."

"아이들……? 하나가 아니란 말이오?"

"쌍둥이라고 들었습니다. 당시 선자님께서는 월선만을 대동해 범소군을 찾아갔다가 두 아이를 안고 어디론가 떠나셨습니다. 당시 선자님은 배신감과 수치심에 크게 분노하셨지요."

백인성은 나름대로 생각을 정리했다.

'그러고 보니 요지선자도 월선만을 대동해 역천행을 찾아가 일전을 벌였어. 왜 그런 무모한 결전을 벌여야 했는지 많은 의혹을 남겼지. 한데 요지선자의 유명을 지키기 위해 나미랍이 다시 역천행을 찾아갔다. 그것도 제왕성주를 파공혼수

로 제압하면서까지…….'

일순 충격적인 추정에 그 자신도 크게 놀랐다.

'맙소사! 설마 역천행이 제왕성주의 혈육……?'

생각이 여기에 미치자 백인성은 고개를 흔들어 자신의 터무니없는 추정을 지우려 애썼다.

'말도 안 돼! 요지선자가 아무리 격분했어도 한갓 핏덩이를 어떻게 금마총에 던져 넣었겠어? 그것은 당세의 여선으로서 절대 해서는 안 될 만행이야.'

하지만 한번 연관된 추정은 다시금 꼬리를 물고 되살아나면서 그를 괴롭혔다.

'요지선보에서 독수를 사용해 제왕성주를 구금한 것은 과오를 범어선 범죄이다. 한데 나미랍은 세상의 지탄을 받을 죄를 서슴없이 저질렀어. 이는 요지선보의 명예를 버리는 한이 있더라도 제왕성주와 역천행의 대결을 막아야 한다는 절박함 때문이야.'

신중한 고민 끝에 백인성은 결단을 내렸다.

'비밀과 관계없이 나미랍을 구해야 해. 요지선자처럼 헛되이 죽게 내버려둘 수는 없다.'

백인성은 화선에게 다가섰다.

"한월선자가 선보를 떠난 지 얼마나 됐소?"

"닷새가 지났습니다."

"하면 이미 군마천에 당도했을 거 아니오?"

"월선과 구대검화를 대동했으니 행보가 아주 빠르지는 않을 겁니다."

"늦지 않기를 빌어야겠군."

"그럼 지원해 주시겠습니까?"

"제왕성주의 부탁이니 어찌 거부할 수 있겠소? 물론 한월선자를 구하고 싶은 마음이 절실하오."

백인성은 화선의 손을 쥐었다.

"잠시 실례하겠소."

화선의 손을 쥔 백인성은 승극도허를 전개해 허공 높이 솟아올랐다. 백인성의 따뜻한 손길을 통해 화선은 묘한 감정에 젖었다.

'아, 이 온화한 기운마저 제왕성주와 유사해…….'

백인성은 무형지기를 발출해 자신과 화선을 두텁게 감쌌다.

"갑시다."

어풍비행술을 전개한 백인성은 북서쪽을 향해 비월했다.

엄청난 속도에 화선은 현기증이 날 정도였다. 하지만 백인성이 무형지기로 감싸 준 덕분에 바람소리만 느낄 수 있을 뿐이었다.

화선은 아주 잠깐 제왕성주와 함께 비월하는 듯한 착각에 빠졌다.

군마천도 비상 상황이었다.

날이 저물기도 전에 성벽 위로 화톳불이 밝혀졌고 외곽 순찰대가 가동되었다. 마인들은 실전에 가까운 대련을 통해 곧 있을 결전에 대비했다.

대의사청은 탁자 위로 속속들이 들어보는 정보를 근거로 전시 상황판이 제작되었다.

긴 탁자에 놓인 대형 지도 위에는 희고 검은 깃발들이 빼곡하게 세워져 있었다. 화산에서 육반산에 이르는 길 위에 꽂힌 하얀 깃발들이 시시각각으로 이동하고 있었다. 군세명이 이끄는 선발대의 진군 상황을 표시한 것이다.

의자에 뻐딱하게 앉아 있는 역천행을 제외한 모든 사람이 사뭇 긴장된 표정으로 상황판을 주시하고 있었다.

모든 대책을 수립해야 하는 악불군은 벌써 이틀째 꼬박 밤을 새워 눈에 핏발이 곤두서 있었다.

화소소는 화상(花相)이라는 직위를 받아 육대마상의 일원이 되었다. 입문한지 며칠 되지 않아 최고 수뇌급에 올랐으니 파격적인 승진이었다.

상황판을 꼼꼼하게 점검한 화소소가 악불군에게 물었다.

"총상, 제왕성주가 아직 합류하지 않았으니 저들의 선발대를 격파할 절호의 기회입니다. 선발대만 무너뜨리면 정파연합의 대규모 진군을 저지할 수 있습니다."

모든 계책은 악불군이 주도했던 터라 화소소의 제안에 호미랑이 비아냥거렸다.

"그래, 화상이 나서서 한번 미인계를 펼쳐보지그래? 화상의 미모라면 군세명이 이끄는 선발대를 저지하기에 충분하지. 의상이 필요하면 얘기해. 내가 아주 매혹적인 망사의를 빌려줄 수 있으니까."

반생반사 생사반이 괴소를 흘리며 거들었다.

"그거 괜찮은 묘책이로군. 군세명도 피가 끓는 청춘이니 화상의 유혹에 넘어가지 않을 수 없을 거야."

편복야왕과 반노반동 만상수도 고개를 끄덕이며 넌지시 동조했다.

화소소는 지독한 조롱에도 별반 감정을 드러내지 않았다.

"유감스럽게도 소녀의 미색이 빼어나지 못해 정파연합의 무리들을 유혹하기에 부족합니다. 무엇보다 당당한 군마천이 저급한 사파무리들처럼 색계를 꾸민다는 것은 천주에 대한 모욕입니다. 저들에게 필요한 것은 혹독한 징계이니 재고해 주십시오."

어조는 차분했지만 호미랑을 비롯한 마상들을 저급한 사파로 빗댄 날카로운 반박이었다.

"이게 감히 어디서……."

"말장난 그만해."

악불군이 소매를 저어 호미랑의 발반을 제지했다.

"화상은 저들을 격파할 묘책이라도 있는 건가?"

"군세명을 수행하는 의천무화라는 계집을 경계해야 합니다. 와룡성수의 사매로 상당한 무공을 지닌 데다 천외선부의 비학을 지녔습니다. 만일 저들이 태극진세를 펼치면 어찌해볼 도리가 없습니다. 그전에 기습해야 선발대를 와해시킬 수 있습니다."

"태극진세가 무엇이냐?"

"천외무선이 남긴 태극도의 비학입니다. 천병무궁도 격파하지 못할 만큼 강력한 진세이지요."

"진세 정도는 노부가 파훼할 수 있다. 천외선부의 비학이라면 더욱 도전해 보고 싶군."

악불군이 은근하게 자부심을 드러내자 잠자코 있던 역천행이 허락했다.

"훗, 재미있겠군. 천외노괴가 뭐 그리 대단한 존재이겠어? 본좌는 악 총상의 능력을 믿겠소."

자신의 제안이 묵살되자 화소소는 입맛이 썼다.

'모두가 자부심에 취해 있군. 백인성이 얼마나 무서운 존재인지 아직 제대로 인식하지 못하고 있어.'

그녀는 심정이 답답했지만 역천행까지 나선 상황이라 더는 고집할 수가 없었다.

이때 순찰총령이 회의장으로 들어섰다.

"존엄하신 천주님을 뵈옵니다."

역천행은 황금 술잔을 입으로 가져갔다.

"무슨 일이냐?"

"웬 계집이 외곽 순찰대를 통해 서찰을 전해왔습니다."

"나한데?"

"그렇습니다."

"어떤 계집이냐?"

"요지선보의 제자입니다."

"그래?"

역천행은 흥미로운 눈빛을 발하며 서찰을 받았다. 그러자 화소소가 급히 제지했다.

"봉투 안에 극독이 숨겨져 있을 수도 있습니다. 소녀가 먼저 개봉하겠습니다."

"괜찮아. 요지선보에서 독 따위를 사용하겠어?"

역천행은 봉인을 떼고 서찰을 꺼내 들었다. 하얀 종이에 간단한 글이 쓰여 있었다.

원수, 나를 원한다면 당장 나와라. 네가 제압하면 기꺼이 너를 섬기겠다.

서명조차 없었지만 역천행은 누가 보낸 서찰인지 대번에 추측할 수 있었다.

"하핫! 미랍, 네가 마침내 내 품에 안기기를 원하는구나!"

서찰은 역천행의 손에서 한줌 재로 변했다.

자리에서 일어선 역천행은 축지행공을 펼쳐 순식간에 의사청 밖으로 나갔다.

"잠시 다녀오겠소."

역천행이 수행원도 대동하지 않은 채 나가자 악불군이 급히 지시를 내렸다.

"수라, 편복. 자네들은 두 호법을 대동해 어서 천주를 쫓아가게."

편복야왕이 다소 두려운 눈빛을 띠었다.

"천주의 하명도 없었는데 함부로 수행해도 괜찮겠소?"

"겁쟁이 녀석! 아무도 따르지 말라는 지시가 없었으니 괜찮다. 어서 수행해!"

좌우 호법인 독비잔도와 독각혈과가 앞서 나섰다.

"우리 형제가 수행하겠소."

그들이 의사청을 나서자 지옥수라가 편복야왕의 뒷덜미를 쥐었다.

"해가 저물었으니 네 세상이 아니더냐? 어서 가자."

두 마상이 나서자 생사반과 만상수는 휴식을 취하기 위해 자신의 거처로 향했다.

호미랑은 화소소 옆에 서며 간특한 웃음을 흘렸다.

"호호, 이를 어째? 화상에 대한 천주의 총애도 이제 끝났어. 내가 조언하는데 미리 보따리를 싸두는 게 좋겠어."

"그게 무슨 말이죠?"

"나미랍이 다시 찾아왔어. 일전에 천주가 대악인곡에서 나미랍을 한번 보고는 그 미색을 잊지 못했지. 오죽하면 한동안 나미랍과 유사한 서역 계집들을 침상으로 불러들였겠어? 한데 나미랍이 요지선자의 복수를 하겠다며 다시 찾아왔으니 천주는 어떻게든 생포하려 할 거야. 그러니 어쩌겠어? 천주의 총애를 잃고 찬밥 신세로 사느니 차라리 천을 떠나는 게 나을 거야."

호미랑은 한껏 화소소를 놀리고는 의사청을 나갔다.

화소소가 다소 굳은 표정으로 악불군에게 물었다.

"호 마상의 얘기가 사실인가요?"

밀대로 깃발들을 조작하고 있던 악불군이 시큰둥하게 응수했다.

"절반은 사실이고 절반은 거짓이다."

"무엇이 사실입니까?"

"노부가 직접 보지 못했지만 나미랍이 천주를 매료시킬 만큼 천하절색임의 소유자임은 확실하다. 호미랑이 장담한 것처럼 화상에 대한 천주의 마음을 빼앗아 가기에 충분하지."

"하면 무엇이 거짓입니까?"

"나미랍이 천주의 계집이 되는 일은 없을 거다. 설사 생포되어 천주와 연분을 맺는다 해도 이내 자결할 계집이니 화상의 자리가 위태롭지 않다는 말이다."

화소소는 비로소 안도하며 예를 표했다.

"총상께서 소녀를 어여삐 봐주시니 반드시 보답하겠습니다."

"노부는 너를 어여삐 본 적이 없다."

"그래도 소녀의 불안감을 해결해 주셨으니 보답을 하겠습니다."

"무엇으로 보답하겠다는 것이냐? 분명히 미리 경고하건대 네 미색을 함부로 흘리지 마라."

"소녀가 보답할 선물은 태극도입니다."

흠칫 놀란 악불군이 밀대를 내려놓고는 화소소를 돌아보았다.

"태극도……?"

"그렇습니다. 소녀가 천외선부에서 본 그림이지요. 천외노선의 삼백 년 정화가 응집된 전설의 도해라 할 수 있습니다."

일순 악불군의 얼굴에서 탐욕의 기운이 파문처럼 번져갔다.

"화상의 수완이 대단하군. 약천의왕을 구워삶더니 이제는 노부까지 손아귀에 넣으려는 것이냐?"

"소녀의 성의라 생각해 주십시오."

"허허, 다른 거라면 마다하겠지만 천외무선이 남긴 태극도라면 기꺼이 수용하지."

악불군은 한껏 호의적인 미소를 띠었다.

"약천 노제와 노부가 비호하면 누구도 화상을 건드리지 못할 것이야."

천외무선의 태극도.

한때 선도를 수련했던 악불군에게는 세상에 다시없는 보물일 수 있었다. 화소소는 천외선부와의 인연을 이용해 또 한 명의 우군을 만든 것이다.

4

흑마림 외곽.

으스름한 그믐달이 하늘 한 귀퉁이에 걸려 있었다. 달빛을 받으며 서 있는 열한 명은 모두 여인이었다.

아홉 명의 여인들은 두 여인을 경호하듯 반원형으로 도열해 있었다.

구대검화.

요지선자가 십 년 넘게 가르친한 요지선보 최강의 여무사들이다. 이들이 펼치는 은하검진은 무당의 오행검진, 화산의 매화검진과 더불어 무림의 삼대검진으로 손꼽힌다.

구대검화의 경호를 받고 있는 두 여인은 물론 나미랍과 월선이다.

월선은 본래 감정 변화를 표출하지 않는 여인이지만 나미랍 역시 지금은 가면을 쓴 듯 무표정에 가까웠다. 복수심과 설욕에 대한 감정마저 자제한 탓이다.

일순 나미랍의 한쪽 눈썹이 슬쩍 치켜 올려갔다.

'오는군.'

요지선자로부터 선무진기를 전수받은 이후 그녀는 무극지경에 이르러 십 리 밖의 바람 소리도 감지할 수 있었다.

뒤늦게 누군가의 접근을 감지한 월선이 짧게 지시했다.

"진세를 준비해라!"

뒤로 물러선 구대검화는 일제히 검을 뽑아들었다. 곧바로 경박한 웃음소리가 울려 퍼졌다.

"하핫!

마치 땅에서 솟아오르듯 내려선 사람은 역천행이었다.

나미랍의 전신을 훑는 그의 눈에서 짙은 색정이 감돌았다.

"미랍, 네가 나를 못 잊어 다시 찾아왔구나. 네 전갈을 받고 한달음에 달려왔다."

나미랍이 냉담하게 말을 받았다.

"죽을 준비가 된 것이냐, 마왕?"

"하핫! 뭐가 그리 급해? 정 나를 죽이고 싶으면 내 무릎 위에 올라앉아 열정적으로 엉덩이를 흔들어 봐라. 너의 뜨거움으로 나를 재로 만들면 되지 않겠느냐?"

강호의 파락호 같은 추잡한 농지거리에 구대검화는 격분에 젖어 안색이 붉어졌다. 하지만 나미랍은 역천행의 저급한 수작에 전혀 동요하지 않았다.

"네놈을 죽여 복수하는 것이 내 절실한 바람이다. 불행하게도 내 힘이 부족하면 네게 운명을 맡기겠다."

역천행은 일전에 나미랍과 대결한 적이 있기에 이미 그녀를 제압한 듯 호들갑을 떨었다.

"미랍, 네 분한 마음은 이해하지만 요지선자도 내 적수가 못 되었다. 너는 더더욱 상대가 되지 않으니 굳이 애쓰지 말고 속히 안겨라."

역천행이 양팔을 벌리며 안으려는 동작을 취하자 나미랍은 허리춤의 한빙검을 쥐었다.

번— 쩍!

요지선보의 절기 중 하나인 전광쾌섬.

천지를 가르는 듯 강력하면서도 쾌속한 절기에 역천행은 눈을 부릅떴다. 반사적으로 유령마환비를 전개한 그가 뒤로 미끄러졌다.

목덜미를 타고 흐르는 축축한 감촉을 느낀 역천행이 손으로 매만져 보았다. 붉은 피가 손에 묻어나왔다.

얼마나 쾌속한 검법이었는지 자상을 입은 후에야 통증이 느껴졌다.

역천행의 입가에 서린 오만한 미소가 절로 가셨다.

"미랍… 어떻게 이렇듯 강해질 수 있었지?"

"내가 강해진 것이 아니라 네놈이 약해진 것이다."

나미랍이 턱짓을 해 보이자 월선과 구대검화 은하검진을 펼쳐 역천행을 에워쌌다.

역천행은 방심하다가 가벼운 일격을 당했지만, 여전히 권태로운 태도로 여유를 부렸다.

"크홋, 이 노계들은 뭐야? 하녀로 부리기에도 부족하군."

순간 월선의 쾌도가 발출되었고 구대검화가 교차하며 현란한 검초를 뿌려냈다.

역천행은 왼손을 뒷짐 진 채 오른손만 휘둘러 응수했다. 병기를 쥐지 않은 맨손이었지만 워낙 무서운 마왕이다 보니 적수공권조차 위력적이었다.

차차창―!

선공에 나섰던 세 명의 여검수가 신음을 토하며 뒤로 물러섰다. 그녀들이 쥐고 있는 검이 충격 탓에 웅웅 검음을 발했다.

그러자 진세 속으로 뛰어든 나미랍이 한빙검을 내리쳤다.

"차앗!"

검극에서 뿜어진 강력한 검강에 역천행의 표정이 다소 일그러졌다.

"이년, 정말 나를 죽이려는 것이냐?"

역천행의 손아귀에서 기검이 발출되었다.

콰아앙!

검강과 기검이 충돌하면서 지반이 요동치며 맹렬한 회오

리가 하늘 높이 피어올랐다.

　상당한 충격에 한 걸음 물러선 역천행은 묘한 미소를 머금었다.

　"크흣, 요지선자의 진전을 이어받은 것이냐? 하지만 네 사부도 패배해 도주했는데 네가 어찌 나를 이길 수 있겠냐?"

　나미랍은 들끓는 기혈을 겨우 진정시켰다.

　'실로 끔찍한 마왕이다. 단독 대결로는 도저히 놈을 죽일 수 없어.'

　양자 격돌을 지켜본 월선이 구대검화와 함께 빠르게 이동했다.

　"진세를 펼쳐 선자를 지원해라!"

　은하검진이 최고조에 이르자 역천행은 마치 암공에 빠진 듯한 환각에 젖었다. 기문둔갑에 문외한인 그로서는 진세의 변화를 전혀 간파할 수 없었지만, 자신의 마력에 대한 자부심이 상당했기에 별반 우려하지 않았다.

　"미랍, 어디 요지선보의 알량한 재주를 마음껏 펼쳐봐라."

　이에 진세 속으로 뛰어든 나미랍이 은하선무검법으로 역천행을 노렸다.

　"죽어라, 마왕!"

　동시에 월선이 역천행의 배후로 쾌도를 날렸고 구대검화가 진세를 변화시켜 역천행을 교란했다.

　역천행은 폭포수처럼 쏟아지는 공세 속에서 피식 실소를

흘렀다.

"크웃, 나쁘지는 않군."

구대검화가 펼친 진세 때문에 나미랍과 월선이 모습이 제대로 보이지 않았지만 역천행은 감각적으로 응수했다.

"꺼져!"

그의 기검을 통해 악마의 불꽃 같은 극렬한 축융마화가 뿜어졌다. 벽검천마의 절기답게 이글거리는 화염이 사위로 폭사되었다.

콰— 쾅—!

십일 대 일의 대격돌.

연이은 폭음은 밤하늘을 진동시켰고 검기와 마염이 십수 장 일대를 폐허로 만들었다.

한편 멀리 떨어진 수림에서 네 명이 격렬한 전투를 지켜보고 있었다.

오대마상 지옥수라와 편복야왕, 그리고 좌우호법인 독비잔도와 독각혈과가 그들이었다.

편복야왕은 얇은 박도를 뽑아들었다.

"수라, 하찮은 계집들은 우리가 제거해 드려야 하지 않을까?"

지옥수라는 팔짱을 낀 채 관망하는 태도를 보였다.

"천주의 성정을 모르느냐? 공연히 나섰다가 천주의 진노를 살 우려가 있다.”

독비잔도와 독각혈과 역시 시큰둥하게 응수했다.

“선보의 계집들이 특별한 암수를 쓰지 않는 한 나설 필요 없을 것 같네.”

“맞아, 저 정도에 쓰러질 천주가 아니지.”

편복야왕은 여전히 우려를 표명했다.

“계집들의 진세 때문에 천주가 전혀 반격을 못하고 있지 않은가?”

독비잔도가 냉담하게 말을 받았다.

“그것을 눈깔이라도 달고 있는 거냐? 천주께서 반격을 못하는 게 아니라 대결을 즐기는 중임이 안 보이는 거냐?”

“이놈, 좌호법 주제에 감히 마상인 내게 무슨 고약한 말투냐?”

편복야왕이 직위를 내세우자 독각혈과가 조소를 흘렸다.

“크크, 여섯이나 되는 마상이 무슨 대단한 지위라도 된단 말이냐? 천주를 측근에서 모시는 우리 좌우호법이 왜 네게 공손해야 한다는 것이냐?”

“닥쳐! 이제 갓 입문한 주제에!”

“갓 입문하기는 화소소도 마찬가지이다. 한데 너와 같은 마상의 직위에 올랐지. 마상의 직위가 그만큼 별 볼 일 없다는 거 아니냐?”

둘의 협공을 당하자 편복야왕은 지옥수라에게 지원을 청

했다.

"수라, 자네는 왜 보고만 있는가?"

지옥수라는 권태로운 표정으로 세 사람을 쓸어보았다.

"주둥이들 닥치고 관전이나 해라. 이런 대결을 감상하는 것도 흔치 않으니까."

지옥수라는 총상 다음 가는 수석마상의 지위였기에 독비잔도와 독각혈과도 더는 대거리를 하지 않았다.

차— 차창!

장내의 대결은 더욱 격렬해졌다.

"선무회천강!"

나미랍은 한빙검과 한몸이 되어 바람개비처럼 선회하며 날아들었다. 그녀의 모습은 순간적으로 사라진 채 강력한 백색 섬광이 역천행을 향해 내리꽂혔다.

역천행은 기검을 휘둘러 나미랍의 공세를 차단했다. 나미랍이 높이 퉁겨져 오르자 기검을 회수한 역천행이 힘껏 양손을 뿌렸다.

"카하핫! 충분히 놀았다!"

그의 전신에서 뿜어진 핏빛 강기가 급속도로 확산했다. 혈영천마의 절기 중 하나인 혈영파멸마강이었다.

엄청난 마력이 발출되자 월선이 다급히 외쳤다.

"구대검화는 물러서라!"

월선은 연속적으로 절대쾌도를 발출해 구대검화의 피신을

지원했다.

순간 역천행의 입에서 무시무시한 마음이 터져 나왔다.

"카우우우!"

붕함천마의 마공 중 하나인 굉천마음이었다.

소리는 예리한 흉기로 화해 구대검화를 향해 뻗어 나갔다. 구대검화는 검을 휘둘러 방어했지만 굉천마음의 형상은 베어지지 않고 그대로 구대검화를 관통했다.

"아아악!"

"흐윽!"

구대검화는 처절한 비명과 함께 나가동그라졌다. 일부는 가슴이 관통되었고 일부는 머리가 쪼개졌다. 온전한 모습을 찾아볼 수 있는 참혹한 몰살이었다.

바닥으로 내려선 나미랍은 충격적인 참사에도 표정 하나 변하지 않았다.

"잔악한 놈! 네놈 또한 온전하게 죽지 못할 것이다!"

역천행은 색정 어린 눈빛으로 나미랍을 훑어 내렸다.

"미랍, 난 충분히 흥분되었다. 더 이상 반항하지 말고 어서 내 품에 안겨라."

나미랍은 눈에서 서릿발 같은 한기가 폭사되었다.

"나를 품고 싶다면 나를 제압해!"

한빙검을 곧추세운 그녀는 최고조의 공력을 주입했다.

나미랍의 최후의 공력을 준비하자 월선이 측면에서 날아

들며 절대쾌도를 발출했다.

쐐애액!

나미랍을 지원하려는 월선의 혼신 공력이 담긴 쾌도답게 아찔한 광휘가 하늘까지 솟구쳤다. 쾌도는 그대로 역천행의 목으로 파고들었다.

한데 역천행은 고개도 돌리지 않은채 손만 쳐들어 칼을 잡아챘다.

턱!

맨손으로 절대쾌도를 막아낸 역천행은 월선을 돌아보며 냉혹한 미소를 흘렸다.

"그만 죽어, 못생긴 아줌마!"

그의 눈에서 핏빛 섬광이 뿜어졌다. 투잔천마의 절기인 투살마안이었다.

퍼억!

눈알이 터진 월선은 오장 밖으로 튕겨졌다. 극심한 내외상을 당하고도 신음 소리 하나 흘리지 않은 것은 요지선보 삼대선화로서의 명예를 지키겠다는 강한 의지였다.

구대검화의 몰살과 월선의 부상.

그러나 이 모든 희생은 나미랍의 최후 공격을 위한 사전포석이었다.

검과 일체된 나미랍의 전신에서 눈부신 광채가 폭사되며 형상이 유령처럼 흐려졌다. 이어 그녀의 형상이 한빙검 속으로 스며들었다.

이를 본 역천행의 눈가 근육이 씰룩거렸다.

"어검술……?"

초극의 무학 어검술은 모든 것을 파괴할 수 있는 절기이다.

구대검화와 월선을 희생시켜 역천행의 방심을 유도한 나미랍은 벼락같이 어검술을 펼쳤다.

번— 쩍!

세상의 모든 어둠을 쓸어낼 찬란한 광휘가 폭사되었다.

역천행의 표정이 순간적으로 경직되었다. 피하기에는 너무 늦었고 막아내기에는 어검술이 너무도 위력적이었다. 그가 취할 수 있는 유일한 대응은 호신강기뿐이었다.

나미랍은 동진어진을 각오했던 터라 한빙검에 모든 진기를 담은 상태였다. 검과 일체된 그녀는 역천행의 호신강기를 파훼했다.

퍼억!

한빙검은 정확히 역천행의 심장으로 파고들었다.

비로소 형상을 드러낸 나미랍이 한빙검의 손잡이를 쥐었다.

"추악한 마왕! 사부님의 복수다!"

역천행의 얼굴에 핏기가 가시며 밀랍처럼 창백해졌다.

"독한 년… 기어코 나를 죽이려 하는구나."

"네놈을 갈가리 찢어 금마총에 던져 넣겠다!"

나미랍은 한빙검을 힘껏 찔렀다.

퍼억!

한빙검은 역천행의 몸을 관통해 등까지 비집고 나왔다.

이를 본 지옥수라 일행이 쏜살같이 튀어나왔다.

"천주—!"

나미랍은 당세의 악마를 죽여 사부의 원한을 갚았다는 안도감에 눈물마저 감돌았다. 한데 손에서 전해지는 감각이 허전했다. 분명 역천행의 심장을 관통했건만 마치 빈 가죽을 찌른 느낌이었다.

파지직!

역천행의 몸에서 뿜어진 축융마화가 흘러들면서 한빙검이 시뻘겋게 달아올랐다. 한빙검이 대번에 녹아버리는 동시에 나미랍의 몸속으로 마력이 스며들었다.

"흐으윽!"

나미랍은 울컥 피를 토하며 휘청거렸다.

"하하핫!"

역천행은 유령처럼 미끄러지며 나미랍의 허리를 휘감았다.

"미랍, 이제야 너를 품게 되었구나."

나미랍은 귀신에 홀린 심정이었다. 그녀의 사력을 다한 공격이 이렇듯 무산될 줄은 꿈에도 생각지 못했다.

"어… 어떻게……?"

역천행은 나미랍의 젖가슴을 뭉클 움켜쥐었다.

"뇌령 사부의 비술 중에 환체이맥술이라는 것이 있다. 순간적으로 장기를 이동시키는 수법이지. 네가 내 심장을 노렸지만, 그저 살가죽만 뚫었을 뿐이야. 하지만 조금 아프더군. 크큭."

나미랍은 정신이 아득해졌다.

'아, 악마를 죽이지 못하다니!'

그녀는 주먹을 움켜쥐었지만, 전신의 기력이 엄마 품속의 간난아기처럼 풀어져 진기가 전혀 운집되지 않았다. 어검술을 펼치느라 과도한 진기를 소진한 상황에서 마력의 침해를 받아 무기력한 신세가 된 것이다.

역천행은 품속에서 작은 약병을 꺼내 나미랍의 코끝에 뿌렸다.

"자, 이제 우리가 즐길 시간이야."

달콤한 향기가 스며들자 나미랍은 몸을 세차게 떨었다. 온몸이 뜨거워지면서 본능적인 욕정이 치밀어 올랐다.

"이 추잡한 놈!"

미약에 당했음을 직감한 나미랍은 혀를 깨물었다. 참담한 모욕을 당하느니 자결할 의도였다. 한데 역천행은 아혈을 찍어 그녀의 자결을 제지했다.

"미랍, 약속이 틀리잖아? 패하면 나를 섬기겠다고 하지 않았느냐?"

　자결마저 무산되자 나미랍은 오싹한 공포에 젖었다. 미약에 취한 채 역천행에게 능욕을 당할 것을 생각하자 전신에 소름이 돋았다.

　역천행은 나미랍의 몸을 더듬다가 뒤로 내려선 지옥수라 일행을 돌아보았다.

　"지옥 마상, 내가 언제 불렀던가?"

　지옥수라가 급히 예를 올렸다.

　"천주께서 무사하셔서서 다행이외다."

　"오늘 밤은 이 계집과 함께 보낼 테니 그대들은 돌아가시오."

　"알겠소이다, 천주."

　지옥수라와 편복야왕은 예를 표하고 물러섰다. 독비잔도와 독각혈과는 잠시 주저하며 서로를 보다가 이내 지옥수라의 뒤를 따랐다.

　역천행은 나미랍의 얼굴을 혀로 핥았다.

　"미랍, 넌 환희극락산에 중독되었다. 오로지 음양교합으로만 해소될 수 있지."

　이때 측면에서 예리한 기운이 파고들었다. 칼끝은 역천행이 아니라 나미랍을 겨누고 있었다.

　살초를 발출한 사람은 월선이었다.

　그녀는 투살마안에 적중돼 실명했지만 죽은 상태는 아니었다. 나미랍이 능욕을 당할 상황에 처하게 되자 그녀는 역천

행을 죽일 능력이 없어 차라리 나미랍을 죽여 순결을 지켜주
려 한 것이다.

역천행은 손가락을 튕겼다.

태앵……!

월선이 쥔 칼이 무기력하게 허공으로 퉁겨져 올랐다.

역천행은 나미랍의 머리채를 쥐고 월선을 향해 고개를 돌
렸다.

"미랍, 못 생긴 아줌마가 어떻게 죽는지 똑똑히 봐."

역천행은 허공으로 튀어 오른 칼을 손끝으로 가리켰다. 섭
물진기를 발휘한 그는 월선을 가리켰다.

쐐애액—!

칼은 월선을 향해 날아들었다. 눈알이 터져 시력을 잃은 월
선이지만 살벌한 파공성을 귀로 똑똑히 들을 수 있었다. 그러
나 그녀는 자신의 죽음보다 요지선보의 운명을 더 걱정했다.

'요지선자님, 부디 선보를 지켜주소서!'

나미랍은 차마 월선의 죽음을 볼 수가 없어 눈을 감았다.
아무런 도움도 줄 수 없는 무기력한 자신에 대한 자책으로 절
로 눈물이 흘러내렸다.

'모두… 내가 무능한 탓이야!'

칼은 귀신의 헛바닥처럼 월선의 목으로 파고들었다.

한데 이때였다.

하늘 저편에서 한 줄기 광선이 날아들더니 칼을 튕겨냈다.

태앵……!

역천행의 표정이 묘하게 일그러졌다.

'뭐, 뭐야 이 기운은?'

밤하늘로 날아든 하얀 인영이 사선을 그리며 역천행으로 앞으로 내려섰다. 희뿌연 강기가 해소되면서 일남일녀의 모습이 드러났다.

중년의 미부는 요지선보의 삼대여선 중 일인인 화선.

그리고 전신에서 김이 모락모락 피어오르는 청년은 어풍비행술로 수천리 길을 하룻밤 사이에 날아온 백인성이었다.

백인성이 손을 놓아주자 화선은 월선에게 달려갔다.

"월선!"

화선의 손을 쥔 월선이 의혹의 빛을 띠었다.

"화선, 네가 어떻게……?"

"와룡성수… 백 공자에게 지원을 요청했어."

"뭐야……?"

훼방꾼이 출현하자 물러가려던 지옥수라 일행은 다시 돌아왔다.

백인성을 확인한 편복야왕이 바싹 긴장했다.

"와룡성수! 마침내 놈이 나타났군."

눈을 상큼 뜬 나미랍은 백인성을 직시했다.

'이 사람이 어떻게 여기를……?'

그녀의 눈동자가 백인성에게서 역천행에게로 옮겨졌다.

그녀는 두 사람의 내력에 대해 알고 있는 유일한 존재이다.

나미랍은 사부인 요지선자를 떠올리며 처연함에 젖었다.

'사부님… 마침내 이들 형제가 만났습니다.'

第四十六章
어쩔 수 없는 교합

1

　백인성과 역천행.

　이들은 비록 첫 대면이지만 한 눈에 상대를 알아볼 수 있었다. 특히 공동 사부였던 삼대천마가 백인성에 의해 무덤으로 되돌아갔던 터라 역천행은 피가 끓는 흥분을 느꼈다.

　"흐흐, 천외노괴의 제자 놈 백인성! 이제야 네놈을 만나게 되었구나."

　반면 역천행을 대면한 백인성은 의혹과 더불어 가벼운 충격마저 느껴야 했다.

　'이자가 정말 당세의 악마라는 자인가? 저 모습이… 왠지 낯설지가 않아.'

하지만 바닥에 널브러진 구대검화, 눈이 훼손된 월선, 그리고 무기력하게 제압된 나미랍을 쓸어본 그는 역천행의 사악함을 절감했다.

"역천행, 무덤에서 나온 자들은 다시 무덤으로 돌아갔다. 너 역시 마왕들처럼 무덤으로 되돌아가야 할 것이다."

"카하핫!"

포악스런 웃음을 발한 역천행은 우악스럽게 나미랍의 젖가슴을 움켜쥐었다.

지독한 미약인 환희극락산에 취한 나미랍은 심장이 터질 듯한 욕화에 휩싸여 정신이 혼미했다. 젖가슴을 움켜쥔 역천행의 손길에 자신의 의도와 관계없이 짜릿한 쾌감과 욕정에 젖고 말았다.

"이 계집도 나를 죽이려 했지만 이런 꼴이 됐지. 네놈은 산채로 씹어 먹겠다."

이때 지옥수라와 편복야왕이 앞으로 나섰다.

"천주, 놈은 일전에 대악인곡에서 우리 형제들을 괴롭혔소이다. 속하가 먼저 상대해 보겠소이다."

역천행은 오만하게 고개를 끄덕였다.

"나쁘지 않군. 한번 상대해 보시오."

"예, 천주."

지옥마상은 편복야왕을 대동해 백인성 앞으로 다가섰다.

"네놈이 진짜 천외무선의 후예인지 시험해 보겠다."

백인성이 대악인곡에서 악인들과 격돌할 때 지옥수라는 출타 중이라 서로 맞붙기는 이번이 처음이다.

백인성은 지옥수라가 쥔 망치와 정으로 상대의 신분을 능히 짐작할 수 있었다.

"당신이 지옥수라겠군."

"맞다!"

지옥수라는 연속적으로 파극혈정을 망치로 후려쳤다.

땅, 땅, 땅—!

세 개의 파극혈정이 백인성의 삼단전을 향해 동시에 파고들었다. 무림일절로 불리는 절기답게 쾌속하면서도 강력한 수법이었다.

하지만 상대는 전설의 후예였다.

백인성은 양손으로 각기 파극혈정을 잡아내고는 나머지 하나를 후려쳐 지옥수라의 공격을 간단히 무산시켰다.

지옥수라는 바싹 긴장했다.

'역시 천주만큼이나 강한 놈이군.'

편복야왕에게 눈짓을 보낸 지옥수라가 다시 두 개의 파극혈정을 날렸다.

땅, 땅—!

곧바로 유령처럼 솟구친 편복야왕이 백인성의 백회혈을 향해 내리꽂혔다. 신법만으로 논한다면 당대에서 손꼽히는 편복야왕답게 파공성 하나 들려오지 않았다.

백인성은 오른손에 쥐고 있던 파극혈정을 휘둘러 두 개의 파극혈정을 박살 냈다. 동시에 왼손에 쥐고 있는 파극혈정을 허공으로 튕겼다.

"크윽!"

파극혈정에 어깨가 관통된 편복야왕은 공격에 나설 때보다 더 빠르게 퇴각했다.

지옥수라와 편복야왕의 합공이 터무니없이 무산되자 역천행은 비릿한 웃음을 흘렸다.

"크흣, 모처럼 겨룰 만한 놈을 만났어."

역천행은 가볍게 소매를 저었다.

일순 마른벼락이 울려 퍼지면서 거대한 폭풍이 소용돌이를 일으키며 뻗어 나갔다.

'폭풍천마의 와선마공이로군.'

백인성은 태극진기를 운집해 마주 일장을 날렸다.

콰아앙!

하늘이 찢어지는 듯한 굉음에 지켜보던 관전자들은 귀를 틀어막아야 했다. 연이어 지표가 폭발하자 화선은 월선을 안고 뒤로 미끄러졌다.

지옥수라 일행은 호신강기를 펼쳐 강풍에 대항했지만 세찬 회오리에 중심을 잃고 비틀거렸다.

일초 교환을 통해 기혈이 들끓는 충격을 느낀 역천행은 차가운 조소를 흘렸다.

"크훗, 나쁘지 않군. 너무 쉽게 죽을까 걱정했는데 안심해도 되겠어."

역천행은 한쪽 가슴에 안고 있던 나미랍을 뒤로 돌렸다.

"이 계집을 잠깐 맡으시오."

"예, 천주."

좌우호법인 독비잔도와 독각혈과가 급히 다가섰다. 나미랍을 받아 안은 독각혈과가 눈짓을 보냈다.

순간 누구도 예상치 못한 사태가 발발했다.

번— 쩍!

독비잔도의 쾌도가 역천행의 목으로 날아들었고 독각혈과의 철과가 역천행의 몸통을 후려쳤다.

백인성과의 결전에만 집중해 있던 역천행에게는 날벼락 같은 기습이었다. 두 사람 모두 절정급 고수인데다 혼신을 다한 공세였기에 역천행으로서도 미처 대비할 수가 없었다.

퍼— 퍽!

독비잔도의 칼은 역천행의 목덜미에 박혔고 독각혈과의 철과는 옆구리 깊숙이 파고들었다.

"크으윽……!"

지옥 같은 금마총 안에서 살아온 역천행이라 고통에 익숙했지만 작금의 부상은 치명적이었다. 그나마 그가 극마지체에 이르렀기에 목이 잘리고 허리가 동강 나는 참살은 피할 수 있었다.

“이런 개새끼!”

지옥수라는 망치로 파극혈정을 날렸다.

파극혈정에 가슴이 관통된 독각혈과는 붉은 피를 뿜으며 오장 밖으로 나가동그라졌다. 곧바로 편복야왕이 휘두른 칼에 독비잔도의 목이 날아갔다.

한순간에 벌어진 대반전.

화선은 급히 달려가 독각혈과와 함께 나뒹군 나미랍을 부축해 안았다.

“선자, 괜찮으십니까?”

나미랍은 화선을 와락 끌어안으며 고통스러운 신음을 토했다.

“흐으으, 제발……!”

화선은 등줄기가 축축하게 젖어들었다.

‘맞아! 미약에 중독되셨지?’

그녀는 나미랍이 당하는 상황을 미처 보지 못했지만 백인성이 천리지청술로 장내의 상황을 파악해 일러주었던 것이다.

화선은 일단 나미랍을 안정시키기 위해 혼혈을 찍었다. 나미랍은 맥없이 축 늘어졌다.

지옥수라가 역천행의 목과 허리에 박힌 칼과 철과를 뽑아냈다. 상당한 출혈 속에 역천행은 쓰러질 듯이 휘청거렸다.

“크으으, 대체… 이 병신 새끼들이 왜……?”

“아마도 놈들은 천주를 암살하기 위해 위장 잠입했던 것 같소이다.”

지옥수라는 역천행을 편복야왕에게 맡겼다.

“어서 천주를 모셔라.”

“알았네.”

역천행을 들쳐 업은 편복야왕은 쏜살같이 수림 위로 넘어 갔다. 지옥수라는 역천행의 안위를 위해 추격을 차단하려 했지만 백인성은 전혀 나설 기미를 보이지 않았다.

백인성은 가슴이 관통된 독각혈과를 안은 채 비통함에 젖어 있었다.

그제야 지옥수라도 급히 편복야왕의 뒤를 따랐다.

백인성은 독각혈과를 구하고 싶었지만 이미 폐부가 심하게 손상됐고 심맥마저 단절됐기에 회생불가였다. 그는 유언이라도 듣기 위해 독각혈과의 사혈을 점하고 뇌정혈에 진기를 불어넣어 주었다.

“크으으……!”

독각혈과가 진저리를 치다가 스르르 눈을 떴다.

백인성은 소매로 독각혈과의 입에 묻은 피를 닦아주었다.

“독각 선배…….”

독각혈과는 피를 토하면서도 웃음을 잃지 않았다.

“흐훗, 그 악마 새끼… 죽었겠지?”

“애초부터 이럴 계획으로 군마천에 입문했던 거요?”

"자네가 말하지 않았던가? 어떻게 사느냐가 중요한 게 아니라… 어떻게 죽느냐가 중요하다고…….”

독각혈과는 고개를 돌려 목이 잘린 독비잔도의 시신을 보았다.

"악마 새끼가 죽었어야… 우리 형제의 죽음이 헛되지 않을 텐데…….”

백인성은 비통함에 젖어 독각혈과의 손을 쥐었다.

"소생이 두 선배를 죽게 만들었구려…….”

"와룡성수, 이제… 자네에게 빚는 것을 조금 갚았군.”

"미안하오. 정말 미안하오.”

"우리의 선택이었네… 난생처음으로… 죽여야 할 놈을 죽인 것 같아… 통쾌… 욱……!”

독각혈과는 몇 번 진저리를 치고는 고개를 꺾었다. 고통스러운 최후였지만 그래도 심경은 편했는지 표정은 편안해 보였다.

백인성은 독각혈과를 감싸 다독여 주었다.

"두 분은 진정 의인이었소. 잔결삼흉은 세상에서 사라졌소. 이제 잔결삼협, 아니 앞서 죽은 선배들의 형제까지 합쳐 잔결사협(殘缺四俠)으로 불리게 될 거요.”

이때 나미랍을 안은 화선이 옆으로 다가섰다.

"백 공자, 선자의 상태가 위급합니다.”

백인성을 독각혈과를 눕혀 놓고 일어섰다.

“좀 봅시다.”

“마독에 침해됐지만… 미약 중독이 더 문제입니다.”

“이런, 미약은 해독이 어려운데……..”

나미랍을 진맥한 백인성이 잔뜩 미간을 찌푸렸다.

“경락이 폭발하기 직전이오. 당장은 미약을 자제시킬 약도 없소.”

화선은 백인성에게 나미랍을 안겨주었다.

“제발 선자를 살려주십시오, 백 공자.”

“지금 무슨 말을 하는 거요?”

“환희극락산은 오로지 음양교합으로 해소될 수 있습니다.”

백인성이 정색하며 나미랍을 밀어냈다.

“말도 안 되는 소리 마시오. 나미랍이 요지선보의 고귀한 선자 신분이 되었는데 어찌 목숨을 부지하기 위해 순결을 더럽히려 하겠소?”

그러자 월선이 허공을 더듬거리며 다가섰다.

“와룡성수의 말이 맞다! 한월선자 때문에 요지선보의 명예를 더럽힐 수는 없어!”

화선이 지풍을 날려 월선의 다리를 제압했다.

“닥쳐! 선보의 서열상 내가 결정할 사안이야!”

바닥에 주저앉은 월선이 강하게 반발했다.

“화선, 네가 한월선자를 두 번 죽일 셈이냐? 설사 음양교합을 통해 살아난다 해도 선자는 치욕을 안고 자결할 거야!"

화선은 다시 지풍을 날려 월선의 아혈마저 점했다.

"백 공자, 중대한 결정을 내려야 할 순간입니다. 단지 선자를 목숨을 구하기 위해 내가 사정하는 것이 아닙니다."

"하면……?"

"공자의 내력을 알고 싶지 않습니까?"

"뭐, 뭐요?"

백인성은 충격에 젖어 눈을 부릅떴다.

"내 내력이라니? 화선은 내 신세내력에 알고 있단 말이오?"

화선은 백인성에게 다시 나미랍을 안겨주었다.

"한월선자를 구하기 위해 거짓을 말하는 것이 아님을 맹세합니다. 공자의 내력을 알고 있는 사람은 세상에 오직 한월선자뿐입니다."

"믿을 수가 없군. 나미랍이 어떻게 내 내력에 대해 알 수 있단 말이오?"

"요지선자님의 임종을 지켰으니 분명 그 내력에 대해 들었을 겁니다."

백인성은 더더욱 이해가 되지 않았다.

"요지선자는 어떻게 내 내력에 대해 알고 있었던 거요?"

"그것까지는 나도 모릅니다. 하지만… 백 공자의 출생내력에 대해 전 선자님이 무관하지 않음은 확실합니다. 만일 한월선자가 이대로 죽으면… 백 공자는 영원히 자신의 신세에 대해 알지 못할 것입니다."

나미랍의 몸이 불덩이처럼 달아올랐다. 미약에 의한 욕화가 얼마나 극렬한지 혼혈이 찍힌 상태에서도 고통스러운 신음을 토했다.

이를 본 화선이 눈물을 글썽이며 애원했다.

"백 공자, 어서요!"

"내게는… 이미 백년가약을 맺은 여인이 있소. 이건 그 여인에 대한 배신이오."

"한월선자와 평생의 연분을 맺지 않아도 상관없습니다. 이건 거래일 뿐입니다. 선자를 구해 요지선보의 맥을 잇게 해주고 그 대가로… 공자는 자신의 내력에 대해 아는 겁니다."

백인성은 무수한 갈등에 휩싸였다.

아무리 미약을 해소시켜 생명을 구하는 일이라지만 도의상 절대 해서는 안 될 일이었다. 하지만 그의 내력을 알 수 있는 유일한 길이기에 백인성은 이 기회를 도저히 놓칠 수가 없었다.

결국, 그는 결단을 내렸다.

'내가 의술을 배운 것은 사람을 구하기 위함이다. 거래가 아니더라도 생명을 구하는 일이 우선되어야 한다. 이 때문에 벌어질 모든 사태는 지금 생각지 말자.'

백인성은 나미랍을 가슴에 안고는 솟아올랐다.

"두 선배의 화장을 부탁드리겠소."

화선은 비로소 안도할 수 있었다.

"고마워요, 백 공자."

백인성이 어둠 저편으로 사라지자 화선은 월선의 혈도를 풀어주었다.

월선은 비통함에 젖어 화선을 질책했다.

"화선, 요지선보의 원로로서 어찌 한월선자를 욕보이려는 것이냐?"

"이해해 줘 월선. 한월선자가 이대로 운명하면 요지선보의 맥은 끊기게 돼. 그런 죄를 짓는다면 어떻게 선대 선자님들을 뵙겠어?"

"한월선자가 이를 용납하겠느냐? 선자의 성정상 분명 자결할 것이다. 그 책임을 어찌 지려고?"

"내가 장담하건대 한월선자는 절대 자결하지 않아."

"뭐라?"

"내 판단이 맞는다면 이것은 피치 못할 운명이야. 앞선 작고하신 전 선자님이 한(恨)과도 연결돼 있지."

"화선. 대처 네가 무슨 소리를……?"

화선은 월선을 부축해서 일으켰다.

"와룡성수는 이십 년 전 요지선자님이 어디론가 데려간 아이 중 하나가 분명해."

"설마……"

"그리고 더 중대한 비밀이 있어."

화선은 떨리는 손으로 월선의 손을 쥐었다.

"역천행 또한 그 아이 중 한 명일 가능성이 아주 커."

2

약초꾼들이 잠시 머무는 초막이다 보니 변변한 침상조차
마련돼 있지 않았다.

백인성은 짚으로 짠 자리 위에 피풍의를 깔고 나미랍을 눕
혔다.

나미랍의 몸은 땀으로 흠뻑 젖어 있었다. 혼혈이 찍혀 의식
이 없는 상황이라도 환희극락산이 그녀의 욕화를 불태웠기에
양 볼이 터질 듯 달아올라 있었다.

백인성은 또 한 번 갈등했지만 더 이상 지체할 겨를이 없었
다. 이왕 결정을 내린 이상 나미랍을 구하는 것이 우선이었
다.

백인성이 혈도를 풀어주자 의식을 되찾은 나미랍이 벌떡
일어나 앉았다. 벌겋게 충혈된 두 눈은 발정난 암컷처럼 수컷
을 한껏 갈구하고 있었다.

그러다 백인성을 발견한 나미랍은 거친 신음을 토하며 달
려들었다.

"흐으윽, 어서!"

나미랍이 옷을 찢으려 하자 백인성은 그녀를 다시 눕히고
는 스스로 옷을 벗었다. 곧바로 나미랍의 옷이 벗겨지면서 백
옥 같은 나신이 드러났다.

나미랍은 백인성을 끌어안으며 그의 입술을 찾아 비벼댔
다.

백인성은 나미랍의 입맞춤을 마다했다. 그것이 단아빈에
대한 도리였기 때문이다.

전희나 애무를 거칠 단계가 아니었다.

두 사람은 곧바로 합치되었다.

나미랍은 비명을 질러대면서도 탕녀처럼 적극적으로 교접
에 임했다. 그런 그녀가 너무 안쓰러워 보였다.

"미랍, 이제 당신과 평생 원수가 되겠군."

백인성은 나미랍을 꼭 끌어안아 최대한 발작을 자제시켰
다. 그것이 그가 나미랍을 위로해 줄 유일한 배려였던 것이
다.

3

역천행의 치명적 부상.

군마천 수뇌들은 모두 충격에 젖어 할 말을 잊었다. 요지선
자마저 격패시켜 마신처럼 추앙받는 역천행이기에 그의 추락
은 눈으로 보고도 믿지 못할 정도였다.

약천의왕과 화소소가 치료에 들어가자 군마천 수뇌들은 의사청에 집결해 향후 대책을 논의했다.

가장 전전긍긍하는 사람은 호미랑이었다.

"대형, 천주가 이 지경이 되었다면 군마천도 이제 끝났어요. 정파연합 놈들이 당도하기 전에 어서 튀어요."

반노반동 만상수도 쓴 입맛을 다시며 동조했다.

"지금 상황은 일전에 백가 놈이 대악인곡을 침범했을 때보다 훨씬 위태롭군. 당시는 놈 혼자였는데 지금은 정파연합 대가리들이 모두 참전했소. 제왕성주 하나만으로도 버거운데 백가 놈까지 합류한 상황에서 천주가 저 모양이 되었으니 대적 불가요. 몰살당하기 전에 피하는 게 낫겠소."

생사반이 독기를 발하며 이를 부득부득 갈았다.

"여기서 도주하면 백가 놈한테 어떻게 복수한단 말이냐?"

편복야왕은 부상당한 어깨를 매만졌다.

"놈과 한 차례 격돌해 보았는데 예전보다 훨씬 강해졌어. 천주와 일장을 겨루고도 전혀 밀리지 않았으니 우리가 모두 합공해도 어려울 거다."

악불군은 지옥수라에게로 눈길을 돌렸다.

"자네도 같은 생각인가?"

지옥수라는 망치를 어루만지며 시큰둥하게 응수했다.

"청명에 죽나 한식에 죽나 마찬가지 아니오? 무림에서 아예 은퇴할 거면 모를까 예전의 대악인곡과 같은 피신처도 우리에겐 없을 것 같소."

"자네 의견은 싸우자는 거로군?"

"모두 달아난다면 나 혼자 싸우는 것은 개죽음일 테니 나도 떠날 생각이오."

악불군은 독한 술을 한잔 입에 털어 넣었다.

"너무 낙담하지 마라. 약천 노제의 의술이 비상하니 천주의 상세를 급속하게 회복시킬 수 있다."

호미랑은 강하게 반박했다.

"설사 회복된다 해도 머리 흰 놈과 제왕성주를 어떻게 감당하겠어요?"

"그만 좀 징징대!"

악불군은 호미랑을 일축하고는 마상들을 쓸어보았다.

"정파연합의 수장인 자을천이 여태 합류하지 않았다는 사실은 우리에게 희망적이다. 모든 정황을 감안하면 요지선보에 조문을 간 자을천이 나미랍과 함께 당도했어야 했다. 한데 나미랍은 몇몇 계집들만 대동해 천주에게 도전했다. 지난번 요지선자도 그렇고… 정말 이해할 수 없는 일들이 벌어지고 있어."

"뭐예요? 그럼 요지선보에서 제왕성주를 죽이기라도 했다는 거예요?"

"자을천을 죽이지는 않았겠지만 제압했을 수는 있다. 그렇다면 우리가 두려워해야 할 상대는 오직 머리 흰 놈뿐이다."

누구도 상상치 못한 추측에 마상들은 놀란 눈빛으로 서로를 마주 보았다.

악불군은 가슴까지 늘어진 흰 수염을 내리쓸었다.

"천주가 회복된다면 머리 흰 놈과 격돌하게 될 거다. 금마총의 후예와 천외무선의 후예! 천주는 복수심으로 가득 차 있어 놈을 이길 수 없다면 어떻게든 머리 흰 놈과 동귀어진을 꾀할 것이다. 생각해봐라. 요지선자는 죽었고, 제왕성주가 나서지 않은 상황에서 와룡성수마저 죽는다면 전황은 어찌 되겠느냐?"

생사반이 쇠 손톱을 혀로 핥았다.

"끄끄, 그렇게만 된다면야 해볼 만한 승부로군."

가장 소극적인 호미랑까지 전의를 드러냈다.

"대형의 예상대로만 된다면 굳이 도망갈 이유가 없지요. 사실 군마천이 대악인곡에 비해 환경이 좋아 버리기가 너무 아까웠거든."

역시 사악한 두뇌 악불군이었다. 교묘한 언변으로 마상들의 생각을 바꾼 그는 느긋하게 기대앉았다.

"그럼 이제 천주의 조속한 회복만 기대하면 된다."

이때 약천의왕과 화소소가 회의장으로 들어섰다.

악불군이 자리를 권하며 급히 물었다.

"천주의 상태는 어떤가, 노제?"

약천의왕은 술을 한잔 입에 털어놓고는 건조한 음성으로

대답했다.

"아직 숨은 붙어 있소."

군마천주라는 존엄한 지위에 오른 역천행의 안위를 이렇듯 불경스럽게 표현할 수 있는 사람은 그뿐이다.

"당연히 회생하시겠지. 문제는 시간일세."

"그 답변은 소소가 대신할 거요."

약천의왕은 말린 과일을 안주 삼아 깨작깨작 씹었다.

모두의 시선이 화소소에게로 쏠렸다. 화소소의 표정은 어둡고 심각했다.

"천주의 상세가 아주 위중합니다. 봉공께서 모든 처방을 내렸지만 조속한 회복은 어렵습니다. 두 반도가 펼친 암습이 워낙 치명적이었습니다."

생사반이 새파란 독기를 발하며 격분을 토했다.

"그 새끼들이 입문할 때부터 수상했어. 본래 우리와 같은 부류가 아닌데 말이야. 대형이 놈들을 추천하지만 않았으면 이런 사태는……."

불똥이 자신한테 튀자 악불군이 손을 내저었다.

"주둥이 닥치고 화상의 얘기를 마저 듣자."

악불군이 턱을 해 보이자 화소소가 말을 이었다.

"목과 옆구리의 부상은 치료됐지만, 과다출혈이 문제입니다. 세상에 어떤 약으로도 손실된 피를 순식간에 복원시킬 수는 없습니다."

“가만, 수혈도 방법이 아니냐?”

악불군이 잠시 말을 끊었다.

“일전에 머리 흰 놈이 청향군주를 치료하면서 자신의 피를 수혈해 목숨을 구했다고 들었네. 자네는 그만한 능력이 없단 말인가?”

스스로 천하제일의 의술을 자부하던 약천의왕이기에 누구와 비교되는 것은 참지 못했다. 더군다나 그가 가장 짓밟고 싶은 와룡성수가 언급되자 약천의왕이 술잔을 내리쳤다.

“수혈 따위가 무슨 대단한 의술이라고! 놈의 피가 운 좋게 청향군주와 맞았기 때문이지 수혈은 지극히 위험한 시술이오. 물론 총상이 피를 뽑아 주겠다면 천주에게 수혈시킬 수 있지만, 피의 성질이 맞지 않으면 천주는 즉사할 거요. 한번 시험해 보겠소?”

약천의왕의 워낙 드세게 감정을 토로하자 악불군이 손을 저어 자제시켰다.

“알겠네, 노제. 내가 그저 답답해서 물어봤을 뿐이네.”

“사실 방도가 전혀 없는 것은 아니오.”

“오. 방도가 있단 말인가? 그렇다면 왜 시도하지 않은 것인가?”

“확신이 서지 않아서요.”

약천의왕이 병째 술을 들이켜자 화소소가 말을 이었다.

“봉공께서 고안하신 처방은 천주를 금마총으로 옮기는 겁니다.”

“금마총?”

“그렇습니다. 천주는 어렸을 적부터 금마총에서 자라왔기에 극마지기에 대한 내성을 지니고 있습니다. 웬만한 사람에게 극마지기는 치명적인 마독이지만 천주에게는 더없는 성약이라는 얘기이지요. 천주와 함께 금마총을 탈출한 세 분 마왕이 금마총을 멀리 떠나지 못한 것도 극마지기를 지속해서 흡입해야 기력이 유지될 수 있었기 때문이었습니다.”

악불군이 잠시 숙고하다가 약천의왕에게 물었다.

“금마총까지는 수천 리 길인데 천주께서 과연 그동안 생명을 유지할 수 있겠는가?”

“내가 지닌 모든 의술을 발휘하면 수삼일 정도는 생명지기를 유지케 할 수 있소. 워낙 긴박한 상황이라 즉시 결정을 내려야 하오.”

“천주의 치료를 위해서라면 당장에라도 금마총으로 모셔가야지. 하지만 천주가 군마천 내에 없다는 사실이 공개되면 본천 마인들의 사기가 극도로 저하될 테니 그것이 걱정이로군.”

그러자 화소소가 신중한 모습으로 건의했다.

“천주의 이송은 극비리에 추진되어야 합니다. 달리 대규모 호위부대를 꾸밀 계제가 아닙니다. 총상께서는 이 점을 주지하셔야 합니다.”

악불군은 깊이 고심하다가 결정을 내렸다.

"좋아, 약천 노제가 당연히 천주를 수행해야겠지. 한시가 급하니 박쥐가 천주를 모시고 수라가 호위를 맡아라."

지옥수라가 떨떠름한 표정을 지었다.

"단지 셋이서 천주를 금마총까지 모시란 말이오? 도중에 머리 흰 새끼를 만나면 몰살을 면치 못할 텐데?"

"재수없게 놈을 만나게 되면 우리가 모두가 호위에 나서도 이기지 못해. 하지만 놈과 대면하지만 않으면 자네의 파극혈 정을 감당할 자는 흔치 않으니 무사히 금마총에 이를 것이네."

"알겠소. 다들 허접한 위인들이니 내가 나설 수밖에."

지옥수라는 생사반과 만상수과 호미랑을 쓸어보았다.

"내가 다녀올 동안 뒈지지나 마라."

평소였다면 지옥수라의 오만함에 한바탕 드잡이를 벌였겠지만 워낙 심각한 상황이라도 누구 하나 대꾸하지 않았다.

약천의왕은 동료들에게 인사도 없이 의사청 밖으로 향했다.

"뭘 꾸물대는 거냐? 어서 가자."

지옥수라와 편복야왕이 곧바로 그의 뒤를 따랐다.

의사청에 남겨진 사람은 악불군과 화소소, 세 명의 마상.

악불군은 밀대를 쥐고 지도 위에 놓인 흰 깃발들을 앞으로 당겼다.

"입수된 첩보에 의하면 군세명이 이끄는 선발대가 조만간 흑마림 외곽에 당도한다. 우리가 장기간 버티려면 놈들의 선

발대를 격파해 정파연합의 대규모 진격을 저지하는 수밖에
없다. 하지만 선발대는 정파연합의 정예들이라 전력이 만만
치 않다. 따라서 놈들의 선발대를 어떻게 격파하느냐가 이번
무림대전의 운명을 좌우할 것이다."

그는 사대마상을 둘러보며 의견을 구했다.

"대책을 한번 얘기해 보아라."

만상수가 시큰둥하게 응수했다.

"나야 쇠나 두드릴 줄 알지 언제 대가리를 써봤어야지? 그
런 사안은 총상이 전문가가 아니오?"

생사반 역시 전혀 대안이 없었다.

"놈들을 찢어 죽이는 일은 내가 맡을 테니 총상이 계책을
세워보시구려."

호미랑은 눈알을 굴리다가 넌지시 화소소를 추천했다.

"대형, 화상이라면 무슨 묘책이 있지 않겠어요? 천주가 설
마 잠자리 기술만 기특하게 여겨 화소소를 화상 자리에 앉혔
겠어요?"

명색이 군마천 최고 수뇌급 회의였지만 오가는 말투는 하
류잡배들과 다를 바 없었다.

악불군은 화소소에게 눈길을 돌렸다.

"화상이 한번 얘기해 봐라."

"예, 총상."

자리에서 일어선 화소소는 지휘 막대로 지도를 가리켰다.

"정파연합의 일천 선발대는 흑마림 초입에 영채를 세울 가능성이 큽니다. 정파연합의 머릿수가 오천 명에 달하니 상당한 규모의 막사가 필요하겠지요. 저들은 우리를 경계하면서 급하게 진영을 갖춰야 하기에 전력의 절반 정도만 경호대로 구축할 수 있습니다. 또한, 지형상 사방을 모두 방어해야 하기에 한곳의 방어망은 이백 명도 채 되지 못합니다. 공격은 역시 야습이 주효합니다. 야습을 당한 측은 아무리 대비가 철저해도 당황할 수밖에 없지요."

화소소의 치밀한 분석에 악불군은 흐뭇한 미소를 띠며 손뼉을 쳤다.

"허허! 훌륭하다. 그동안 돌대가리들만 상대하다 영특한 화상을 대하니 체증이 뻥 뚫리는 심정이구나. 향후 내가 없더라도 화상이 있으니 군마천은 번창할 수 있겠어."

두뇌 제일을 자부하는 악불군이 남을 이렇듯 칭찬하기도 드문 경우였다.

별다른 계책을 내놓지 못한 세 명의 마상은 서로를 보며 쓴입맛만 다셔야 했다.

악불군은 밀대를 이용해 하얀 깃발들을 분산시켰다.

"정파연합의 선발대는 내일 오후쯤 당도할 예정이다. 놈들은 서둘러 영채를 세우고 휴식을 취하려 하겠지. 야습은 내일 밤 자시 무렵으로 정하겠다. 삼마상은 각기 정예들을 인솔해 삼방을 공격해라. 나는 화상과 함께 군세명이 이끄는 주력부대를 격파하겠다. 이번 작전이 성공한다면 정파연합의 진격을 한동안 지체시킬 수 있다. 그 사이 천주가 쾌차해 귀환하면 능히 정파 놈들을 와해시킬 수 있다. 알겠느냐?"

"알겠소, 총상!"

생사반은 힘차게 복명했지만 평소 싸움을 별반 즐기지 않는 호미랑과 만상수는 마지못한 듯 고개를 끄덕였다.

"명을 받들겠어요, 대형."

"밤도 늦었는데 이만 잡시다."

삼마상의 회의장을 나가자 화소소가 결연하게 청했다.

"총상, 다른 사람은 몰라도 예운교 그 계집만큼은 제 손으로 죽이고 싶습니다."

"예운교라면 의천무화로 불리는 선부의 제자 말이냐?"

"그렇습니다. 과거 비천한 환요문의 요녀 출신이라 선부의 제자라 하기에는 어울리지 않습니다."

악불군의 눈매가 가늘어졌다.

"왠지 네 눈에서 질투의 기운이 느껴지는구나?"

둘만의 자리였기에 호칭은 생략했다.

화소소는 속내를 들켰지만 애써 표정을 관리했다.

"당치 않습니다. 제가 와룡성수에게 질투를 느낄 이유가 없지 않습니까?"

"내 앞에서 굳이 감출 필요없다. 머린 흰 놈은 내가 보아도 사내로서 완벽해. 자을천의 재현이라 할 수 있을 정도이지.

세상의 어떤 계집이 과연 놈을 마다하겠느냐?"

악불군은 술을 한 모금 마시고는 묘한 미소를 흘렸다.

"어쩌면 머리 흰 놈이 영영 오지 않을 수도 있다."

"그게 무슨 말씀이세요?"

"지옥수라의 얘기를 들으니 천주가 나미랍을 제압한 후 환희극락산을 뿌렸다고 하더구나."

"예에? 환희극락산이라면 오직 음양교합으로만 해소될 수 있는 지독한 음약인데……."

"맞아. 상주삭이 천주한테 상납했었지."

악불군은 편히 기대앉으며 재미있다는 표정을 지었다.

"머리 흰 놈이 나미랍을 나 몰라라 하지 않을 테니 필시 구하려 할 것이다. 한데 환희극락산을 해소하려면 나미랍과 교접을 맺을 수밖에 없지."

화소소은 왠지 한쪽 가슴이 허전해졌다.

"백인성이… 선보의 계집과 교접을 맺는다고요?"

"내 예측이지만 틀림없을 거다. 나미랍은 일전에 악인곡을 찾아온 적이 있었지. 대단한 성깔이 죽은 요지선자와 닮았다. 그런 계집이 음약 때문에 머리 흰 놈과 교접을 맺었으니 어찌 격분하지 않겠느냐? 기필코 머리 흰 놈을 죽이려 할 것이다."

"나미랍이 부상을 당한 몸으로 어떻게 백인성을 죽일 수 있겠어요?"

"사람이 목숨이 끊어져야만 죽는 것은 아니다. 정신적으로 압박을 가해 살아 있어도 죽은 것처럼 만들 수 있지."

"백인성은 도리를 중시하는 사람입니다. 나미랍을 책임진다면 무슨 문제가 있겠어요?"

악불군은 화소소를 훔쳐보며 키득거렸다.

"흐훗, 너라면 머리 흰 놈과 기꺼이 맺어지려 하겠지만, 자존심이 센 계집이라면 자신을 겁탈한 놈을 절대 용서치 않으려 할 거다."

"소녀도 자존심은 지키고 삽니다."

화소소는 얼른 예를 올리고 의사청을 나섰다. 그녀의 등 뒤로 악불군의 비아냥거림이 들려왔다.

"화소소, 넌 이미 천주를 품었으니 머리 흰 놈은 잊어라. 허허!"

화소소는 귀를 틀어막으며 내심 욕설을 퍼부었다.

'추잡하고 고약한 늙은이!'

자신의 처소로 향하던 그녀는 백인성과 교접을 벌이는 한 여인을 올리며 입술을 질끈 깨물었다.

'백인성! 네가 고결한 성인군자인 줄 알았더니 너 역시 계집을 탐하는 하찮은 사내에 불과했어.'

第四十七章
복수가 담긴 거래

1

　음탕한 색녀가 사내 위에 걸터앉아 엉덩이를 흔들어댔고 미친 듯한 신음을 토해내고 있었다. 여인은 영원히 꺼지지 않는 지옥 불처럼 전신을 불태우는 욕화에 휩싸인 채 사내를 부둥켜안고 울음마저 터뜨렸다.

　여인은 몸이 으스러지는 고통마저도 환희로 느껴질 만큼 몸부림을 치면서 계속해서 사내를 갈구했다.

　그런 상황 속에서 조금씩 의식이 돌아온 여인은 소스라치게 놀라 사내를 밀어냈다.

　"허억……!"

　눈을 번쩍 뜬 나미랍은 벌떡 일어나 앉았다.

나미랍은 빠르게 자신의 몸을 살폈다.

온전하게 옷이 입혀진 자신을 살핀 나미랍은 식은땀을 흘리며 가쁜 숨을 몰아쉬었다.

“하악하악……!”

끔찍한 악몽이었다.

다시 떠올리는 것만으로 역겹고 치욕스러워 자신의 뇌를 씻어내고 싶을 정도였다.

이때 옆에서 걱정스러운 듯한 음성이 들려왔다.

“선자, 이제 좀 정신이 드십니까?”

화선이 나미랍을 부축해 다시 눕혀 주었다.

나미랍은 의아한 눈빛으로 화선을 주시했다.

“화선이 어떻게……?”

화선은 물을 적신 수건으로 나미랍의 얼굴을 닦아주었다.

“겨우 고비를 넘기셨습니다.”

“…….”

나미랍은 미간을 찌푸리며 기억을 더듬었다.

‘맞아, 내가 역천행 그 악마한테 제압당했었지.’

그러다 자신과 합공을 펼치다 부상을 당한 월선을 기억해 냈다.

“월선은 어떻게 됐어요. 무사한가요?”

“지금 와룡성수의 치료를 받고 있습니다. 다행히 한쪽 눈은 회복될 수 있을 것 같습니다.”

“와룡성수?”

깜짝 놀란 나미랍이 벌떡 일어나 앉았다.

“그 사람이 어떻게 이곳에 있단 말입니까?”

“제가 지원을 요청했습니다.”

“대체 어쩌자고…….”

화선을 문책하려던 나미랍은 전신으로 엄습해 오는 통증에 부르르 진저리를 쳤다.

특히 하복부를 통해 전해지는 통증은 너무도 고통스러웠다. 의식을 회복하자 무뎌졌던 감각이 살아나면서 모든 아픔이 한꺼번에 전달된 것이다.

나미랍은 입술을 질끈 깨물었다.

“흐윽, 왜… 이렇게 아프지? 내 부상이 심한가요?”

화선은 안쓰럽고 걱정스러운 눈빛으로 나미랍을 바라보았다.

“선자, 정말 전혀 기억하지 못하는 겁니까?”

“……?”

나미랍은 화선을 빤히 응시하다가 눈을 상큼 치켜떴다.

“지금 무슨 소리를 하는 거예요?”

문득 치욕스런 악몽을 떠올린 그녀는 무서운 생각에 등줄기가 서늘해졌다.

“그게… 꿈이 아니었어? 꿈이 아니었단 말인가?”

애써 기억을 더듬은 그녀는 역천행이 자신에게 음악을 살포한 상황을 끄집어냈다.

"맞아, 그 사악한 놈이 내게 추잡한 약을 뿌렸는데……."

화선이 어렵사리 입을 열었다.

"환희극락산은… 해독제가 없는 지독한 음약입니다. 남녀의 교합으로만 해소될 수 있지요."

충격!

나미랍은 벼락을 맞은 듯 와들와들 떨었다.

"화선! 하면… 내가… 그자가 감히 내 몸을 유린……."

워낙 극심한 정신적 타격이기에 나미랍은 숨을 제대로 쉬지 못했다.

화선은 급히 혈도를 쳐서 나미랍의 기도를 열어주었다.

"고정하세요, 선자! 고정하셔야 합니다!"

나미랍은 머리를 감싸 쥐며 발작적인 비명을 질렀다.

"으아아아아!"

화선은 나미랍의 뇌정혈에 진기를 불어넣어 주었다.

"고정하세요, 한월선자! 선보의 주인임을 생각하세요!"

요지선보가 언급되자 나미랍은 비명을 그치고는 숨을 헐떡거렸다.

"화선은 대체 무엇을 하고 있었어요? 놈을 막았어야지!"

"제가 와룡성수에게 부탁했습니다."

"대체 그게 무슨.……?"

"선자를 구하는 것이 무엇보다 중요했기 때문입니다. 와룡성수가 완강히 거부했지만 제가 간곡하게 부탁했습니다."

"미쳤어?"

나미랍은 화선을 뺨을 세차게 후려쳤다.

짜악!

화선은 한쪽 뺨에 손바닥 자국이 선명했지만, 전혀 주눅이
들지 않았다.

"선자는 요지선보의 계승자입니다. 한데 차기 계승자에 대
해 아무런 준비도 해놓지 않았습니다. 그런 상황에서 세상을
떠날 수는 없습니다. 지금은 선자의 자존심이나 명예보다 요
지선보의 명맥을 유지하는 것이 더 중요합니다."

"입 닥쳐요!"

나미랍은 손을 꼿꼿하게 세웠다. 금방이라도 요지선보의
절학인 난화섬수를 발출해 화선을 죽일 기세였다. 하지만 경
락이 제압되었는지 진기가 전혀 운집되지 않았다.

'제기, 기경팔맥을 막아 놓았어.'

화선이 처연한 모습으로 나미랍을 회유했다.

"선자, 저를 죽여 선자가 안정을 찾을 수 있다면 백번이라
도 죽을 수 있습니다. 하지만 지금은 와룡성수를 먼저 만나보
셔야 합니다."

백인성을 떠올리자 나미랍의 얼굴에서 핏기가 싹 가셨다.

그와의 격렬한 교접이 악몽이 아니라 현실임을 생각하면
백인성과의 대면은 견딜 수 없는 치욕이었다. 그녀의 모든 치

부를 드러낸 상태에서 탕녀처럼 몸부림을 쳤으니 무슨 낯으로 백인성을 대할 것인가.

나미랍은 매서운 살기를 발하며 차갑게 내뱉었다.

"그자를… 죽여 버리겠어!"

"선자의 목숨을 구해준 은혜를 원수로 갚겠다는 겁니까? 명예와 자존심이 아무리 다쳤다 해도 그것은 도리가 아닙니다. 만일 선자께서 그런 만행을 저지른다면 요지선부는 문을 닫아야 합니다."

화선은 단호하게 제지하고는 한 마디 덧붙였다.

"사실 선자를 구하기 위해 와룡성수와 거래를 했습니다."

"거래라니? 무슨 거래?"

"와룡성수의 신분 내력입니다."

"……!"

나미랍의 표정이 심각하게 굳어졌다. 그녀는 화선을 직시하며 똑똑 끊어지는 어조로 물었다.

"화선은 그 내막에 대해 알고 있나요?"

"추정을 할 뿐 상세한 내막은 모릅니다. 하지만 제 추측이 틀릴 거라고는 생각지 않습니다."

"백인성에게 어디까지 말했죠?"

"선자가 신세 내력을 알고 있을 거라는 얘기만 전했을 뿐입니다."

"정말인가요?"

"제가 어떻게 선자에게 거짓을 고하겠습니까?"

백인성의 신분은 절대적으로 숨겨야 할 비밀이다. 그것이 공개되면 요지선자의 패륜적인 만행이 세상에 밝혀질 것이기에 요지선보 전체가 사악한 집단으로 매도되는 지탄을 피할 수 없다.

나미랍은 극심한 갈등에 젖다가 마침내 결단을 내렸다.

"그를 들이세요. 만나겠어요."

"어찌하실 생각이십니까?"

"내가 무엇을 하든 화선은 개입할 자격이 없어요. 화선은 당장 선보로 돌아가요."

"선자의 부상이 회복되지 않았고 월선 또한 앞을 제대로 볼 수 없는 몸입니다. 제가 선자를 수행하겠습니다."

"명령입니다. 당장 귀환해서 근신하세요. 화선을 어찌할지는 선보로 귀환한 후 결정하겠어요."

나미랍의 단호한 조치에 화선은 정중히 예를 표하고는 일어섰다.

"그럼 선보에서 뵙겠습니다."

초막을 나선 화선은 나무 사이에 임시로 지어진 막사로 향했다.

밖은 이미 어둑어둑한 상태였다.

막사 앞에서 탕약이 끓고 있었다. 백인성이 월선을 치료해 주고 있는 중이었다.

월선은 단정하게 앉아 있었고 백인성은 그녀의 눈에 두른 붕대를 풀어주었다.

"아직 완치되지 않아 시력이 분명치 않을 거요. 또한, 유감스럽게도 한쪽은 동공이 파열돼 회복이 불가하오."

붕대가 풀리면서 월선의 왼쪽 눈 부위가 드러났다.

눈알이 새빨갛고 이따금 진물이 흘러나왔지만, 월선은 희미하나마 사물을 분간할 수 있었다.

월선은 몇 번 눈을 깜빡이다가 백인성에게 눈길을 돌렸다.

"와룡성수… 요지선보의 명예를 위해서라도 당신을 죽여야 하는 것이 내 임무입니다."

"이런 불행한 사태를 알고 있는 사람은 오직 넷뿐이오. 나와 한월선자는 당연히 함구할 것이니 화선과 월선만 입을 다문다면 세상에 알려질 일은 없소."

"……."

"지금은 월선의 상세 회복에 주력하시오."

백인성은 막사 밖에서 들려오는 인기척을 감지하자 몸을 일으켰다.

"탕약을 좀 보고 오겠소."

막사를 나선 그는 화선을 대하자 절로 얼굴이 붉어졌다. 아무리 미약을 해소하기 위한 치료라지만 나미랍과의 교합 행위가 부끄러웠던 것이다.

백인성은 그녀의 눈길을 피해 탕약을 살폈다.

“선자는 좀 어떻소?”

“겨우 진정되었지만… 백 공자를 대면하면 어떻게 돌변할지 우려됩니다.”

“지금으로서는 잊는 것 외에 달리 방법이 없소.”

화선이 무거운 어조로 한 마디 흘렸다.

“가연(佳緣)도… 하나의 해결책입니다.”

흠칫 놀란 백인성이 몸을 일으켜 세웠다.

“지금 뭐라고 했소?”

“경위야 어찌 됐던 만일 두 분이 가연을 맺는다면 전혀 부끄러워할 상황은 아닙니다.”

“농담이라도 그런 말 마시오.”

“선자께서 백 공자의 반려자로 부족하다 생각하십니까?”

“그래서가 아니오. 선자의 미모와 신분은 세상 어떤 여인도 비견되기 어렵소.”

“그럼 왜……?”

“가연은 마음이 통해야 맺어지는 연분이오. 나는 한월선자와 고작 두 번 만났을 뿐이며 그것도 좋은 상황은 아니었소. 한월선자 역시 절대 나를 용인하지 않을 거요.”

화선이 무거운 한숨을 내쉬었다.

“사람의 마음은 얼마든지 바뀔 수 있습니다. 정신과 진심의 교류도 중요하지만, 육체적인 결합 또한 소중합니다. 그것이 두 분 사이에 새로운 전기가 될 수도 있지요.”

백인성은 화선 옆을 지나쳤다.

“나 대신 탕약을 부탁하겠소. 난 선자를 만나야겠소.”

화선은 자신의 힘으로는 어쩔 수 없기에 불안한 심정으로 지켜볼 수밖에 없었다.

초막 안은 깔끔하게 정돈돼 있었다.

나미랍은 금빛 머리카락을 길게 늘어뜨린 채 옆으로 돌아앉아 있었다. 백인성과 눈을 마주치지 않겠다는 의도였다.

나미랍과 거리를 두고 앉은 백인성이 건조한 어조로 물었다.

“화선과의 거래에 대해서는 들었소?”

나미랍이 자존심을 상해할 수 있기에 부상에 대해서는 일부러 묻지 않았다.

나미랍 또한 냉랭하게 응수했다.

“얘기는 들었지만 내가 해줄 말이 없군요.”

“약속이 틀리지 않소?”

“난 당신과 약속한 적 없어요.”

“내 신세내력에 대해 아는 대로 말해주시오. 나도 어서 이 불편한 자리를 떠나고 싶소.”

“당신과 말 섞는 것도 불편한 사람은 나예요!”

백인성은 절실하게 기대했던 바람이 무산되자 감정이 격앙되었다.

“한월선자! 당신이 상처를 입은 것 이상으로 나도 상처를 입었소. 난 선자 때문에 가연을 약속한 여인을 배신하는 죄를 지었단 말이오.”

일순 나미랍의 표정이 굳어졌다.

‘달리 가연을 약속한 여인이 있었단 말인가?’

백인성은 참담한 심정을 토로했다.

“설사 그 여인이 나를 용서해도 난 평생 죄인처럼 살게 되었소. 정절이 어찌 여인만의 전유물이겠소?”

“…….”

“난 오로지 거래를 위해서 그 여인을 배신했소. 한데 선자가 자신의 감정과 자존심만 내세워 약조를 지키지 않겠다면 요지선보를 결코 용서치 않겠소.”

나미랍이 비로소 몸을 돌려 백인성과 눈길을 마주쳤다.

“용서치 않으면… 어떻게 하겠다는 거죠?”

“요지선보를 찾아가 제왕성주의 구금을 해제시켜 드리겠소..”

“감히!”

“제왕성주 구금은 명백한 범죄요. 나는 정의를 결행하려는 것이니 요지선보와 맞서는 것도 두렵지 않소.”

나미랍은 주먹을 불끈 쥐었다. 하얀 손등 위로 푸른 힘줄이 돋아났다.

“당신… 요지선보를 너무 우습게 보는군요.”

"선자는 사람 사이의 약조를 너무 가벼이 보고 있소."

불꽃 튀는 눈길!

나미랍은 할 수만 있다면 백인성과 동귀어진이라도 펼치고 싶은 심정이었다. 그와 함께 죽어 치욕스런 비밀을 묻을 수 있다면 기꺼이 죽을 마음도 있었다.

그러나 그것이 불가한 일이기에 그녀는 생각을 바꾸었다.

"당신이 알고 싶은 게 뭐죠?"

백인성은 마침내 자신의 내력을 알게 되었다는 마음에 가슴이 설레었다.

"전부요. 내 부모와 출신, 그리고 왜 금사탄에 버려졌는지 그 연유를 알고 싶소."

"내 몸의 미약을 해소시켜 준 대가치고는 바라는 게 너무 많군요."

"정말… 나에 대해 알고 있는 거요?"

"그래요. 세상에서 오직 나만이 당신의 출생과 신세 내력에 대해 정확히 알고 있지요. 그것을 알고 싶다면 나한테 좀 더 공손해야 하지 않겠어요?"

나미랍이 비밀을 무기로 들고 나오자 백인성은 정중히 예를 올렸다.

"부탁이오. 말해 주시오."

"그 전에… 대체 어떤 여인이 당신의 마음을 빼앗아 갔는지 알고 싶군요."

“갑자기 그건 왜……?”

“그냥 궁금해서요.”

백인성은 굳이 숨겨야 할 비밀이 아니기에 솔직하게 밝혀주었다.

“천예비궁 소궁주인 단아빈 소저요.”

“예쁜가요?”

“전혀 아니요.”

“취향이 독특한가 보군요.”

“한월선자, 그만 놀리고 진실을 밝혀 주시오.”

백인성이 간곡하게 청하자 나미랍의 입가에 희미한 미소가 피어올랐다.

“당신이 화선과 거래를 했듯이 이제 나와 거래를 해야 합니다. 용의가 있나요?”

“세상의 도리에 어긋나지 않는 거래라면 응하겠소.”

“좋아요.”

나미랍은 분명한 어조로 내뱉었다.

“내가 원하는 것은 역천행의 목입니다. 그것을 가져오면 당신의 내력에 대해 밝혀주겠어요.”

“역천행은 세상을 위해서라도 제거해야 할 마왕이오. 내가 살계를 깨는 한이 있더라도 역천행을 반드시 죽이겠소. 그러니 말해주시오.”

“나와 거래를 하겠다고 하지 않았나요? 서로 조건이 맞는

것이 거래입니다. 내가 알고 있는 비밀을 듣고 싶다면 역천행
의 목이 있어야 합니다."

"미리 말해줄 수는 없는 거요?"

"절대!"

나미랍이 단호하게 응수하자 백인성이 다소 의혹 어린 눈
빛을 발했다.

"솔직히 선자가 어떻게 내 신세 내력을 알고 있는지 확신
하기 어렵소."

"작고하신 사부님께 들었어요."

"그럼 요지선자는 어떻게 나에 대해 알고 있는 거요?"

"한 가지만 말해 주죠. 당신한테는 형제가 있어요. 그건 알
고 있나요?"

"……!"

백인성은 가슴이 덜컥 내려앉았다.

'형제……! 사부님께서도 내게 형제가 있을 거라 말씀하셨
어! 정말 내 내력을 알고 있단 말인가?

나미랍은 단정하게 가부좌를 틀고 앉았다.

"역천행의 목을 가져오면 나머지 비밀도 말해주죠. 이제
내 공력을 회복시켜 줘요."

백인성은 나미랍의 자신의 내력에 알고 있다고 확신했다.

"선자를 믿겠소."

백인성이 다가앉자 나미랍의 차갑게 내뱉었다.

"가급적 내 몸에는 손대지 말아요."

"나도 그럴 생각이오."

그 말에 나미랍의 자존심이 심하게 상했다.

'괘씸한 자! 내 몸에 손을 대는 것이 불결하단 말인가?

백인성은 양손을 쳐들어 무형진기를 발출했다.

"마독을 완전히 제거해야 하니 다소 시간이 걸릴 거요."

허공을 격한 상태로 마독을 치료하는 시술은 시간도 많이 걸리고 공력 소모가 심하다. 하지만 백인성은 나미랍과의 접촉을 피하기 위해 공력이 소진되는 것도 마다치 않았다.

나미랍은 지그시 입술을 깨물었다.

'백인성! 네 손으로 네 형제의 목을 베라. 그것이 내가 너한테 할 수 있는 유일한 복수이니까!'

2

흑마림 외곽.

군세명이 이끄는 선발대는 삼엄한 경계를 유지한 가운데 영채를 세웠다. 언제 군마천의 기습이 전개될지 모르는 상황이기에 선발대 절반이 순찰과 경계에 임해야 했다.

그들은 주변의 나무를 베어 최대한 시야를 확보했다. 영채 주변 이십 장 이내에는 몸을 숨길 잔목조차 없기에 기습을 당해도 대처할 시간을 확보할 수 있었다.

밤이 깊어 휴식을 취할 때에도 무사들 절반은 깨어 있었다.

특히 군세명을 비롯한 수뇌들은 막중한 책임감 때문에 잠자리에 들 수가 없었다.

원로들은 각기 한 방위를 책임졌고 군세명은 중앙막사에서 전체적인 경계를 수시로 보고받고 있었다.

예운교가 갓 지은 야식을 챙겨 중앙막사로 들어섰다.

지도를 보면서 군마천의 동향을 점검하던 군세명이 반갑게 예운교를 맞이했다.

"야심한 시각인데 여태 잠자리에 들지 않았소?"

"나는 별로 잠이 없어요."

예운교가 채소과 버섯을 다져 넣은 죽을 내려놓자 군세명은 싱긋 미소를 띠었다.

"예 소저가 이렇듯 나를 위해 야식까지 챙겨주니 영광이오."

"내가 먹으려고 야식을 만들었는데 양이 넉넉한 것 같아 가져온 거예요."

"하하, 아무렴 어떻소? 함께 먹을 수 있다는 것이 내게는 더 즐겁소."

두 사람은 각자 그릇에 죽을 떠서 먹었다.

예운교가 다소 걱정스러운 표정으로 물었다.

"사형에 대한 소식은 없나요?"

"아직 보고받은 바가 없소. 하지만 우려할 문제는 아닐 거요. 백 형은 무신과도 같은 존재인데 누가 그를 암습할 수 있겠소?"

"그렇기는 해도 어둠 속 화살은 막아내기 힘들죠."

"나는 오히려 사부님의 합류가 늦어지는 것이 걱정이오. 백 형과 달리 사부님을 노리는 악도들이 천하에 산재해 있어서 말이오."

"성주님은 당대의 절대자가 아니십니까? 달리 사정이 있겠지요."

군세명은 죽을 한 국자 더 뜨면서 막사 바깥의 동향에 주의를 기울였다.

"아직 확인되지 않은 첩보이지만 군마천 내에 큰 변괴가 발생한 것 같소."

"무슨 일인데요?"

"어제 요지선보에서 찾아와 역천행과 싸움을 벌였다고 들었소."

"요지선자가 타계했다고 들었는데 대체 누가……?"

"소선자인 나미랍이 선보를 계승해 한월선자에 올랐다고 하였소. 사부에 대한 복수심에 도전한 것이라 추측되오."

예운교는 수저를 내려놓고는 입가를 닦았다.

"요지선보는 정말 무모하군요. 아무리 요지선자의 명예 회복이 시급해도 한월선자의 무공으로는 상대도 되지 않잖아요?"

　그녀로서는 환요문 시절 요지선보 제자들에게 침공을 받았기에 당시 살상을 주도했던 나미랍에 대한 반감이 상당했다.

　군세명도 요지선단을 구하기 위해 요지선보를 방문했을 때 모욕을 느낄 만큼 무시를 당했던 터라 요지선보에 대한 감정이 별로 좋지 않았다.

　"역천행이 직접 나섰으니 한월선자는 감당하지 못했을 거요. 한데 역천행이 치명적인 부상을 당한 상태로 귀환했다는 첩보를 입수했소."

　예운교가 눈을 상큼 치켜떴다.

　"어떻게 그런 일이……?"

　"상세한 내막을 알기 위해 척후를 파견했지만, 불행하게도 군마천의 경계에 걸려 실패했소."

　예운교가 다소 부정적으로 말을 받았다.

　"역천행이 그만한 부상을 당했다면 요지선보에서 여세를 몰아 군마천까지 공격하지 않았겠어요? 한데 요지선보 제자들의 그림자도 보지 못했어요."

　"둘 중의 하나요. 역천행이 요지선보를 몰살하는 와중에 부상을 당했거나… 아니면, 첩보가 잘못되었거나."

　"내 생각에는 후자 쪽이 맞을 겁니다. 요지선보의 능력으로 역천행에게 그만한 부상을 입힐 수는 없을 테니까."

　군세명은 요지선보에 대한 예운교의 반감을 간파하고 있

었기에 흔쾌하게 동의했다.

"예 소저 말대로 아마 잘못된 정보일 거요."

한데 이때였다.

퍼— 펑— 펑—!

요란한 폭음이 정파연합의 진영을 진동시켰다.

놀란 군세명과 예운교가 급히 막사 밖으로 뛰쳐나갔다. 남방에서 달려온 순찰사령이 보고를 올렸다.

"군마천의 기습입니다! 시체 형상의 외양으로 미루어 생사반이 주도하는 것으로 추정됩니다."

"예상했던 상황이니 당황해 할 것 없다. 무당파 대장로인 현암도장이 남방을 책임지고 있으니 능히 막아낼 수 있다."

곧이어 폭죽이 연이어 솟아올랐다.

"만상수가 이끄는 마인들이 동방을 침범했습니다!"

"반남반녀 호미랑이 마인들과 함께 서방의 순찰대와 격돌하고 있습니다!"

삼면에서 동시에 공격을 받자 군세명은 바싹 긴장했다.

"삼대악인이 출동했다면 악불군도 나섰을 것이다. 모든 무사를 깨워 전투에 투입시켜라!"

신속하게 지시를 내린 군세명이 예운교를 돌아보았다.

"남은 방위는 북방뿐이오."

"내가 맡겠어요."

"행동을 함께합시다."

군세명은 제왕성 정예들을 이끌고 영채 북쪽으로 향했다.

망루에 올라선 그들은 전황을 살펴보았다.

북방을 제외한 세 곳에서 이미 치열한 혈투가 전개되고 있었다. 소림, 무당, 화산의 원로들이 중심이 돼 각 방위를 사수하고 있었지만 군마천 마인들의 머릿수가 두세 배는 많았다.

전황을 살핀 군세명이 다소 의혹에 젖었다.

"뭔가 이상하군. 역천행은 자부심이 대단해 이런 대대적인 야습을 펼칠 자가 아니오. 악불군이라면 모를까."

이때 영채의 북쪽 문을 향해 수백 명이 달려들었다.

안색은 창백하고 눈알이 붉었다. 바로 마교의 무사들인 금혈마대였다.

"단순한 야습이 아닌 것 같소. 이번 전투를 통해 선발대인 우리를 몰살하겠다는 의도요."

"정파연합의 본대가 당도할 때까지 기다리는 것이 두려운가 보군요."

예운교는 망루 밖으로 훌쩍 몸을 날렸다.

"내가 처리하겠어요."

군세명이 함께 몸을 날리면서 정예들을 이끌었다.

"악도들을 저지하라!"

영채 문을 열고 나선 제왕성 정예들이 횡으로 도열해 방어진을 형성했다.

"카우우우!"

마인들은 괴성을 발하며 저돌적으로 돌진해왔다.

제왕성 정예들은 대형을 유지한 상태로 검을 휘둘러 마인들을 후려쳤다. 대번에 수십 명의 마인이 고꾸라졌지만 금혈마대 마인들은 신체적인 고통을 전혀 느끼지 못하기에 두려움도 없었다.

마인들은 목이 잘리거나 심장이 파열되어야만 쓰러진다.

팔이 잘린 마인들은 피를 철철 흘리면서도 달려들었고 몸통이 베인 자들은 흉물스런 장기를 쏟아내면서 정예들과 격돌했다.

마인들의 끔찍한 공세에 제왕성 정예들의 방어선이 무너져 내렸다. 서로 뒤엉킨 양측은 생사를 건 혈투로 접어들었다.

금혈마대를 상대로 가장 빛나는 활약을 보인 사람은 예운교였다. 백인성에게 구천무상검법을 전수받은 이후 그녀의 무공은 급증했다.

"차앗!"

허공에 흩뿌려지는 검화와 지표를 가로지르는 검기가 사위로 비산되면서 금혈마대 마인들은 예운교에게 접근도 하기 전에 나자빠졌다.

악불군과 함께 뒤편에서 이를 지켜보던 화소소가 차갑게 내뱉었다.

"저 계집이 바로 와룡성수의 사매인 예운교입니다. 환요문이라는 추잡한 문파의 계집이 운 좋게 천외선부의 제자가 된 거죠. 저 계집만 제압하면 와룡성수를 꼼짝 못하게 할 수 있습니다.”

악불군이 허연 수염을 내리쓸며 고개를 끄덕였다.

“흐음. 화상이 질투를 느낄 만큼 예쁜 계집이군.”

“누가 질투를 느낀다는 거예요?”

화소소가 발끈했지만 악불군은 느긋하게 응수했다.

“화상이 직접 나서서 제압해 봐라. 하면 이번 야습의 제일 공적은 화상이 세우는 거야.”

화소소의 표정이 떨떠름하게 변했다.

“저 혼자로는 감당하기가 어렵습니다.”

“마장(魔將)들이 지원해 줄 것이다.”

악불군이 소매를 들어 보이자 뒤에 기립해 있던 건장한 체구의 마인들 넷이 나섰다. 각기 창과 낭아곤, 도끼와 깃발을 쥔 그들은 마교 소속의 마장들이었다.

화소소는 사대마장 중 둘을 대동해 예운교에게로 다가섰다.

퍼퍼퍽―!

마인들을 날려버린 예운교는 화소소를 대하자 감정이 폭발했다.

“잘 만났다, 이 더러운 계집!”

“홍, 천한 출신 주제에 누구보고 더럽다는 것이냐?”

“네년이 역천행 같은 마왕에게 몸을 팔아 구차한 목숨을 연명했다고 들었다. 천수신궁의 제자로서 부끄럽지도 않느냐?”

“호호, 너도 천주의 총애가 부러운가 보구나? 정 그렇다면 내가 소개해 줄 수도 있어.”

“한심하구나, 화소소. 네년이 마도에 몸담더니 입까지 더러워졌어!”

예운교의 신랄한 비난에 화소소가 눈매가 가늘어졌다.

“나를 비난할 만큼 네년이 깨끗하지는 못할 텐데? 아무리 천외선부의 제자가 되었다 해도 네년은 저급한 환요문 출신의 색녀일 뿐이다!”

“그래도 너처럼 저급하지는 않다!”

예운교가 검기를 발출하자 흑곤마장과 혈창마장이 앞으로 나서며 저지했다. 양측이 격돌하는 순간 화소소가 예운교의 측면을 기습했다.

차앙……!

화소소의 검을 쳐낸 예운교가 냉엄하게 꾸짖었다.

“나와 단독으로 맞설 용기도 없는 것이냐?”

“과정이 뭐가 중요하겠어? 결과가 중요하지.”

화소소는 밉살스럽게 응수하고는 두 마장과 함께 합공에 나섰다.

삼대일의 대결이 펼쳐지자 군세명이 내려서며 두 마장을

가로막았다.

"이자들은 내가 맡겠소."

"내가 상대할 수 있으니 소성주는 저 사악한 늙은이를 처단하세요."

"혼자서 괜찮겠소?"

"문제없어요."

예운교는 구천무상검법을 전개해 두 마장과 화소소를 동시에 공격했다.

양측의 격돌을 잠시 지켜본 군세명은 안도했다.

'예 소저의 무공이라면 충분히 감당할 수 있겠군.'

군세명은 훌쩍 몸을 날려 악불군 앞으로 내려섰다.

악불군은 손에 쥔 청란의 깃털을 어루만지며 한껏 거드름을 피웠다.

"군세명! 어린 녀석이 감히 누구와 맞서려는 것이냐?"

"악불군! 결국 마도의 앞잡이가 되었으니 반선반귀라는 당신의 별호가 아깝다."

"네 사부도 역천행 천주에게 패했는데 네가 어찌 군마천을 상대하려는 것이냐?"

"사악함을 멸하는데 어찌 몸을 사리겠는가?"

군세명은 검극을 통해 검강을 발출했다.

악불군은 유령 같은 신법을 발휘해 간단히 피해냈다. 그가 싸움을 즐기지 않아서 그렇지 그의 무공은 지옥수라를 능가

할 정도였다.

“사술 따위는 통하지 않는다!”

군세명은 부챗살 같은 검기를 발출해 악불군의 움직임을 차단했다.

팟……!

한 가닥 검기가 스치며 악불군의 앞자락이 길게 베어졌다.

“쯧, 이래서 내가 싸움이 싫다니까.”

악불군이 뒤로 물러서자 청부마장과 금번마장이 뛰쳐나와 군세명을 공격했다.

“제왕일섬!”

군세명은 빙글 회전하며 연속적으로 쾌검을 날렸다.

차ㅡ 창ㅡ!

날카로운 금속성이 터지며 두 마장은 움찔 물러섰다.

군세명은 신속하게 두 마장을 몰아붙였다. 검극을 통해 회오리처럼 뿜어지는 검기가 두 마장을 휘감았다.

“천극파!”

새파란 검강이 번갯불처럼 내리꽂히며 금번마장을 강타했다.

“크헉!”

금번마장은 깃발과 함께 몸이 쪼개지는 참살을 당했다.

이를 본 악불군은 쓴 입맛을 다셨다.

‘어린놈이 벌써부터 이렇듯 막강하니 제왕성의 군림은 수

십 년 더 이어지겠구나.'

군세명은 맹공을 펼쳐 청부마장의 목을 날려버렸다.

간단히 두 마장을 처단한 군세명은 악불군을 향해 검을 겨누었다.

"당신의 악업도 이제 끝이다."

악불군은 여전히 여유로운 모습을 잃지 않았다.

"군세명, 나 하나 죽이자고 선발대를 몰살시키려는 것이냐?"

군세명은 흠칫하며 뒤를 돌아보았다.

진영 주변에 두른 통나무 방책 절반이 불타고 있었다.

군세명과 예운교가 사수하고 있는 북방을 제외한 세 방위의 방어선이 무너졌다. 수적인 우세를 앞세운 마인들의 공세에 진영 안으로 물러설 수밖에 없었던 것이다.

'큰일이로군.'

군세명은 예운교 쪽으로 눈길을 돌렸다.

예운교는 흑곤마장과 화소소를 상대로 치열한 전투를 벌이고 있었지만 이미 혈창마장을 참살했기에 여유가 있어 보였다.

'북방을 고수해도 세 곳의 방위선이 붕괴된 이상 영채를 지킬 수 없다. 일단 퇴각해야겠군.'

대악인 악불군을 눈앞에 두고도 죽이지 못하는 것이 분통했지만 군세명은 어쩔 수 없이 돌아서야 했다.

퍼억!

예운교의 검기에 맞아 비틀거리던 흑곤마장은 군세명의 검에 목이 날아갔다.

예운교 옆으로 내려선 군세명이 손목을 쥐었다.

"갑시다. 본영을 사수해야 하오."

예운교가 강하게 반발했다.

"소성주는 무사들을 대동해 본영으로 돌아가세요. 난 저 요녀를 꼭 죽여야겠어요!"

"지금은 사적인 감정보다 대의를 무겁게 생각해야 하오. 요녀는 언제든 죽일 수 있소."

군세명은 예운교의 반발을 일축하고는 함께 솟아올랐다.

"본영으로 퇴각하라!"

군세명이 허공을 가로지르면서 외치자 제왕성 정예들은 혈투를 멈추고 영채를 향해 달려갔다.

화소소가 악불군에게 다가서며 재촉했다.

"왜 추살을 명하지 않는 겁니까?"

"급할 게 뭐 있느냐? 어차피 놈들은 독 안에 든 쥐이다."

악불군은 금혈마대를 대동해 천천히 영채를 향해 진군했다.

"선발대를 괴멸시키고 군세명을 죽이면 정파연합 본대도 두려움을 느껴 감히 침공해오지 못할 것이다. 그 사이 천주가 쾌차해서 귀환한다면 대대적인 반격을 전개할 수 있다."

일차 격돌의 승자는 군마천 쪽이었다.

선발대 무사들은 삼백여 명의 사상자를 냈고 군마천 측은 오백 명이나 전사했지만 서로 간의 피해를 감안하면 선발대의 피해가 훨씬 컸다.

악불군은 건재한 일천오백 마인들을 지휘해 선발대가 애써 구축한 방책을 모두 뜯어냈다.

"놈들을 섬멸하라!"

총공세를 명한 악불군은 화소소와 함께 망루로 올라서서 정파연합 선발대가 펼치고 있는 진세를 면밀하게 살폈다.

선발대 무사들은 오각형 형태로 배치되었고 내부에 이백 명이 순회하면서 진형을 지원하고 있었다.

"오행진이로군. 하지만 오랜 조련 없이는 수백 명이 일사불란하게 움직일 수 없으니 파훼하기가 어렵지 않겠어."

함께 진세를 살피던 화소소가 나직이 말했다.

"단순한 오행진이 아니라 태극진세입니다. 진세에 접하는 순간 본천 마인들은 기력을 상실할 거예요."

"그저 오행 방위를 점했을 뿐인데 그만한 변화를 일으킨단 말이냐?"

"그것이 태극도의 위력이지요."

"흐음, 어디 태극도의 도해(圖解)를 말해보아라."

"솔직히 도해를 말씀드리기가 쉽지 않습니다."

일순 악불군의 눈매가 음침해졌다.

"네 눈으로 보면서 직접 그렸다고 하지 않았더냐? 왜, 천외무선의 비학이라 내게 알려주기가 아까운 것이냐?"

"당치 않습니다. 총상께서 태극도를 도해를 풀이해 주신다면 소녀에게도 큰 도움이 될 텐데 왜 마다하겠습니까?"

화소소는 태극도에 관한 기억을 떠올려 최대한 상세하게 말해주었다.

차차창—!

군마천 마인들의 압박은 엄청났다.

마인들은 죽음을 도외시한 채 괴성을 발하며 진세로 뛰어들었다. 특히 금혈마대 마인들은 팔다리가 끊어지는 부상을 당해도 전혀 고통을 느끼지 못하기에 목이 떨어져 나갈 때까지 악귀처럼 날뛰었다.

예운교는 태극오행진을 지휘해 최대한 방어에 치중했다. 덕분에 선발대 무사들은 별다른 피해 없이 진세를 유지할 수 있었다.

한편 화소소를 통해 태극도를 접한 악불군은 충격과 두려움을 동시에 느꼈다.

'천외무선은 과연 전설의 신인이다. 세상의 이치를 태극도에 모두 담았어. 내가 진작 태극도를 접했다면 선도를 깨우쳤을 텐데……'

그는 천외무선을 만나 사사하지 못한 불운을 한탄했다. 하지만 당장은 자신의 개인적인 성취보다 전세 전환이 필요했기에 태극오행진의 허점을 찾아내야만 했다.

비록 심정이 사악해도 그는 반선으로 불린 현자였다. 그는 오래지 않아 진세의 파훼법을 찾아냈다.

"크흣, 어렵지 않군."

"파훼가 가능하겠어요?"

"오행상극을 이용하면 된다. 산두화로 시작해서 옥상토, 평지목, 차천금 대해수 순서대로 공격하면 진세를 깨뜨릴 수 있다."

망루에서 내려선 악불군은 삼대악인에게 파훼법을 상세하게 일러주었다.

"그대로만 하면 태극오행진을 격파할 수 있다."

"과연, 대형이시오!"

생사반이 가장 먼저 출전했다. 이어 호미랑과 반반수가 각기 다른 방향으로 달려갔다.

"화상은 옥상토를 맡아라! 내가 대해수를 격파하겠다."

"예, 총상."

화소소는 금혈마대 일부를 대동해 진세 뒤편으로 우회했다.

퍼— 퍼펑!

화소소와 사대악인이 가세하자 갑자기 진세가 흔들리기

시작했다.

"크크! 네놈들은 모두 죽었다!"

진세 속으로 뛰어든 생사반이 철조를 휘두르며 무사들을 참혹하게 찢었다.

다섯 방위 전체가 무너지자 예운교는 당혹감을 금치 못했다.

'이럴 수가!'

비록 그녀가 태극도의 심오한 이치를 터득하지는 못했어도 태극오행진을 구축하는 데에만큼은 실수가 없었다. 한데 진세가 파훼되었으니 이는 소름이 돋을 충격이었다.

군세명이 순회지원군을 이끌고 지원에 나섰지만 이미 진형이 무너져 회복이 불가했다.

난전이 전개되면 수적으로 적은 훨씬 정파 선발대가 불리할 수밖에 없다. 군세명 혼자서 분전하기에는 한계가 있었다.

예운교는 진세를 새롭게 변화시켰다.

"소성주, 사상팔문진으로 바꿔야 합니다."

"알겠소."

군세명은 각파 원로들에게 진세 변화를 지시했다.

"진세를 해체하고 사상팔문을 구축하라!"

선발대 무사들은 급히 물러서며 새롭게 전열을 가다듬었다.

이차 격돌에서 다시 이백 명이 전사하면서 남은 무사들은 오백여 명 정도.

무사들이 오십 명씩 여덟 개 부대로 나뉘어 사상팔문을 구축하자 마인들은 다시 철벽에 부딪친 듯 공격이 어려워졌다.

화소소가 가는 아미를 치켜 올렸다.

"태극도가 변화를 일으켰습니다."

"기다려."

악불군은 사상팔문의 변화를 유심히 살피면서 다시 파훼법을 연구했다. 화소소를 통해 알게 된 태극도 덕분에 그는 진세의 흐름을 정확히 읽어낼 수 있었다.

'화풍, 뇌화, 풍뢰, 천산, 중지로 변화되는군.'

그는 화소소와 삼대악인에게 파훼법을 일러주었다.

"각기 검봉, 백랍, 송백, 복동을 공격해라. 이번 진세마저 무너지면 놈들도 더는 수작을 부리지 못할 것이다."

악불군의 파훼법은 정확했다. 화소소와 삼대악인에 의해 사상팔문진마저 격파되자 예운교는 크게 낙담했다.

'아, 내 역량은 사형의 발끝에도 미치지 못해.'

최후의 보루였던 사상팔문진마저 붕괴하자 군세명이 결연하게 외쳤다.

"각자 최후까지 싸워라!"

진세를 해체한 정파 무사들은 마인들과 뒤엉켜 난전으로 돌입했다. 이제부터는 서로 간에 생사가 걸린 혈투뿐이었다.

퍼퍼펑―!

폭음과 비명이 난무하는 가운데 역겨운 피비린내가 진동했다.

생사반은 집요하게 군세명의 발을 묶었다. 강시공을 수련한 그는 웬만한 공격에도 부상을 당하지 않기에 군세명도 생사반을 떨쳐내기가 쉽지 않았다.

예운교는 혼란스런 격돌 속에서도 화소소를 찾아내 맹렬한 공격을 퍼부었다.

"죽어라, 요녀!"

화소소가 뒤로 밀리자 호미랑이 암기를 날려 지원해주었다.

"네년이 와룡성수를 어떻게 꾀었기에 선부의 제자가 된 것이냐? 내게도 방도를 일어다오."

"말 삼가라, 추악한 요물!"

"뭐야? 이년이 감히 누구한테 요물이라는 거냐?"

발끈한 호미랑은 화소소를 젖히고 예운교를 상대했다.

호미랑이 맞붙은 덕분에 화소소는 겨우 한숨을 돌릴 수 있었다.

'천한 계집, 누가 먼저 죽나 보자!'

화소소는 기회를 엿보다가 예운교의 등 뒤로 슬며시 이동했다.

화소소의 의도를 눈치챈 호미랑은 암기를 대거 쏟아냈다.

"화우만폭!"

수백 개의 암기가 폭우처럼 쏟아져 내리자 예운교는 수비로 전환하면서 암기를 쳐냈다.

순간 소리 없이 다가선 화소소가 예운교의 명문혈을 향해 검을 내질렀다. 반사적으로 위기를 감지한 예운교가 급히 몸을 틀며 검을 휘둘렀다.

차앙……!

간발의 차이로 즉사는 모면했지만 예운교는 등에서부터 옆구리까지 이어지는 부상을 당하고 말았다.

"죽어라, 천한 계집!"

화소소는 기회를 놓치지 않고 예운교를 공격했다.

예운교는 상당한 부상을 당했지만 굳건한 의지로 고통을 감내했다.

"비겁하게 달아나지 마라!"

두 여인은 마치 철천지원수처럼 서로를 향해 매서운 살초를 전개했다.

이를 본 호미랑이 전신의 암기를 모두 쏟아냈다.

"호호, 아무나 뒈져라!"

피피핑—!

수백 개의 암기가 소용돌이를 일으키며 예운교와 화소소의 머리 위로 떨어져 내렸다. 사생결단의 대결을 펼치고 있던 두 여인에게는 전혀 예상치 못했던 암습이었다.

호미랑의 공격은 다분히 의도적이었다.

화소소의 빼어난 미모와 지략을 질투하고 있었던 터라 예운교를 공격하면서 함께 죽이려 한 것이다.

이를 보던 악불군이 분통을 터뜨렸다.

"미친 것! 대체 무슨 짓이냐?"

예운교와 화소소가 서둘러 검을 쳐냈지만 모든 암기를 막아낼 수는 없었다. 수십 개의 암기가 두 여인을 향해 파고들었다.

한데 이때였다.

시간이 멈춰진 듯 암기 세례가 허공에 박힌 채 꼼짝도 하지 않았다.

득의의 미소를 짓고 있던 호미랑의 표정이 일그러졌다.

"뭐, 뭐야?"

순간 허공에 박힌 암기가 튕겨지면서 호미랑을 향해 폭사되었다.

"아아악!"

자신이 날린 암기에 오히려 요혈이 적중된 호미랑은 날카로운 비명과 함께 나뒹굴었다.

갑작스런 괴변에 모두가 경악했지만 악불군은 대번에 상황을 짐작했다.

'놈이다!'

과연 그의 예측은 틀리지 않았다. 허공 저편에서 흰 빛을 이끌며 날아든 사람은 백인성이었다.

군세명 옆으로 내려선 백인성이 양해를 구했다.

"늦어서 미안하오. 반생반사는 내가 맡겠소."

"백 형이 원한다면!"

환한 표정이 된 군세명은 순순히 뒤로 물러섰다.

생사반은 백인성을 다시 대면하자 이를 부득 갈았다.

"머리 흰 놈아! 잘 만났다!"

"반생반사, 당신은 그냥 금악정명진에 갇혀 있었어야 했소. 그랬다면 지금은 개심했을 텐데."

"건방 떨지 마라!"

미끄러지듯 다가선 생사반은 철조를 마구 할퀴었다.

백인성은 왼손을 펼쳐 가볍게 밀어냈다. 천외무선의 절기 중 하나인 태극인이었다.

허공으로 거대한 태극도형이 선명하게 새겨졌다.

퍼억!

태극인에 적중된 생사반은 고약한 비명을 지르며 오장 밖으로 나가동그라졌다. 가슴에 새겨진 태극도형을 통해 희뿌연 연기가 피어올랐다.

"젠장, 정말 무시무시한 놈이군."

만상수가 생사반의 뒷덜미를 쥐고는 급히 뒤로 이끌었다.

백인성으로 출현으로 혼란스런 난전이 대번에 중단되었다. 게다가 호미랑에 이어 생사반마저 일격에 나가동그라지자 마인들은 전의를 상실했다.

한데 그들을 추슬러야 할 악불군이 먼저 줄행랑을 쳤다.

"퇴각하라!"

만상수가 초주검이 된 두 동료를 옆구리에 끼고 뒤를 따르자 마인들도 일제히 군마천을 향해 달아났다. 무려 일천 명의 마인이 건재한 상황이지만 백인성의 출현은 그들을 압도하기에 충분했던 것이다.

화소소에게 있어 백인성은 지옥사자와 같은 존재이기에 그녀는 백인성이 출현하는 순간부터 도주를 꾀했다. 하지만 예의주시하고 있던 예운교가 그녀의 도주를 허락지 않았다.

"어림없다!"

예운교는 검을 날리는 비검술을 전개했다. 허공을 가로지른 검은 화소소의 등판을 향해 파고들었다. 화소소가 위험을 감지해 검을 쳐내려했지만 너무 늦었다.

검극이 피부를 뚫고 파고드는 처절한 고통.

그러나 더 무서운 것은 죽음에 대한 공포였다.

한데 싸늘한 감촉은 그녀의 더 이상 그녀의 몸속으로 파고들지 않았다.

"아……!"

화소소의 눈에 눈물을 그렁그렁 맺혔다.

경이적인 이형환위를 전개해 내려선 백인성이 검을 쥐고 있었다. 백인성이 다시 한번 그녀를 살려준 것이다.

득달같이 달려온 예운교가 분함을 못 참고 외쳤다.

"사형! 왜 사악한 요녀를 비호하는 겁니까?"

"비호하는 게 아니야. 화소소는 천수신궁으로 압송될 거다. 천수신궁에서 단죄를 하겠지."

삼비문의 명예를 위한 배려였다.

"워낙 교활한 계집이라 또 수작을 부릴지 모릅니다."

"이번에는 그러지 못할 거야."

예운교에게 검을 돌려준 백인성은 격공탄지를 날렸다.

"흐읔!"

혈도와 경락이 점혈된 화소소가 풀썩 주저앉았다.

백인성은 안쓰러운 눈빛으로 화소소를 바라보다가 준엄하게 꾸짖었다.

"화소소, 네게 여러 번 기회를 주었지만 끝내 나를 실망시켰다. 너는 천수신궁의 반도로서 엄한 처벌을 받게 될 것이다. 네 무공을 폐했으니 얕은 수작은 부리지 마라."

화소소는 눈물을 뿌리며 고개를 조아렸다.

"흑흑, 소녀에게 개심의 기회를 주신 공자의 너그러움을 감사드립니다. 천수신궁으로 돌아가 처벌을 받게 된다면 기쁘게 죽을 수 있습니다."

예운교는 자신의 손으로 화소소를 죽이지 못한 것이 못내 분했지만 백인성이 내린 결정이라 수용할 수밖에 없었다.

"화소소! 너는 죽기 전에 천예비궁 영령들을 위해 백팔 배를 올려야 할 것이다."

“소녀의 죄를 통감합니다. 백팔 배가 아니라 삼천 배라도 올리겠습니다.”

화소소는 잠시 주저하다가 목소리를 낮추었다.

“중대한 비밀을 말씀드리겠습니다, 공자.”

“뭐냐?”

“역천행에 관한 비밀입니다.”

백인성은 무형지기를 발출해 화소소를 일으켜 세웠다.

“역천행은 어디 있느냐?”

“그 악마는 치명적인 부상을 당해 군마천을 떠났습니다.”

“어디로?”

“약천의왕이 그 악마를 금마총으로 데려갔습니다. 지옥수라와 편복야왕이 수행했습니다. 약천의왕은 금마총의 극마지기를 이용해 치료할 의도입니다. 서두르셔야 할 겁니다. 약천의왕 말로는 악마가 극마지기를 통해 회생하면 극마불침지체가 된다고 했습니다.”

군세명의 표정이 심각하게 굳어졌다.

“극마불침지체! 사부님께서도 그것을 우려하셨소. 역천행이 극마불침지체에 도달하면 누구도 죽일 수 없다 하셨소.”

백인성은 화소소를 예운교에게 넘겼다.

“사매가 책임지고 화소소를 천수신궁으로 압송해.”

“예, 사형.”

예운교는 화소소의 어깨를 우악스럽게 거머쥐었다.

“허튼수작 부리면 그 자리에 네년의 목을 베겠다.”

백인성은 군세명과 함께 잠시 자리를 옮겼다.

“잔결쌍흉, 아니 그들은 잔결쌍협으로 불려야 할 거요. 두 선배가 역천행을 죽이려다 고귀한 목숨을 바쳤소.”

“아, 그런 일이 있었구려.”

“역천행은 내가 반드시 처단하겠소. 이곳 일은 군 형이 맡아주시오.”

“백 형 혼자 가능하겠소?”

“서둘러 추격하면 역천행이 회생하기 전에 처단할 수 있을 거요.”

군세명은 동행하고 싶었지만, 오히려 백인성의 행보에 짐이 될 것 같아 포기했다.

“결국, 백 형이 천하를 위해 무거운 짐을 지게 되었구려.”

“당연히 해야 할 일이오.”

“한데 사부님께서 왜 여태 오시지 않는지 모르겠소. 혹시 요지선보에서 무슨 불상사라도…….”

백인성은 제왕성과 요지선보의 충돌을 우려해 사실을 감추었다.

“그렇지는 않을 거요. 아마도 요지선자에 대한 애도 때문에 조금 지체되는 게 아니겠소?”

“그렇다면 다행이지만…….”

“난 이만 가봐야겠소.”

“무운을 빌겠소, 백 형.”

“사매를 잘 돌봐 주시오.”

백인성은 예운교를 향해 간단히 작별을 고하고는 허공으로 치솟아 올랐다. 삼십 장 높이로 숫구친 그는 어기비행술을 전개해 순식간에 하늘 저편으로 사라졌다.

선발대 무사들은 그의 경이로운 경공에 입을 다물지 못했다.

“와아……!”

“신인이 따로 없어!”

화소소는 백인성이 사라진 하늘을 바라보며 내심 저주를 퍼부었다.

'백인성! 내 복수는 천주가 대신해주실 것이다!'

그녀는 끝내 회개하지 않은 것이다.

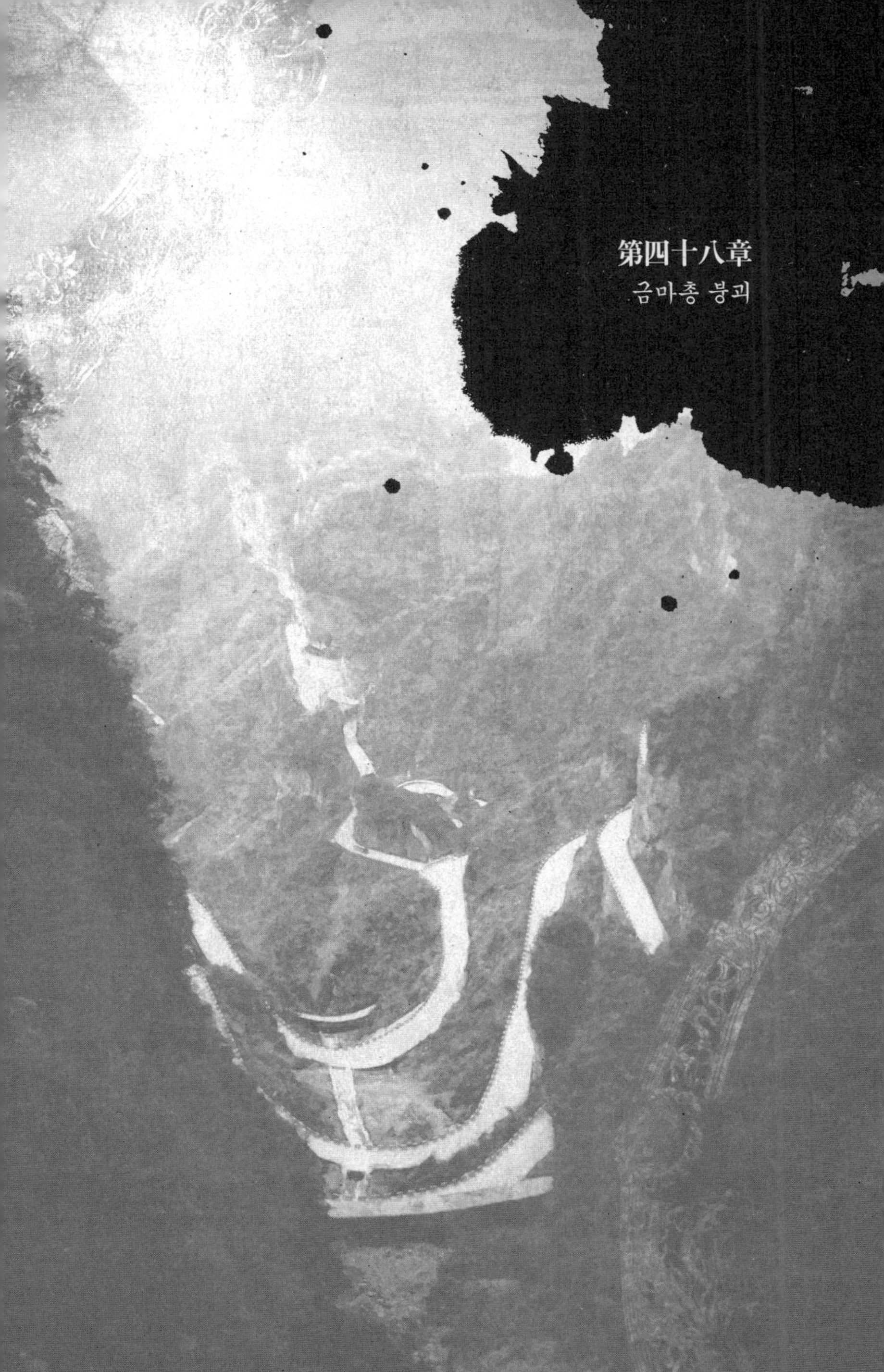
第四十八章
금마총 붕괴

1

금마총.

이름만으로 천하인들의 모골을 송연하게 만드는 마역은 해가 저물자 강력한 마기를 피워내고 있었다.

역천행을 들춰 업고 금마총 가장자리에 내려선 편복야왕은 지옥의 입구와도 같은 거대한 수직 갱도를 내려다보며 절로 몸을 떨었다.

"정말 끔찍한 곳이오."

좀처럼 감정 변화를 드러내지 않는 지옥수라조차 표정이 굳어졌다.

"천주가 정말 이 무시무시한 곳에서 이십 년을 살아왔단 말인가?”

약천의왕은 금마총 가장자리에 자리를 펼쳤다.

“천주를 내려라.”

편복야왕이 역천행을 자리에 눕히자 약천의왕은 금침술을 전개했다. 전신 십이대사혈에 금침을 꽂는 위험한 시술이지만 약천의왕의 손놀림에는 거침이 없었다.

금침대법의 효험 덕분이지, 아니면 극마지기를 흡입한 덕분인지 역천행의 창백한 얼굴에 핏기가 감돌면서 호흡이 조금씩 안정을 찾아갔다.

약천의왕은 특별히 조제한 환약을 역천행에게 복용시켜 주었다. 웬만한 사람은 즉사할 만큼 강력한 독성이 깃든 환약이지만 역천행에게는 기력을 회복시켜 줄 성약이었다.

“후우……!”

역천행이 긴 한숨과 함께 오랜 혼수상태에서 깨어났다.

편복야왕과 지옥수라가 동시에 외쳤다.

“오, 천주께서 의식을 회복하셨소!”

“금마총으로 모셔온 보람이 있었어!”

약천의왕이 역천행을 진맥하며 물었다.

“천주, 정신이 좀 드시오?”

역천행은 고통에 익숙했기에 심각한 부상에도 미소를 잃지 않았다.

“내가… 죽지 않았군.”

“노신이 곁에 있는 한 천주는 절대 죽지 않소.”

“여기는……?”

“금마총이오. 천주의 소진된 기력을 회복시키기 위해 이리로 모셔온 거요.”

역천행은 천천히 몸을 일으켜 앉았다.

거대한 공동을 내려다보는 그의 눈에 감회가 어렸다.

“크훗, 어쩐지 기력이 되살아난다 했다니 고향으로 돌아온 거로군.”

금마총에서 피어오르는 극마지기를 흡입한 역천행은 벌떡 일어섰다.

“운공을 해야겠소.”

그의 놀라운 회복에 약천의왕이 우려의 표정으로 물었다.

“거동하실 수 있겠소?”

“물론이오. 가만… 놈은 어떻게 됐지?”

“와룡성수를 말씀하시는 거요?”

역천행의 눈에서 서슬 퍼런 살기가 폭사되었다.

“그렇소. 천외노괴도 원수이지만 내 사부들 셋을 다시 금마총으로 돌려보낸 그 새끼야말로 진정한 원수요.”

“편복과 지옥 두 마상을 통해 정황을 들어보니 머리 흰 놈은 나미랍 때문에 발이 묶였을 거요.”

역천행은 못내 아쉬운 듯 입맛을 다셨다.

“하면 놈이 나미랍을 품었겠군.”

"천주, 한갓 계집에 연연할 때가 아니오. 속히 기력을 회복해 귀환하셔야 군마천을 지킬 수 있소."

"알겠소."

역천행은 부공술을 펼쳐 무저갱 허공 위로 미끄러졌다. 허공에서 가부좌를 틀고 앉은 역천행은 극마지기를 흡입하며 운공조식에 들어갔다.

슈우우……!

금마총에서 피어오르는 극마지기는 역천행을 감싸며 두터운 강막을 형성했다.

기이한 광경에 편복야왕이 나직이 물었다.

"봉공, 우리도 극마지기를 흡입하면 더 강해질 수 있소?"

"극마지기는 극독의 기운이 담긴 강력한 마력이다. 그 마력을 감당할 수 있다면 무한한 공력을 얻을 수 있지. 하지만 넌 안 된다."

"왜 안 된다는 거요?"

"태어날 때부터 금마총의 마기를 흡입하면서 살아왔다면 모를까 네 신체로는 감당할 수 없지."

지옥수라가 감정이 삭제된 메마른 어조로 내뱉었다.

"그래도 천외무선의 제자와 대결할 수 있다면 극마지기의 힘을 빌리고 싶군."

이때 운공조식을 취하고 있던 역천행이 천천히 양손을 뻗었다.

"극마지기를 원한다면 내가 지원해 주지. 두 마상이 내 운공을 돕는다면 내가 정화된 극마지기를 두 마상에게 전수해 주겠소. 그리되면 두 마상은 극마지체에 이르게 될 거요."

극마지체.

강렬한 유혹에 지옥수라와 편복야왕은 순순히 응했다.

"천주의 운공을 지원하겠소."

두 마상은 부공술을 펼쳐 역천행에게로 접근했다. 그들은 역천행과 서로 장심을 맞댄 채 자신의 진기를 불어넣어 주었다.

두 절정고수의 내력이 주입되자 역천행의 몸에서 은은한 후광마저 피어올랐다. 크게 저하된 기력이 빠른 속도로 회복된 것이다.

순간 역천행의 입가에서 잔혹한 미소가 피어올랐다. 두 마상을 끌어당긴 역천행은 그들의 머리를 움켜쥐었다. 역천행의 손가락은 두 마상의 머리 깊숙이 파고들었다.

"커억!"

"크으윽!"

이미 뇌정혈이 제압된 두 마상은 눈을 까뒤집은 채 통나무처럼 굳어졌다.

이를 본 약천의왕은 가슴이 덜컥 내려앉았다.

"으음, 뇌령흡성대법!"

그러했다. 구대천마 중 으뜸인 뇌령천마가 창안한 끔찍한 대법이 펼쳐진 것이다.

우둑우둑……!

두 마상은 처절한 비명 속에 몸이 오그라들었다. 그들의 공력은 물론이고 정혈까지 모조리 역천행에게 흡수되었다.

약천의왕은 무거운 한숨을 내쉬었다.

'역시 잔혹한 마왕이야. 기력 회복을 위해 충성스런 수하들까지 희생의 도구로 삼다니.'

기력이 정혈이 모두 흡수된 편복야왕과 지옥수라는 장작개비처럼 바싹 말라버렸다.

역천행이 뇌령흡성대법을 거두자 두 마상은 아득한 금마총 공동 속으로 떨어져 내렸다.

"카하핫!"

한바탕 광소를 터뜨린 역천행은 허공을 디딘 채 섰다.

"나를 위해 희생했으니 그대들의 이름은 천세에 전해질 것이다."

역천행과 눈길이 마주친 약천의왕이 주춤 물러서자 역천행은 호의적인 미소를 띠었다.

"안심하시오, 봉공. 내가 어찌 봉공을 해치겠소?"

"이제 회복된 것이오, 천주?"

"오성 정도는 회복한 듯하오. 하지만 완벽한 극마불침지체를 이루려면 금마총 내에서 한동안 연공이 필요하오. 봉공은 금마총을 떠나지 말고 대기하시오."

"여부가 있겠소? 내 어찌 천주 곁을 떠나겠소?"

"고맙소. 봉공과는 평생토록 영화를 함께 누리겠소."

역천행은 깃털처럼 가볍게 금마총 공동 속으로 하강했다. 다른 사람에게는 무덤과 같은 곳이지만 그에게는 더없이 훌륭한 안식처였다.

약천의왕은 잠시 갈등에 휩싸였다.

'천주는 백인성을 상대할 수 있는 유일한 존재이다. 하지만. 그 이후 무슨 일이 벌어질지 나도 감당이 되지 않는구나.'

백인성에 대한 질시와 승부욕 때문에 역천행을 지원하고 있지만, 그 역시 역천행에 대한 불안감을 지울 수는 없었다. 역천행이 터무니없이 강해질 경우 누구도 그를 막을 수 없기 때문이다.

2

요지선보의 입구 선학림.

나미랍과 월선이 당도하자 순찰조장 황빈이 순찰대를 대동해 급히 영접에 나섰다.

"선자님을 뵈옵니다."

나미랍이 대뜸 물었다.

"화선은 당도했느냐?"

“예, 어제 먼저 당도하셨습니다. 하온데……”

“보고해라.”

“곧바로 제왕성주를 모시고 출타하셨습니다.”

“뭐, 뭐야?”

나미랍의 얼굴에 허연 서릿발이 어렸다.

“그것을 보고만 있었단 말이냐?”

월선이 나미랍의 격분을 진정시켜 주었다.

“진정하세요, 선자. 이 아이들이 어떻게 화선을 저지할 수
있겠습니까?”

나미랍은 이마를 짚으며 고심하다가 선학림으로 향했다.

“모든 방문을 금하겠다. 그 누구도 들이지 마라.”

“알겠습니다.”

항아전으로 들어선 나미랍의 짤막하게 호명했다.

“은선!”

두 눈만 드러낸 복면인이 마치 바닥에서 솟아나듯 내려섰
다.

“예, 선자.”

“화선이 제왕성주와 함께 도주했어요. 알고 있었나요?”

“나중에 보고를 받았습니다. 현재 첩화각 요원들을 총출동
시켜 행적을 추적하고 있습니다.”

“은선이 직접 나가 화선과 제왕성주를 잡아들이세요.”

그러자 월선이 강력하게 제지했다.

“그만두세요, 선자.”

“화선은 반역자입니다. 역도를 용서하란 말입니까?”

“선자는 제왕성주를 구금하는 중대한 과오를 저질렀습니다. 이 사실이 공개되면 요지선보는 천하의 지탄을 면치 못합니다.”

“그래서 그것을 막으려는 겁니다.”

“첩화각 요원들의 무공으로 화선을 제압하기는 어렵습니다. 게다가 제왕성주가 무공을 회복하면 요원들이 어찌 감당하겠습니까?”

틀린 말이 아니기에 나미랍은 지시를 바꾸었다.

“수단과 방법을 가리지 말고 화선만 압송해 오세요.”

월선이 다시 만류하려 하자 나미랍이 소매를 저었다.

“선자로서의 명이니 즉시 수행하세요!”

“예, 선자.”

은선은 곧바로 항아전에서 사라졌다.

월청으로 다가선 나미랍이 창문을 활짝 열어젖혔다.

“화선이 제정신인지 모르겠군. 내 허락도 없이 와룡성수를 데려온 데다 제왕성주마저 빼가다니…….”

“선자, 저의 월선 직위를 거둬주십시오. 이런 몸으로 월선의 직위를 유지하기 어렵습니다.”

나미랍의 눈매가 가늘어졌다.

“월선까지 선보를 떠나겠다는 건가요?”

“저는 살아서도 선보의 제자이며 죽어서도 선보의 제자이고 싶습니다. 향후 선무동에서 선보의 절기를 연구하며 살겠습니다.”

“……”

나미랍은 월선의 의도를 대번에 간파했다.

그녀와 백인성과의 교합 사실을 알고 있는 사람은 당사자 둘을 제외하면 화선과 월선뿐이다. 그들이 선보의 명예를 위해 비밀은 지키겠지만 마주 대하기는 나미랍의 처지로 불편할 수밖에 없는 일이다.

몸을 돌린 나미랍은 월선의 충정에 사의를 표했다.

“고마워요, 월선. 내 역량이 부족해 선보의 명예를 더럽혔군요.”

“저도 잊을 테니 선자께서도 잊으려고 노력하십시오.”

“그러죠.”

“선자, 마지막으로 부탁드립니다. 화선에 대한 수배는 중단해 주세요. 화선이 제왕성주와 동행했다면 그것은 그들이 중원을 떠나겠다는 의도일 겁니다.”

“생각해 보겠어요.”

“그럼.”

월선은 마지막으로 정중히 예를 올리고는 항아전을 나갔다.

월창에 걸터앉은 나미랍은 요지선보의 앞날에 대해 숙고했다.

역천행에 의해 요지선자가 타계하고 자신마저 패배를 당했으니 당분간 요지선보는 봉문해야 할 처지였다.

'수련이 필요해. 반드시 명예를 회복할 것이다.'

그러다 문득 백인성과의 교합을 떠올린 그녀는 몸을 부르르 떨며 머리를 감싸 쥐었다. 화선과 월선이 입을 다문다면 영원히 지켜질 비밀이지만 백인성은 믿을 수 없었다.

나미랍의 하얀 치아가 앵두 같은 입술에 깊숙이 박혔다.

'할 수만 있다면.… 그자를 죽이고 싶어!'

3

번― 쩍!

암공을 밝히는 새파란 번갯불이 빗발치더니 이내 폭우가 쏟아지기 시작했다.

쏴아아아……!

마치 세상을 물로 쓸어낼 듯한 엄청난 폭우.

금마총 주변은 풀 한 포기 없는 황무지이기에 비를 피할 방도가 없다. 약천의왕은 피풍의를 뒤집어쓴 채로 고스란히 비를 맞고 있었다.

대리를 강타한 폭우는 봇물이 터진 듯 어마어마한 기세를 이루며 금마총 수직 갱도 속으로 스며들었다. 극마지기가 최고조로 발동했는지 금마총 전체가 요동치면서 웅웅거리는 굉음마저 들려왔다.

약천의왕은 마른 침을 꿀꺽 삼켰다.

"천주가 마침내 불침극마지체에 이르렀나 보군."

그러다 그는 고개를 저으며 스스로 부인했다.

'불침극마지체는 인간이 마신의 경지에 오르는 것이니 이론상으로나 가능해. 천주가 마신이 된다면 더는 인간일 수 없지.'

콰르르릉……!

천군만마가 질타하듯 우렛소리마저 심상치 않았다.

이때 하늘 저편에서 서기 어린 백색 광선이 날아들었다. 폭우를 뚫고 약천의왕 앞으로 내려선 사람은 다름 아닌 백인성이었다.

약천의왕은 짧게 숨을 들이켰다.

"머리 흰 놈! 결국… 네가 왔구나."

백인성은 굳은 표정으로 주변을 쓸어보았다.

"역천행은 어디에 있소?"

"천주가 극마지경에 이르는 것이 두려우냐?"

"선배는 왜 그런 사악한 마왕을 돕는 거요?"

"내가 누구를 돕던 내 마음이다. 네가 관여할 일이 아니지."

“의술은 기본은 인(仁)과 올곧음이오. 선배의 신묘한 의술이 세상을 위해 쓰이지 못하는 것이 정말 안타깝소.”

“나를 이렇게 만든 사람은 네가 아니더냐? 넌 내 평생의 자존심을 무너뜨렸고 내 명예마저 짓밟았다.”

백인성은 긴 한숨을 내쉬었다.

“내가 청향군주를 치료한 것이 그리도 잘못된 것이오?”

“내가 무시를 당했다는 것이 문제이지. 그런 수모와 치욕을 당하고 어찌 보복하지 않겠느냐?”

약천의왕은 복수심에 젖어 독하게 내뱉었다.

“천주가 너를 죽이면 내가 다시 너를 살릴 것이다. 그러면 천주가 또 너를 죽이겠지. 나는 계속 너를 살릴 것이고. 너는 계속된 죽음의 고통을 겪게 될 것이다.”

백인성은 안쓰러운 눈빛으로 그를 직시했다.

“나를 살리는 것은 상관없지만 역천행을 되살리지는 마시오. 그것만 부탁하겠소.”

이 순간 금마총이 요동치면서 붉은 광채가 솟아올랐다.

화르르륵……!

이글거리는 화염에 휩싸인 역천행이 약천의왕 옆으로 내려섰다. 그의 전신에서 뿜어지는 극마지염에 비마저 증발해버렸다.

역천행은 핏발이 곤두선 눈으로 백인성을 직시했다.

“백인성! 내 몸이 회복되기 전에 죽이려 했지만 한발 늦었구나!"

　백인성은 전신으로 엄습해오는 극마지기에 절로 기혈이 끓어 올랐다.

　'정녕 극마불침지체에 이르렀단 말인가?'

　역천행은 가볍게 손을 휘둘렀다.

　"곱게 죽을 생각은 마라!"

　화르르륵!

　급속도로 부풀어 오른 불덩이가 백인성을 향해 날아들었다.

　백인성은 단목검을 휘둘러 불덩이를 쪼갰다.

　퍼엉……!

　반으로 쪼개진 불덩이는 백인성의 몸을 좌우로 스치며 수십 장이나 뻗어 나갔다.

　역천행은 한껏 오만을 드러냈다.

　"크흐흐! 슬슬 시작해볼까?"

　그가 양손을 가볍게 쥐자 손아귀를 통해 두 자루 기검이 피어올랐다. 한 자루 기검을 형성하는 것만으로 엄청난 공력이 요구되지만 역천행은 전혀 무리없이 두 자루 기검을 휘둘렀다.

　"카아앗!"

　기검에서 뿜어지는 불꽃이 대지를 스치자 지표가 갈라지면서 엄청난 폭음이 작렬했다.

백인성은 구천무상검법을 펼쳐 기검에서 뿜어지는 마염을
쪼갰다.

퍼퍼펑—!

양측의 정면으로 격돌하면서 금마총 일대가 진동했다.

각기 무신과 마신의 경지에 이른 초극고수들이기에 그들
의 절기는 가히 산악이라도 무너뜨릴 정도였다.

약천의왕은 삼십 장 밖으로 피신해 있었다.

스스로 절정급 고수라고 자부할 수 있는 그였지만 두 초극
고수에 비교하면 삼류에도 미치지 못했다. 무림사에 다시없
을 정마의 대격돌에 그는 전율과 환희를 동시에 느꼈다.

'내가 이런 역사적인 격돌의 유일한 관전자로군.'

역천행은 두 자루 기검을 연속적으로 내리쳤다.

콰— 쾅—!

기검에서 뿜어지는 극마지염이 대지를 강타할 때마다 삼
장 깊이의 구덩이가 파였다.

백인성은 역천행과 격돌할 때마다 상당한 충격으로 정신
이 혼미해졌다.

'진정 가공할 공력이다!'

역천행은 금마총에서 피어오르는 극마지기를 지원을 받고
있기에 진기가 소진되지 않았다. 그로 인해 엄청난 공력이 요
구되는 극한 절기를 마음껏 구사하고도 기력이 충만했다.

"카하핫! 천외노괴의 후예가 고작 이 정도란 말이냐?"

허공을 딛고 선 역천행은 기검을 내던졌다.

"비천마검!"

두 자루 기검이 전부가 아니었다. 역천행은 계속해서 기검을 만들어내 내던졌다.

세상이 온통 불꽃을 발하는 마검으로 뒤덮였다. 사정권이 수십 장에 이르기에 피하는 것도 불가했다.

멀리서 이를 지켜보던 약천의왕도 역천행의 승리를 확신했다.

'머리 흰 놈… 끝났구나!'

백인성은 순간적으로 정신이 아득해졌다.

빗물마저 메마른 새카만 암공.

수백 수천의 마검이 악마의 혓바닥처럼 불꽃을 발하며 자신을 향해 쏟아지고 있었다. 지상은 이미 불바다로 변했고 하늘마저 타들어간다.

급속도로 기력이 소진되어서인지 단목검은 빛을 잃었고 그의 몸을 보호하던 호신강기마저 흩어졌다.

절망적이었다.

그의 몸은 극마지염에 휩싸여 한 줌 재로 화할 상황이었다.

이 순간 그의 뇌리 속으로 태극도가 선명하게 피어올랐다.

천외무선의 삼백 년 심득이 담긴 불가사의한 도해.

망아지경으로 접어든 백인성은 도해에 심취해 천천히 검을 휘둘렀다. 마치 검무를 추는 듯한 느린 동작이었지만 폭우처럼 쏟아지는 수백 수천의 비천마검은 단목검과 충돌하자 삽시간에 소멸되었다.

콰— 콰쾅—!

천번지복의 굉음과 함께 극마지염이 지표를 뒤덮었지만 무시무시한 격돌에 비하면 지반 붕괴는 심하지 않았다.

승리를 확신하던 역천행은 자신의 공격이 무산되자 표정이 구겨졌다.

"이… 이놈이 무슨 환술을?"

허공으로 솟아오른 백인성은 정신을 집중해 어검술을 전개했다.

"가랏, 마왕!"

백인성의 몸이 흐려지면서 단목검으로 스며들자 눈부신 광휘가 폭사되었다.

번— 쩍!

세상이 모든 어둠을 쓸어낼 빛이었다.

역천행은 최고조의 극마지기를 운집해 쌍장을 내질렀다.

"구겁멸절!"

구대천마의 마공 절기가 모두 융합된 극마절기였다.

파파팟!

무수한 불꽃이 피어오르는 가운데 양측은 절기가 서로 교차했다.

꽈아아아앙!

하늘이 갈라지고 대지가 무너지는 대굉음.

서로가 죽음을 도외시한 혼신의 공격이었기에 극한의 절기가 상대를 서로를 강타했다.

퍼— 퍽—!

두 사람은 동시에 피를 뿜으며 실 끊어진 연처럼 바닥으로 추락했다.

백인성의 안색은 잿빛으로 변해 있었다. 얼굴에 피부에 실핏줄이 돋아 마치 금세라도 부서질 것만 같았다.

극마지기에 적중돼 마독이 혈관으로 스머든 탓이다. 만일 천외무선이 하사한 태극진기가 그의 심맥을 지켜주지 않았다면 그대로 절명했을 것이다.

백인성은 몸을 일으키려 했지만, 전신의 기력이 풀솜처럼 풀어져 상체를 세우기조차 버거웠다.

역천행의 상세는 더 심각했다.

어검술에 적중돼 극마지신이 깨지면서 허연 가슴뼈가 그대로 드러났다.

역천행은 연신 피를 토하며 부들부들 떨었다.

"천주!"

한달음에 달려온 약천의왕이 역천행의 혈도를 찍어 기혈이 역행하는 주화입마를 막아주었다.

역천행은 힘겹게 입술을 뗐다.

"노… 놈은……?"

백인성을 힐끗 살핀 약천의왕이 침중하게 말했다.

"머리 흰 놈이 악독하게도 동귀어진을 구사했으니 무사하지 못할 거요."

"어서… 나를 구하시오… 놈을 숨통을 마저 끊어야겠소."

"알겠소, 천주."

약천의왕이 금침을 꺼내 쥐자 백인성이 다급히 외쳤다.

"의왕 선배! 빛나는 명성을 마다한 채… 천세에 악명을 남기려 하시오?"

약천의왕이 움찔하자 역천행이 다그쳤다.

"뭐하는 거요? 어서!"

백인성이 폭우가 쏟아지는 하늘을 올려보았다.

"선배의 의술은 천하제일이었소. 하지만 마왕을 살리면… 천세의 악인으로 지탄을 받게 될 거요."

대침을 손에 쥔 약천의왕이 백인성을 돌아보았다.

"천하제일… 이제야 네가 노부를 인정하는구나."

"진작부터 그리 생각했소."

"흐흐, 그래?"

약천의왕은 울음을 터뜨릴 듯한 환희에 젖었다.

"하지만 너무 늦었다."

잔뜩 긴장하고 있던 역천행은 약천의왕이 금침대법을 펼치자 비로소 안도했다. 응급처치만 취하면 그는 회생할 수 있기에 최후의 승자는 그였다.

한데 역천행은 갑자기 심장이 폭발하는 듯한 극심한 통증을 느껴야 했다. 약천의왕이 한 뼘도 넘는 대침을 그의 심장에 꽂은 것이다.

약천의왕이 단호하게 내뱉었다.

"역천행! 무덤에서 살아나온 자는 무덤으로 돌아가야 한다. 삼대천마가 그랬듯이 너도 예외는 아니다. 그것이 세상의 이치이다."

"크으윽, 이 찢어 죽일 늙은이가!"

역천행은 손가락을 세워 약천의왕의 머리에 쑤셔 넣었다. 뇌령흡성대법으로 약천의왕의 정혈을 흡수하려 하는 것이다.

약천의왕은 역천행을 부둥켜안은 채 금마총으로 몸을 날렸다.

"백인성! 이제야 너를 굴복시켰구나!"

두 사람은 한 덩이가 되어 아득한 무저갱 속으로 추락했다.

"크허허헛!"

약천의왕의 처절한 웃음소리가 빗물을 타고 아련하게 들려왔다.

"의왕 선배!"

백인성은 바닥을 기어 금마총 가장자리로 이동했다.

그러나 이미 두 사람을 집어삼킨 무저갱은 칙칙한 극마지기만 피워내고 있었다.

백인성은 감격 어린 눈물을 뿌렸다.

"약천의왕… 선배야말로 세상을 위한 신의요. 잔결쌍협과 선배와 같은 의인들이 있었기에 세상이 지켜졌소."

이때 암천의 먹장구름 속에서 우렛소리가 요란하게 울려 퍼지더니 번갯불이 작렬했다.

번— 쩍!

지상으로 내리꽂히는 거대한 벼락에 깜짝 놀란 백인성이 바닥으로 몸을 굴렸다.

콰아아앙!

벼락이 금마총을 강타하자 수직 갱도를 형성한 벼랑이 붕괴하기 시작했다.

콰— 콰쾅—!

한번 붕괴가 시작되자 금마총 주변이 허물어지면서 수직 갱이 주저앉기 시작했다. 지반이 내려앉자 지표의 물이 금마총 속으로 쏟아지면서 붕괴를 가속했다.

무려 한 시진에 걸친 붕괴.

마침내 붕괴가 멈추면서 금마총은 거대한 분지로 화했다.

숱한 마왕들이 묻히면서 마도의 무덤이 된 금마총이 사라진 것이다.

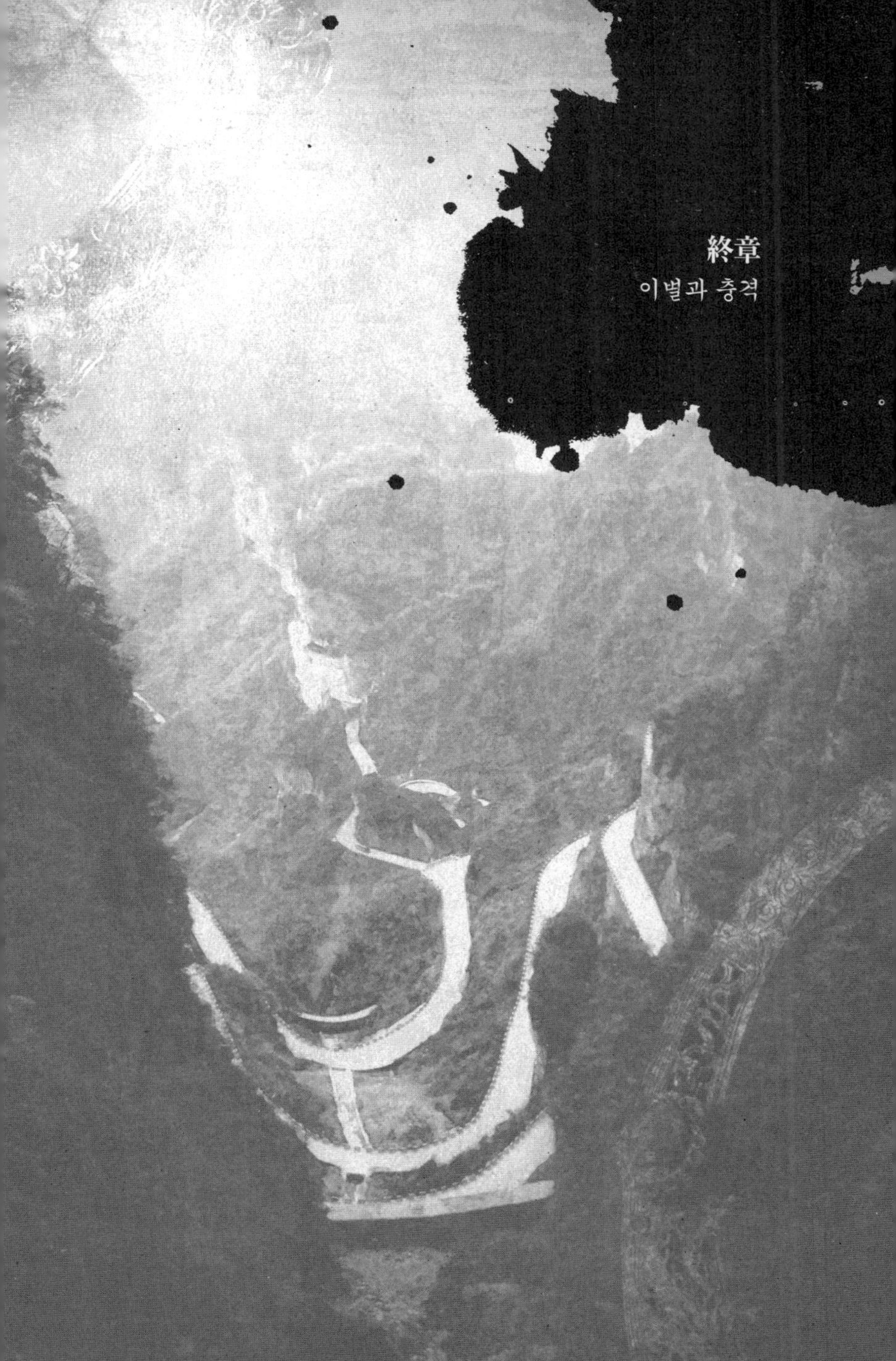
終章
이별과 충격

1

군마천의 와해.

역천행이 죽고 금마총이 붕괴했다는 소식에 악불군을 비롯한 군마천 수괴들이 도주하면서 군마천은 저절로 와해되었다. 마교의 정통성 부활을 내세우며 군림천하를 꾀했던 군마천이 해체되면서 잔뜩 찌푸렸던 하늘이 다시 밝아졌다.

무림 정기를 수호하는데 가장 지대한 공을 세운 백인성은 정파연합의 승리를 기리는 축하연에도 참석하지 않았다.

정파연합은 당세의 마왕 역천행을 처단하기 위해 목숨을 바친 잔결쌍흉과 약천의왕을 대의협으로 추증하고 사당을 세워 그들의 공을 후세에 길이 전했다.

천하가 안정됐지만, 세상 사람들은 왜 제왕성주가 정마의 격돌에 참가하지 않았는지 그 내력을 알지 못해 의견이 분분했다.

제왕성주가 암습을 당했다는 풍문이 잠시 떠돌기도 했지만 제왕성주가 서찰을 보내 성주 직을 군세명에게 전했기에 낭설은 해소되었다.

그저 무림을 은퇴한 것으로 이해한 것이다.

2

천예비궁의 비림 밖.

반가운 소식을 전해 들은 단아빈은 한달음에 비림 밖으로 달려나갔다.

나무 그늘 아래 서 있는 백결장포의 미공자는 다름 아닌 백인성이었다. 엄중한 부상이 완쾌되지 않았는지 아직 안색이 창백했다.

"공자!"

단아빈은 왈칵 눈물을 쏟으며 백인성에 품에 안겼다.

"왜 이제야 오신 거예요? 얼마나 걱정했다고요."

"사매는 잘 있소?"

"운교는 오대산 선부로 갔어요. 공자에 대한 걱정 때문에 소성주의 청혼도 마다했지요."

"운교 때문이라도 선부로 가봐야겠군."

백인성은 조심스럽게 단아빈의 포옹을 풀었다.

단아빈은 백인성의 표정에서 전과 다른 어색함을 감지했다.

"무슨 걱정이 있으세요?"

"아빈, 내가 당신에게 큰 죄를 지어야 할 것 같소."

"무슨 말씀을.……?"

"당신과의 약조를… 이행하지 못할 것 같소."

혼약파기!

'너무도 충격적인 얘기에 단아빈은 하얗게 질렸다.

"공자……?"

백인성은 한 마디 한 마디 고통스럽게 내뱉었다.

"당신한테 어떻게 사죄해야 할지 모르겠소. 부디 나를 용서하지 마시오."

단아빈의 눈에서 절로 눈물을 흘러내렸다.

"소녀가… 싫어진 건가요?"

"그래서가 아니요. 당신에 대한 내 마음은 지금도 변함이 없소. 아니, 더 애절하오."

"한데 왜……? 연유라도 말해주세요."

"그것을 밝힐 수 없어 더 미안하고 안타깝소."

백인성은 단아빈 앞에 무릎을 꿇었다.

"단 궁주에게 어렵사리 허락을 받았는데… 당신한테 너무 미안하오."

"공자!"

단아빈은 백인성을 부축해 일으켰다.

"시간이 필요하다면 얼마든지 기다릴 수 있어요. 십 년이
든 이십 년이든 공자를 기다릴게요."

"공연한 기대감으로 당신을 더 아프게 하고 싶지 않소. 아
마 다시는 만나지 못할 거요."

"흑……!"

백인성의 어깨에 얼굴을 묻은 단아빈은 서러운 눈물을 뿌
렸다. 영문도 모른 채 사랑하는 사람과 헤어져야 하기에 답답
한 마음을 금할 수가 없었다.

조용히 한 걸음 물러선 백인성은 정중히 예를 올렸다.

"나와의 추억조차 떠올리지 마시오. 아빈은 현숙한 여인이
니 반드시 좋을 사람을 만나게 될 거요."

"백 공자, 소녀에게는 당신이 처음이자 마지막 남자입니
다."

"아니, 제발 그러지 마시오."

백인성은 비통함을 가슴에 안고 돌아섰다.

"부디 행복하시오."

"공자!"

단아빈이 잡으려 했지만 백인성은 이미 연기처럼 사라져
버렸다.

“흑흑……!”

단아빈은 빈 허공을 바라보며 하염없는 눈물을 뿌렸다.

비림 안에서 이를 지켜보고 있던 단표가 탄식 어린 한숨을 내쉬었다.

“허어, 역시 좋은 인연은 쉽게 맺어지지 않는구나.”

누구보다 도리를 중시하는 백인성이 혼약 파기를 선언한 상황이라 그도 어쩔 도리가 없었다.

‘분명 내 딸이 싫어서는 아닌데… 대체 이유가 뭐란 말인가?

3

요지선보와 인접한 벽루봉.

위태로운 벼랑 위를 밟고 선 두 남녀는 백인성과 나미랍이었다. 두 사람은 서로를 외면한 채 다른 방향을 바라보고 있었다.

“약속대로 내 신세내력에 대해 말해주시오. 내 형제에 대해서도.”

나미랍에 대한 원망 때문인지 목소리가 냉랭했다.

나미랍 또한 좋은 감정이 아니기에 싸늘하게 응수했다.

“역천행이 정말 죽은 건가요?”

“그렇소.”

"확실한가요?"

"하늘의 진노로 금마총이 붕괴되었으니 설사 목숨을 부지했다 해도 다시는 세상 밖으로 나오지 못할 거요. 어서 비밀을 말해 주시오."

나미랍의 입가에 차가운 미소가 피어올랐다.

"우리 사이의 약조가 무엇이었죠? 당신이 내게 역천행의 목을 가져오는 거였어요. 한데 목은커녕 죽음조차 확실하지 않잖아요?"

백인성은 비로소 나미랍에게로 시선을 돌렸다.

"역천행의 죽음을 부인하는 것은 장렬하게 자신을 희생한 약천의왕에 대한 모욕이오. 선자는 그 이상 말장난으로 나를 희롱하지 말고 어서 약조를 지키시오!"

워낙 강경한 어조에 나미랍 역시 눈길을 돌려 백인성과 시선을 마주쳤다.

경위야 어찌됐든 순결과 동정이 상실되는 교합을 맺은 두 사람이었지만 오가는 시선에는 일말의 정감도 담겨 있지 않았다.

그것을 확인한 나미랍은 오히려 안도했다.

"좋아요. 역천행이 죽었으니 비밀을 말해주죠. 대신 누구한테도 발설하면 안 됩니다. 맹세할 수 있나요?"

"내 신분이 무엇이기에 맹세가 필요한 거요?"

"타계하신 선자님에 대한 명예 때문입니다."

"요지선자의 명예 때문이라면 발설하지 않겠다는 맹세를 지키겠소."

"노선님의 후예가 설마 식언을 하지는 않겠지요."

정색한 백인성이 결연하게 응수했다.

"맹세한 이상 반드시 지킬 테니 걱정 마시오."

"참, 한 가지 묻고 싶은 게 있어요."

"물어보시오."

"단 소궁주에게 우리 사이의 불미스런 일을 고백하지는 않았겠지요?"

단아빈이 거론되자 백인성은 가슴이 저미듯 아팠다. 그는 청한 하늘로 시선을 돌렸다.

"선자의 명예와 요지선보의 고결함을 지켜주기 위해 난 아빈에게 결코 씻을 수 없는 죄를 짓고 말았소. 아빈과의 혼약은 파기되었소."

나미랍은 그의 고통스러운 모습에서 묘한 쾌감을 느꼈다.

"유감이군요. 굳이 그럴 필요까지는 없었는데. 혹시 나에 대한 일말의 미련이나 책임감 때문이라면……."

"절대 아니요!"

백인성이 단언하자 나미랍은 눈을 가늘게 떴다.

"당연히 그래야지요."

나미랍은 멀리 봉우리를 바라보며 한편의 이야기를 끄집어냈다.

"한 여인이 있었어요. 어느 날 자신이 섬기던 여주인이 부상당한 사내를 집으로 데려왔지요. 여주인과 사내는 서로를 연모하는 사이가 되었지요. 한데 사내는 여주인보다는 수더분한 여인에게 더 호감을 느꼈어요. 그래서 결국 두 사람은 깊은 관계까지 맺게 되었지요. 부상을 회복한 사내는 집을 떠났고 여주인과는 소원하게 되었지요. 한데 여인은 사내의 아이를 잉태하고 말았어요. 여주인의 진노를 걱정한 여인은 집을 떠나 외부에서 아이를 낳았지요. 하나가 아니라 둘인 쌍둥이였죠."

우회적인 얘기였기에 처음에는 의아해하던 백인성도 점점 이야기의 심각성을 알게 되었다.

"여인은 난산 때문에 죽게 되었고 그런 상황에서 여주인이 나타나 두 아이를 데려갔어요. 여주인은 자신을 버린 사내를 원망했고, 자신을 속이고 아이까지 낳은 여인을 용서할 수가 없었죠. 여주인은 사내에 대한 복수심으로 두 아이를 버렸어요. 한 아이는 금마총에, 다른 한 아이는 금사탄에."

일순 백인성의 전신이 흠뻑 땀으로 젖었다. 너무도 무서운 추측에 그는 손을 덜덜 떨었다.

"선자, 지금 그 얘기는……."

나미랍은 백인성을 직시하며 분명하게 내뱉었다.

"그래요. 당신의 생모는 요지선보의 제자였던 범소군이라는 여인이었어요. 당신의 생부는 제왕성주이며 당신과 형제를 버린 여주인은 요지선자님이셨고… 이미 짐작했겠지만,

당신이 죽인 역천행이 바로 쌍둥이 형제입니다.”

경악!

백인성은 심장이 멎는 것 같아 숨을 쉴 수가 없었다. 머릿속이 새하얘지면서 세상이 빙글빙글 돌았다.

중심을 잃은 백인성은 벽루봉 아래로 추락했다.

그런 와중에도 그는 충격에서 깨어나지 못하고 있었다.

요지선보의 제자가 생모.

생부가 제왕성주.

자신이 동귀어진까지 펼치며 죽이려 했던 역천행이 피를 나눈 쌍둥이 형제!

꿈에서도 생각지 못한 충격적인 비밀에 그는 순간적이 심신이 마비되었다.

백인성이 바닥을 향해 곤두박질치자 나미랍이 질색했다.

“위험해!”

나미랍은 절정의 이형환위를 전개해 먼저 바닥으로 내려섰다. 백인성을 받아 안은 그녀가 혈도를 쳐서 기혈을 순환시켜 주었다.

“정신 차려요, 백 공자!”

비로소 정신을 회복한 백인성은 자신을 안은 나미랍을 매몰차게 밀쳐냈다.

백인성은 감정을 억제하느라 심장이 쿵쿵 뛰었다.

“당신… 왜 이제야 그 사실을……”

나미랍은 그녀의 눈길을 피해 옆으로 돌아섰다.

"대악마 역천행을 죽일 수 있는 사람은 백 공자뿐이라 어쩔 수 없었어요. 만일 역천행의 신분을 밝혔으면 당신은 역천행을 절대 죽이지 않았을 테니까요."

이마를 짚은 백인성은 심하게 휘청거렸다. 절규라도 내지르고 싶은 심정이었다.

"내가… 형제를 해치다니……!"

백인성은 자신의 비극적인 운명에 처음으로 하늘을 원망했다. 그리고 그 운명을 만들어낸 두 여인을.

"나미랍! 당신은 정말 나쁜 여자야. 당신의 사부 요지선자도!"

"……!"

나미랍은 아무런 대꾸도 하지 않았다.

요지선자가 저지른 끔찍한 보복으로 인해 무림계에 엄청난 혈겁이 펼쳐졌으니 요지선보는 백 년을 봉문해도 부족한 죄인인 것이다.

백인성은 이를 악물며 달려갔다.

무엇을 해야 할지, 어디로 가야 할지를 몰랐다. 다만 그 자리를 떠나지 않으면 나미랍을 해칠 수도 있기에 떠나야만 했다.

눈물을 흘리지는 않았지만, 가슴속에서는 이미 피눈물이 흐르고 있었다. 밖으로 절규하지 않았지만, 가슴속은 고통스러운 메아리로 가득 차 있었다.

‘아버지… 어머니… 형제여……!’

백인성은 그렇게 멀어져 갔다.

나미랍은 사부와 자신이 백인성에게 큰 죄를 지었기에 심한 가책을 느꼈지만 애써 자신을 위안했다.

‘내 몸을 유린한 자야. 너도 고통을 겪어야 돼!’

그렇게 자위했지만, 심정이 무거운 것을 어쩔 수 없었다.

허공으로 솟구친 그녀는 갑자기 심한 욕지기를 느껴 벼랑 위로 내려섰다. 속이 메스껍고 자꾸만 구토가 일었다.

“왜 이러지?”

배를 감싸 안은 그녀는 문득 떠오른 직감에 싸늘한 소름이 돋았다. 손가락으로 달거리를 헤아린 그녀는 등줄기가 축축하게 젖어들었다.

“맙소사!”

백인성과의 단 한번 교합으로 아이를 잉태한 것이다.

『와룡성수』 완결

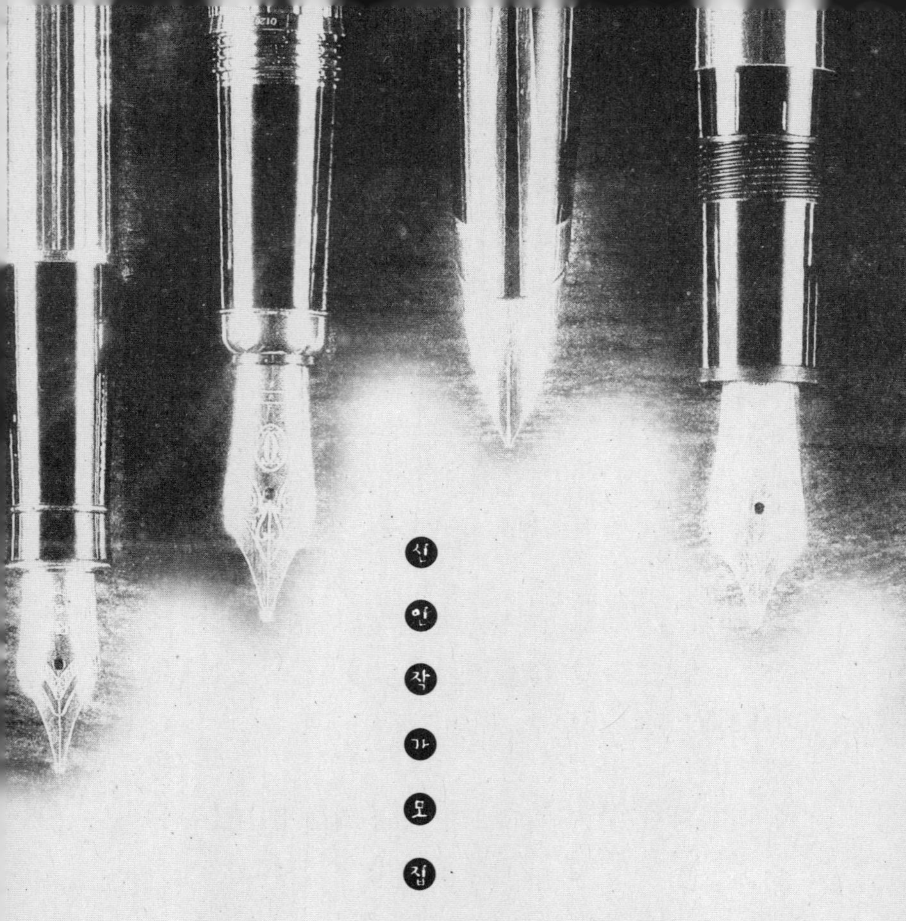

신
인
작
가
모
집

시작이 반이라고 했습니다.
작가의 길에 대한 보이지 않는 벽을 과감히 깨뜨리십시오!
청어람은 작가 지망생 여러분들의
멋진 방향타가 되어드리겠습니다.

저희 도서출판 청어람에서는
소설 신인 작가분들을 모집합니다.
판타지와 무협을 사랑하시는 분들의 많은 참여를 바랍니다.
소정의 원고(A4용지 150매)를 메일이나 우편으로 보내주시면
검토 후 출판 여부를 알려드리겠습니다.

주소:경기도 부천시 원미구 심곡2동 163-2 서경B/D 2F 우편번호 420-822
TEL:032-656-4452 · FAX:032-656-4453
http://www.chungeoram.com
e-mail:chungeoram@chungeoram.com

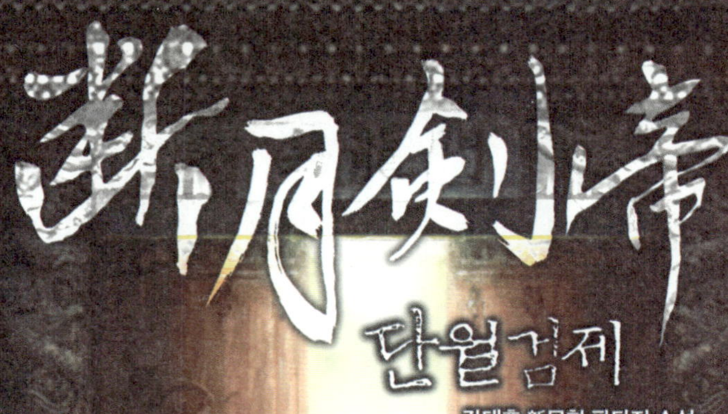

斷月劍帝
단월검제
강태훈 新무협 판타지 소설

유행이 아닌 자유추구 -
WWW.chungeoram.com